Marie Benedict

Mrs Agatha Christie

Roman

Aus dem amerikanischen Englisch
von Marieke Heimburger

Kiepenheuer & Witsch

1. Auflage 2025

Titel der Originalausgabe The Mystery of Mrs. Christie

Die Originalausgabe ist 2021
bei Sourcebooks (Naperville, IL) erschienen
Aus dem amerikanischen Englisch von Marieke Heimburger

Covergestaltung Barbara Thoben
Covermotiv © Trevillion Images
Satz PrintCSS
Druck und Bindung CPI books GmbH, Leck

ISBN 978-3-462-01052-7
Kontaktadresse nach EU-Produktsicherheitsverordnung:
produktsicherheit@kiwi-verlag.de

Der Anfang

Der Brief auf dem Schreibtisch erzittert im Takt der donnernden Schritte. Ihr Puls überträgt sich, und die schwarzen eckigen Worte auf dem elfenbeinfarbenen Papier erwachen zum Leben.

Wie soll diese Geschichte enden? Wenn du mich fragst, gibt es zwei Wege, die du nun einschlagen kannst. Der erste würde dich etwas sanfter zum Ziel bringen als der zweite, aber natürlich wären beide mit gewissen Blessuren für dich verbunden. Kleine Verletzungen, die eine unvermeidbare Konsequenz der gesamten Übung sind, wie du sicher inzwischen begriffen haben wirst. Oder habe ich dich überschätzt, und du bist immer noch vollkommen ahnungslos? Wie dem auch sei. Ich werde mein Ziel – das du zweifelsohne restlos inakzeptabel finden wirst – erreichen. Das erfreuliche Ergebnis deines doppelten Spiels wird sein, dass ich mich aus den Fesseln deiner ewigen Wertung und deines Fehlverhaltens befreie – auch wenn das gewiss nicht das Ergebnis ist, das dir vorschwebte. Denn du hattest stets nur eins im Blick: die Befriedigung deiner eigenen Bedürfnisse. Ich kam bei dir nie an erster Stelle, obwohl mir gesagt wurde, du müsstest bei mir stets an erster Stelle kommen.

Im Zimmer wird es der Morgenstunde zum Trotz immer düsterer. Der Wind stößt das angelehnte Fenster auf und fegt die Papiere vom Schreibtisch. Die Worte verschwinden in der Finsternis, doch als ein Blitz aufzuckt, treten sie erneut hervor. Ein Donnerkrachen. *Wie ausgesprochen passend, dass sich ausgerechnet jetzt ein Gewitter zusammenbraut*, denkt er.

Lies weiter und halte dich genauestens an meine Anweisungen, wenn du dich für den sicheren ersten Weg entscheidest. Es wird nicht leicht werden. Du wirst stark sein müssen, auch wenn der Weg sich als steinig erweist und dich Zweifel und Scham plagen. Nur, wenn du dich auf dieser Reise an all meine Anweisungen hältst, wird diese Geschichte für uns alle ein gutes Ende nehmen.

Teil 1

Kapitel 1
Das Manuskript

12. Oktober 1912
Ugbrooke House, Devon, England

Ich hätte mir keinen perfekteren Mann ausdenken können.

»Lassen Sie Ihre Tanzkarte fallen«, raunte mir jemand zu, als ich mich durch die Menge auf die Tanzfläche zubewegte. Wer wagte es, so etwas zu sagen? Insbesondere, da ich bei Thomas Clifford untergehakt war, jenem entfernten Verwandten meiner Gastgeber Lord und Lady Clifford in Chudleigh, der auf diesem Ball in Ugbrooke House von allen noch ungebundenen Damen mit höchster Aufmerksamkeit beäugt wurde.

Impertinent, dachte ich. *Geradezu unverschämt.* Ich malte mir aus, wie die Szene weitergehen würde, wenn mein Tanzpartner das Zugeraunte gehört hätte. Oder noch schlimmer, wenn mein Tanzpartner mein Auserwählter – *mein Schicksal,* wie meine Freundinnen und ich angehende Ehemänner nannten – gewesen wäre und dadurch seine Entscheidung noch einmal überdacht hätte. Und doch durchlief mich ein leiser Schauer, und ich fragte mich, wer es wohl wagte, so dreist zu sein. Ich sah mich um, doch da erklangen die ersten Töne der 1. Sinfonie von Elgar, und mein Begleiter begann, mit mir zu tanzen.

Während wir uns zu den Walzertakten bewegten, versuchte ich, in der Menge, die die riesige Tanzfläche säumte, den Zurauner auszumachen. Mutter würde mich sofort schelten, weil ich mich nicht auf den jungen Mr Clifford konzentrierte, aber ich hatte gerüchteweise gehört, dass dieser begehrte Junggeselle mit seinen hervorragenden Verbindungen eine reiche Erbin heiraten musste und darum gar kein ernsthaftes Interesse an mir hegen konnte. Ich war gänzlich unvermögend, das Einzige, was ich zu bieten hatte, war ein zukünftiges Erbe in Form eines Anwesens namens Ashfield, das viele wohl eher als Fluch denn als Segen betrachteten, zumal ich über keinerlei Mittel verfügte, das marode Gebäude instand zu halten. Bezüglich Mr Clifford vertat ich also keine Chance. Und ich hegte keinerlei Zweifel, dass sich mir schon bald eine echte Chance bieten würde. Denn das war die Bestimmung aller jungen Frauen: von einem Mann im Sturm erobert und dann vom Schicksal mitgerissen zu werden.

Dutzende Herren in Fräcken standen in der Ecke des prächtigen Ballsaals, doch niemandem von ihnen hätte ich eine solch verwegene Äußerung zugetraut.

Bis ich *ihn* erblickte. Blond gelockt stand er am Rand der Tanzfläche und sah unverwandt zu mir. Kein einziges Mal richtete er das Wort an einen der anderen Herren, kein einziges Mal unternahm er einen Versuch, eine der anderen Damen zur Tanzfläche zu geleiten. Als er sich schließlich doch bewegte, ging er zum Orchester und sprach mit dem Dirigenten. Dann kehrte er zurück an seinen Platz in der Ecke.

Das Orchester verstummte, und Mr Clifford führte mich zurück zu meiner Freundin Nan Watts, die reichlich außer Atem war nach einer flotten Sohle mit einem noch ganz rotgesichtigen Bekannten ihrer Eltern. Als das Orchester das nächste Stück anstimmte und der nächste eifrige junge Gentleman herbeieilte, um Nan aufs Parkett zu entführen, warf ich einen Blick in das an einem roten Seidenband von meinem Handgelenk baumelnde Tanzheft, um nachzusehen, wer mein nächster Tanzpartner war.

Da legten sich kräftige Finger um mein Handgelenk. Ich sah auf und blickte in die tiefblauen Augen des Mannes, der mich zuvor aufmerksam beobachtet hatte. Instinktiv zog ich meine Hand zurück, doch im selben Moment gelang es ihm, mir die Tanzkarte von der Hand zu streifen und seine Finger mit meinen zu verflechten.

»Vergessen Sie Ihre Tanzkarte. Nur für dieses eine Stück«, sagte er mit tiefer, kehliger Stimme – derselben Stimme, die vor wenigen Minuten so Verwegenes gefordert hatte. Ich konnte kaum glauben, was er da von mir verlangte, und war schockiert, dass er ungefragt meine Karte an sich genommen hatte. Es gehörte sich einfach nicht, mit einem anderen Mann zu tanzen als mit dem, der auf der Tanzkarte vermerkt war, selbst wenn diese Karte abhandengekommen war.

Ich glaubte, die ersten Töne eines bekannten Stückes von Irving Berlin zu hören. Es klang wie »Alexander's Ragtime Band«, aber mir war klar, dass ich mich irren musste. Lord und Lady Clifford würden ihr Orchester niemals anweisen, etwas so Modernes zu spielen. Im Gegenteil, ich nahm an, dass sie diese Abweichung vom üblichen Protokoll erbost zur Kenntnis nehmen würden. Auf dem Programm für heute standen ausschließlich klassische symphonische Stücke und gesetzte Tänze, die nicht geeignet waren, die Leidenschaft der jungen Leute zu entfachen.

Er beobachtete mich. »Ich hoffe, Sie mögen Berlin«, sagte er und schmunzelte selbstzufrieden.

»*Sie* haben das angeordnet?«

Sein Lächeln wurde breiter und offenbarte seine Grübchen. »Ich hörte, wie Sie zu Ihrer Freundin sagten, dass Sie sich über etwas modernere Musik freuen würden.«

»Wie haben Sie das eingefädelt?« Ich staunte nicht nur über seine Dreistigkeit, sondern auch über seine Entschlossenheit. Ich muss gestehen, ich fühlte mich geschmeichelt. So einen Einsatz hatte noch nie jemand gezeigt, um mich zu beeindrucken. Jedenfalls kein einziger von den zweifelhaften Verehrern, mit denen meine Mutter mich vor zwei Jahren als Debütantin in Kairo verkuppeln wollte. In Kairo deshalb, weil Mutter sich die vielen Dinge, die nötig waren, um mich angemessen in die Gesellschaft einzuführen – neue Kleider, die Veranstaltung und der Besuch zahlreicher Partys und die Miete für ein Stadthaus in London für die Dauer der Ballsaison –, schlicht nicht hätte leisten können. Ja, nicht einmal der liebe Reggie, den ich schon mein ganzes Leben als den netten großen Bruder meiner lieben Freundinnen, der Lucy-Schwestern, kannte, der aber in letzter Zeit mehr als nur ein Freund der Familie geworden war, hatte sich je so für mich ins Zeug gelegt. Reggie und ich hatten uns – mit dem Wissen unserer Eltern – darauf verständigt, unser Leben und unsere Familien eines Tages durch eine Heirat zusammenzuführen. Diese zukünftige Eheschließung war noch nicht näher bestimmt, aber ein verbindlicher Plan. Neben dem stürmischen Werben dieses jungen Mannes wirkte meine Allianz mit Reggie geradezu brav.

»Tut das etwas zur Sache?«, fragte er.

Es verschlug mir die Sprache. Ich senkte den Blick, spürte, wie ich rot wurde, und schüttelte den Kopf.

»Tanzen Sie mit mir.« Seine Stimme. Leise, aber bestimmt.

Und obwohl ich gleichzeitig die Stimme meiner Mutter im Ohr hatte, wie sie mich davor warnte, mit einem Mann zu tanzen, dem ich nicht förmlich vorgestellt worden war, ganz zu schweigen davon, dass er sich seine Eintrittskarte zum Ball in Ugbrooke House womöglich erschlichen und meine Tanzkarte konfisziert hatte, sagte ich: »Ja.«

Was konnte ein einziger Tanz schon anrichten?

Kapitel 2
Tag eins nach dem Verschwinden

Samstag, 4. Dezember 1926
Hurtmoore Cottage, Godalming, England

Die Präzision, mit der bei der Familie James der Frühstückstisch gedeckt wird, erfüllt ihn mit einem Gefühl der Befriedigung, wie er es seit seiner Rückkehr aus dem Krieg selten empfunden hat. Das glänzende Besteck neben dem edlen Porzellan, jedes Teil akkurat neben dem nächsten platziert. Die fein geätzten Minton-Porzellanteller – vermutlich die Grasmere-Reihe – stehen exakt zwei Zoll von der Tischkante entfernt, und die Blumen – ein dezentes, aber sehr elegantes Gesteck aus Roten Winterbeeren und Immergrün – befinden sich in der Tischmitte. *Bei Gott,* denkt er. *Das ist die Art von Ordnung, die einem Mann innere Ruhe verschafft.*

Warum sieht es bei ihm zu Hause nicht so aus? Warum muss er sich dort ständig über den Mangel an haushälterischer Disziplin ärgern sowie mit den Gefühlen und Bedürfnissen aller anderen Menschen im Haus behelligt werden? Empörung steigt in ihm auf, zu Recht, wie er findet.

»So, jetzt möchten wir einen Toast aussprechen«, sagt sein Gastgeber Sam James und nickt seiner Frau Madge zu. Die bedeutet dem Dienstmädchen, den Champagner zu bringen, der in einem kristallenen Kühler auf der Anrichte wartet.

»Eigentlich wollten wir ja gestern schon auf eure Pläne anstoßen, Archie, aber durch den überraschenden Besuch von Reverend –«, hebt Madge an zu erklären.

Auf Nancys Wangen breitet sich eine sanfte Röte aus, und obwohl ihr das ganz hervorragend steht, begreift Archie sofort, dass ihr diese Form der Aufmerksamkeit ihrer Gastgeber unangenehm ist. Die Hand hebend sagt er: »Das ist eine sehr noble Geste, liebste Madge, aber gänzlich überflüssig.«

»Bitte, Archie«, beharrt Madge. »Wir freuen uns alle so für euch. Und ihr werdet nicht viel Gelegenheit zum Feiern haben.«

»Wir bestehen darauf«, pflichtet Sam seiner Frau bei.

Jeder weitere Prostest wäre unhöflich, das ist auch Nancy klar. Dieses Gespür für Anstand ist etwas, das sie und ihn verbindet, und er liebt sie dafür. Sie muss er diesbezüglich nicht mit fester Hand anleiten, wie es ihm in anderen Lebensbereichen abverlangt wird. Bei sich zu Hause, um genau zu sein.

»Danke, Sam. Madge. Eure Unterstützung bedeutet uns sehr viel«, entgegnet er. Nancy nickt.

Das Hausmädchen macht sich daran, die kristallenen Sektflöten mit dem honigfarbenen perlenden Champagner zu befüllen. Kaum ist sie damit fertig, klopft es.

»Entschuldigen Sie die Störung, Sir«, ertönt mit schwerem ländlichen Akzent die Stimme einer Frau durch die geschlossene Speisezimmertür. »Aber der Colonel wird am Telefon verlangt.«

Er wechselt einen verwunderten Blick mit Nancy. So bald hatte er mit keinem Anruf gerechnet, eigentlich hatte er gar nicht unbedingt mit einem Anruf gerechnet, da er sich bezüglich seines Aufenthaltsortes an diesem Wochenende weitestgehend bedeckt gehalten hatte. Aus gutem Grund. Nancy stellt ihr Glas auf dem makellosen Tischtuch ab, berührt ihn behutsam am Ellbogen und signalisiert auf diese Weise schweigend, dass auch sie dieser Anruf beunruhigt.

»Entschuldigt mich bitte.« Er nickt seinen Gastgebern zu, die ihre Gläser ebenfalls wieder abstellen. Er erhebt sich, schließt sein Jackett und nickt auch Nancy zu, mit einer Zuversicht, die er nicht empfindet. Langen Schrittes verlässt er das Speisezimmer und schließt leise die Tür hinter sich.

»Hier entlang, Sir«, sagt das Dienstmädchen und führt ihn zu einem winzigen Raum unter der mit kunstvollen Schnitzereien versehenen Haupttreppe von Hurtmore Cottage – das im Übrigen viel mehr ist als ein Cottage, nämlich ein vornehmes Anwesen. In der Kammer wartet das Telefon auf ihn, der Hörer liegt neben dem Apparat.

Er nimmt Platz, drückt sich mit der einen Hand den Hörer ans Ohr und hält sich mit der anderen das Mikrofon vor den Mund. Aber er wird erst etwas sagen, wenn das Mädchen die Tür hinter sich geschlossen hat.

»Hallo?« Die Unsicherheit in seiner Stimme ärgert ihn. Nancy schätzt ihn doch vor allem für sein ausgeprägtes Selbstbewusstsein.

»Entschuldigen Sie bitte die Störung, Sir. Charlotte Fisher hier.«

Was zum Teufel fällt Charlotte ein, ihn hier anzurufen? Er hatte ihr die Information, dass er das Wochenende in Hurtmore Cottage verbringen würde, unter dem Siegel der größtmöglichen Verschwiegenheit anvertraut. In den letzten Monaten hatte er sich wirklich sehr bemüht, sich bei der Privatsekretärin und Gouvernante einzuschmeicheln, um den von ihm erhofften Übergang möglichst reibungslos zu gestalten. Aber in diesem Moment lässt er alle Bemühungen, sie zu umgarnen, zur Hölle fahren und verhehlt seinen Zorn nicht. »Ich dachte, ich hätte Sie angewiesen, nur im absoluten Notfall Kontakt zu mir aufzunehmen, Charlotte.«

»Ganz richtig, Colonel«, stammelt sie. »Ich befinde mich auf Styles, im Foyer, und neben mir steht ein Constable Roberts.«

Charlotte verstummt. Glaubt sie wirklich, der Hinweis auf die Anwesenheit eines Polizeibeamten in seinem Haus sei Erklärung genug? Was soll er ihrer Meinung nach jetzt sagen? Sie wartet ab, und während keiner von ihnen spricht, wird ihm angst und bange. Er weiß nicht, was er sagen soll. Was weiß sie? Und noch viel wichtiger: Was weiß der Constable? Jedes Wort, das er jetzt sagt, könnte zur Falle werden.

»Sir«, sagt sie schließlich. »Meiner Ansicht nach handelt es sich um einen absoluten Notfall. Ihre Frau ist verschwunden.«

Kapitel 3
Das Manuskript

12. Oktober 1912
Ugbrooke House, Devon, England

Durch den Ballsaal ging ein überraschtes Raunen, als immer mehr Gäste das Stück von Irving Berlin erkannten. Die älteren Tänzer wirkten unsicher, ob es sich ziemte, zu so moderner Musik zu tanzen, doch mein Partner zog mich entschlossen auf die Tanzfläche und begann mit einem Onestep. Die anderen jungen Leute taten es uns nach.

Wo sonst die komplizierten Walzerschritte automatisch für einen gewissen Abstand sorgten, hatte ich jetzt das Gefühl, meinem unbekannten Tanzpartner körperlich außerordentlich nah zu kommen. Fast wünschte ich mir, eines jener altmodischen Kleider zu tragen, in deren Korsetts man wie in einer Rüstung steckte. Im Versuch, für ein klein wenig Distanz zwischen dem Wagehals und mir zu sorgen, richtete ich den Blick starr über seine Schulter. Sein Blick dagegen ruhte unverwandt auf mir.

Normalerweise entwickelte sich zwischen meinen

Tanzpartnern und mir immer eine angenehme Plauderei, aber nicht mit ihm. Was sollte ich sagen? Schließlich war er es, der das Schweigen brach. »Sie sind noch viel hübscher, als Arthur Griffiths erzählt hat.«

Ich wusste nicht, welcher Teil dieser Äußerung mich am meisten erstaunte: der Umstand, dass dieser Mann und ich einen gemeinsamen Bekannten hatten, oder dass er so verwegen war, mich als »hübsch« zu bezeichnen, obwohl wir uns noch nicht einmal offiziell vorgestellt worden waren. Schließlich galten strenge Benimmregeln, und auch wenn diese in den letzten Jahren lockerer geworden waren – eine Bemerkung zu meinem Äußeren gleich zu Anfang unserer Bekanntschaft entsprach nicht einmal den laxesten Konventionen. Offen gestanden gefiel mir seine Freimütigkeit, aber eigentlich durfte Mädchen wie mir derartige Direktheit nicht gefallen. Mir blieben zwei Möglichkeiten: Entweder ließ ich ihn als Quittung für diesen Fauxpas stehen und verließ die Tanzfläche – oder ich ignorierte, was er gesagt hatte. Da mich dieser Mann trotz seiner Regelverstöße faszinierte, entschied ich mich für Letzteres und fragte freundlich: »Sie kennen Arthur Griffiths?« Der Sohn des Pfarrers war ein Freund von uns.

»Ja, wir sind beide bei der Royal Field Artillery, und wir sind beide in Exeter stationiert. Als ihm der Dienstplan bezüglich des Balls heute Abend einen

Strich durch die Rechnung machte, schlug er vor, dass ich statt seiner herkomme und nach Ihnen Ausschau halte.«

Ah. Das erklärt einiges, dachte ich. Ich begegnete seinem Blick und stellte fest, dass seine Augen von einem ganz ungewöhnlichen Blau waren. »Warum haben Sie das nicht gleich gesagt?«

»Ich wusste nicht, dass das nötig war.«

Ich schluckte eine Bemerkung dazu herunter, dass jeder aus einer guten Familie stammende junge Mann wusste, wie man sich in neuen Kreisen vorstellte und dass es dabei auch dazugehörte, auf gemeinsame Bekannte zu verweisen. Stattdessen suchte ich nach einer harmlosen Antwort und sagte: »Arthur ist ein feiner Kerl.«

»Kennen Sie ihn denn gut?«

»Nicht sehr gut, nein, aber er ist ein lieber Freund. Wir lernten uns kennen, als ich die Mathews in Thorp Arch Hall in Yorkshire besuchte, und wir verstanden uns gut.«

Mein Tanzpartner, der sich mir immer noch nicht mit Namen vorgestellt hatte, entgegnete nichts. Das Schweigen irritierte mich, und so geriet ich ins Plappern. »Er ist ein guter Tänzer.«

»Das klingt, als seien Sie enttäuscht, nicht ihn hier zu sehen, sondern mich.«

Ich beschloss, zu versuchen, den jungen Mann ein wenig aufzumuntern. »Nun ja, Sir, immerhin ist das hier unser erster Tanz. Und da Sie mich von meiner Tanzkarte befreit haben, bietet sich Ihnen womöglich die Gelegenheit zu einem zweiten, bei dem Sie mir dann *Ihre* tänzerischen Fähigkeiten beweisen können.«

Er lachte herzlich. Er wirbelte mich über die Tanzfläche, vorbei an den vertrauten Gesichtern der Wilfreds und der Sinclairs, und ich lachte mit ihm und fühlte mich ganz anders als alle anderen um uns herum. Irgendwie freier. Lebendiger.

»Genau das habe ich vor«, sagte er.

Mutig fragte ich weiter: »Und was genau machen Sie bei der königlichen Feldartillerie in Exeter?«

»Ich fliege.«

Ich erstarrte innerlich. Fliegen war gerade in aller Munde, und nun tanzte ich mit einem Piloten! Wie aufregend! »Sie fliegen?«

Selbst in dem gedämpften Licht des Ballsaals war zu erkennen, dass mein Tanzpartner rot anlief. »Also, im Moment werde ich als Kanonier eingesetzt, obwohl ich der 245. approbierte Flugzeugführer Großbritanniens bin. Aber es dauert nicht mehr lange, dann werde ich Teil des neu gegründeten Royal Flying Corps.« Seine ohnehin breite Brust schwoll bei diesen Worten ein wenig an.

»Wie ist es da oben? Am Himmel?«

Zum ersten Mal löste er den Blick von mir und sah zu den Fresken über uns, als könne er dort, am kunstvoll dargestellten Firmament mit den vielen Engeln, die Antwort finden. »Berauschend und seltsam, den Wolken so nah zu sein und die Welt da unten so klein zu sehen. Aber auch ganz schön beängstigend.«

Ich kicherte. »Mir fehlt dazu die Vorstellungskraft, aber ich würde es gerne einmal erleben.«

Ein Schatten legte sich über seine blauen Augen, und er stimmte einen ernsthafteren Ton an. »Ich fliege nicht, weil ich es aufregend finde, Miss Miller. Wenn es zu einem Krieg kommt – und ich glaube, das wird über kurz oder lang der Fall sein –, werden Flugzeuge darin eine wichtige Rolle spielen. Ich möchte entscheidend zu den Kriegshandlungen beitragen, ich möchte im riesigen Getriebe der Kriegsmaschinerie ein maßgebliches Rädchen sein. Natürlich, um England zu helfen, aber auch, um später in meiner Laufbahn davon zu profitieren. Denn Flugzeuge werden in unserem Land zu einem wichtigen Wirtschaftsfaktor werden.«

Seine Ernsthaftigkeit und sein Mut beeindruckten mich. Er war ganz anders als alle anderen Männer, die ich bis dahin zu Hause in Devon und selbst in Ägypten kennengelernt hatte. Ich war außer Atem, und das nicht nur von dem flotten Onestep.

»Alexander's Ragtime Band« klang aus, und ich blieb stehen und löste mich aus der Tanzhaltung. Mein Partner ergriff meine Hand. »Bleiben Sie hier bei mir. Wie Sie selbst sagten, Sie haben keine Tanzkarte mehr. Sie sind frei.«

Ich zögerte. Nichts wünschte ich mir mehr, als noch einmal mit ihm zu tanzen und endlich das Rätsel um die Identität dieses ungewöhnlichen Mannes zu lösen. Aber wieder hörte ich meine Mutter, wie sie mir Vorhaltungen machte: Eine junge Frau sendet unpassende Signale aus, wenn sie zweimal hintereinander mit demselben Herrn tanzt – zumal, wenn sie bereits einem anderen versprochen ist. Ich wollte eine Gegenleistung.

»Unter einer Bedingung«, sagte ich.

»Gerne, Miss Miller. Ihr Wunsch ist mir Befehl.«

»Sie verraten mir, wie Sie heißen.«

Wieder errötete er, als ihm aufging, dass er vor lauter Beherztheit das Einmaleins des guten Tons vergessen hatte. Er verneigte sich tief und sagte dann: »Sehr erfreut, Ihre Bekanntschaft zu machen, Miss Miller. Mein Name ist Lieutenant Archibald Christie.«

Kapitel 4

Tag eins nach dem Verschwinden

Samstag, 4. Dezember 1926
Hurtmoore Cottage, Godalming, England,
sowie Styles, Sunningdale, England

»Alles in Ordnung?«, fragt Sam, als Archie in das Speisezimmer zurückkehrt.

Er hat sich längst eine Antwort auf die unvermeidliche Frage zurechtgelegt, doch als er sie ausspricht, stammelt er dennoch. Lügen ist ihm noch nie leichtgefallen, auch wenn die Umstände in der letzten Zeit ihm reichlich Gelegenheit gaben, sich darin zu üben. »Es, äh, es geht um meine Mutter. Sie … Es geht ihr nicht gut. Leider.« Bevor er mehr erläutern kann, holt Madge bereits erschrocken Luft. Er hebt die Hand und versichert ihr: »Nichts Ernstes, sagt der Arzt. Aber sie hat nach mir verlangt, und selbstverständlich muss ich ihrer Bitte nachkommen.«

Sam nickt. »Man muss seine Pflicht erkennen und tun.«

»Aber wenn die Lage nicht allzu ernst ist, dann

kannst du Nancy doch sicher bis einschließlich morgen Mittag entbehren?« Madge hatte sich rasch von ihrer Sorge um Archies Mutter erholt und warf einen kecken Blick auf ihre Freundin. »Sam und ich würden sie liebend gerne für ein paar Runden Whist als Geisel hierbehalten.«

»Ich wüsste nicht, was dagegenspräche«, sagte Archie und bedachte erst Madge und dann Nancy mit einem abgerungenen Lächeln. Nancy, so lieblich und anspruchslos und hübsch in ihrem zartblauen Kleid, hatte sich einen fröhlichen, sorglosen Nachmittag mit ihrer Freundin verdient.

»Wirst du zum Abendessen zurück sein?«, fragt Sam, und Archie spürt, wie enttäuscht die James sind. Sie waren so freundlich gewesen, dieses Wochenende zu planen, und jetzt sabotierte er ihre freundliche Geste. Eine Geste, die vermutlich niemand anders gezeigt hätte.

»Ich rufe an, sobald ich Näheres weiß. Sollte es nicht möglich sein –« Archie unterbricht sich selbst, er weiß nicht, was er sagen soll. Er weiß nicht, was ihn auf Styles erwartet, er weiß nicht, was die Polizei weiß, und er kann nicht für sämtliche Eventualitäten planen.

Sam springt ihm bei. »Keine Sorge, alter Freund. Wenn du es nicht schaffst, zum Abendessen wieder hier zu sein, bringen wir Nancy nach Hause.«

Er empfindet große Dankbarkeit und schreitet um

den Tisch, um seinem Freund die Hand zu schütteln. Da klopft es abermals an der Tür.

»Schon wieder? Dieses verdammte Stubenmädchen«, brummt Sam irritiert, bevor er ruft: »Was ist denn jetzt?«

»Da steht ein Polizist vor der Tür, Sir«, sagt das Mädchen durch den Türspalt.

Archie wird übel. Er weiß – oder er glaubt zu wissen –, warum die Polizei bei den James vor der Haustür steht.

»Was?« Sam hätte kaum perplexer aussehen können, wenn das Mädchen ihm mitgeteilt hätte, sein geliebter Foxhound habe sich spontan in einen Pudel verwandelt. Polizisten waren dazu da, sich um Streitigkeiten unter armen Arbeitern zu kümmern, nicht, um an die Portale herrschaftlicher Landsitze zu klopfen.

»Ja, Sir, ein Polizist, Sir. Er möchte mit dem Colonel sprechen.«

»Aber worüber denn nur?«

»Das will er nicht sagen. Er sagt nur, dass er mit dem Colonel sprechen will.«

Von einem Polizisten zu einer Befragung abgeholt zu werden, ist – zumal nach der Lüge bezüglich des Gesundheitszustands seiner Mutter – eine Erniedrigung, die fast schwerer wiegt als Archies Sorge um die Natur dieser Befragung. Was Madge und Sam jetzt wohl von ihm denken? Wie soll er ihnen das erklären? Und wie erst Nancy?

Fast gerät er mit seinem Delage ins Schlingern und verliert so um ein Haar den Polizeiwagen aus den Augen, dem er folgen soll. Ihm kommt ein leichtsinniger Gedanke: Was, wenn er einfach davonführe und sich der Situation auf Styles entzöge? Wäre der Polizeiwagen in der Lage, ihn einzuholen?

Nein, er wird sich seiner Strafe stellen wie ein Mann. Ganz gleich, wie sein Handeln beurteilt werden wird, Archie möchte nicht, dass ihm nachgesagt wird, er sei pflichtscheu und würde vor seinen Fehlern davonlaufen.

Er folgt dem Polizeiwagen über die ihm so wohlbekannte Straße zu seinem Haus. Der Staub, den das Beamtenfahrzeug aufwirbelt, verschleiert eine Weile die Sicht, doch als er sich wieder legt, tauchen die Tudor-Türme von Styles vor Archie auf, fast genauso beeindruckend wie bei seinem ersten Besuch hier. *Wie viel sich doch seither verändert hat,* denkt er und verdrängt jede Erinnerung an jenen Tag.

Archie ist klar, dass er irgendwie die Oberhand gewinnen muss. Vielleicht, indem er als Hausherr auf Styles den Ton angibt? Er wartet nicht, bis der Polizist ausgestiegen ist, sondern marschiert an den anderen bereits vor dem Anwesen aufgereihten Polizeiwagen vorbei direkt auf die angelehnte Haustür zu. Er stößt sie auf und staunt, dass kein einziger der schwarz uniformierten Beamten, die sich wie ein Schwarm tödlicher Bienen um ihre Königin in der Küche versammelt haben, von ihm Notiz nimmt. Archie wird bewusst, dass dies *die* Gelegenheit ist, sich einen Überblick über die Situation zu verschaffen, bevor er irgendetwas sagt.

Er wirft einen prüfenden Blick auf den Mahagonitisch im Foyer. Ob auf dem Silbertablett dort wohl irgendwelche Visitenkarten liegen? Nein. Aber Archie fällt etwas Ungewöhnliches auf: Unter dem Tablett lugt die Ecke eines Umschlags hervor, der zum elfenbeinfarbenen Briefpapier seiner Frau gehören muss.

Während die Polizisten gebannt der lauten und doch seltsam gedämpften Stimme eines Mannes lauschen, den Archie nicht sehen kann – sicherlich handelt es sich um ihren Vorgesetzten –, zieht er den Umschlag unter dem Tablett hervor und bewegt sich auf leisen Sohlen in sein Arbeitszimmer, dessen Tür er geräuschlos hinter sich schließt.

Mit seinem Brieföffner aus Elfenbein schlitzt er den Umschlag auf. Die ausladende, eckige Handschrift seiner Frau starrt ihm von dem Briefbogen entgegen. Archie steht unter Zeitdruck, aber er braucht nur wenige Sekunden, um ihre Worte zu überfliegen. Am Ende angelangt, sieht er auf und hat das Gefühl, aus einem tiefen Schlaf erwacht zu sein und sich in einem Albtraum wiederzufinden. Wann um alles in der Welt kann sie die Zeit gehabt haben – nein, die Voraussicht, den Scharfsinn, die berechnende Geduld –, diese Zeilen zu schreiben? Hat er seine Frau je wirklich gekannt?

Die engen Wände seines Arbeitszimmers scheinen noch näher zu rücken, Archie bekommt kaum noch Luft. Aber er weiß, dass er handeln muss. Der Brief hat ihm klargemacht, dass er nicht länger der Vollstrecker eines Plans ist, sondern lediglich eine Spielfigur – und zwar eine, die in einem Labyrinth gefangen ist. Er muss einen Ausweg finden. Er schleudert den Brief auf den Schreibtisch und beginnt, auf und ab zu gehen, während es im Arbeitszimmer aufgrund des aufziehenden Gewitters immer dunkler wird. Was in Gottes Namen soll er tun?

Er weiß nur eins: Er ist bereit, seine Strafe anzunehmen, aber er hat nicht vor, dem Kerkermeister die Schlüssel zu überreichen. Niemand darf dieses Dokument je zu Gesicht bekommen. Mit wenigen Schritten ist Archie beim Kamin, lässt den Brief samt Umschlag ins Feuer fallen und sieht dabei zu, wie Agathas Worte in Flammen aufgehen.

Kapitel 5
Das Manuskript

19. Oktober 1912
Villa Ashfield, Torquay, England

Ich eilte über die Straße vom Anwesen der Mellors zurück nach Hause. Ich hatte mit meinem Freund Max Mellor Badminton gespielt, als sein Dienstmädchen mich ans Telefon gerufen hatte. Meine reichlich aufgebrachte Mutter war am anderen Ende der Leitung und zitierte mich nach Hause, weil dort ein ihr unbekannter junger Mann »höchst ungeduldig« auf mich wartete. Sie hatte ihm gesagt, sie erwarte mich binnen einer Viertelstunde zurück, und als ich nicht auftauchte – und die Minuten verstrichen und er keine Anstalten machte, wieder zu gehen –, hatte sie zum Telefon gegriffen. Der arme Kerl, wer auch immer er war, hatte offenbar sämtliche Signale meiner Mutter, sich doch bitte zu absentieren, ignoriert.

Hätte meine Mutter nicht angerufen und mich bedrängt, wäre ich gerne noch länger bei den Mellors geblieben, Max und ich verstanden uns prächtig. Das Leben in Torquay war einfach herrlich: tagsüber spontane Picknicks, Segeltörns, Sportveranstaltungen, Ausritte und Musiknachmittage, abends sorgfältig geplante Gartenpartys, Tanztees und private Feiern. Die Wochen und Monate zogen vorbei wie ein angenehmer, sorgenfreier Traum – dessen einziges Ziel für junge Frauen war, sich einen Ehemann zu angeln –, und ich wollte nicht daraus erwachen.

Ich vermutete, dass der Besucher der langweilige Marineoffizier war, den ich am Vorabend bei einer Dinnerparty kennengelernt hatte. Er hatte mich gebeten, den anderen Gästen seine unbeholfenen Gedichte vorzulesen. Ich hegte keinerlei Interesse daran, diese wenig inspirierende Bekanntschaft zu vertiefen, aber ich wollte auch nicht, dass er Mutter zu lange enervierte. Zwar war sie ein äußerst geduldiger und gutmütiger Mensch, insbesondere mir gegenüber, aber wenn sie es mit Langweilern zu tun bekam oder von jemandem aus dem Konzept gebracht wurde, konnte sie ziemlich mürrisch werden. Seit dem Tod meines Vaters vor fast zehn Jahren stand ich bei meiner Mutter im Mittelpunkt und leistete ihr Gesellschaft – insbesondere, da meine große Schwester Madge und mein großer Bruder Monty längst ihr eigenes Leben lebten. Mir gefiel das gut. Mummy und ich hatten eine ganz wunderbare Beziehung, es gab auf der ganzen Welt niemanden, der mich besser verstand als sie, und obwohl sie viel stärker war, als man auf den ersten Blick annehmen mochte, wollte ich sie immer gerne beschützen. Der Schock über den Tod meines Vaters und die daraus resultierenden finanziellen Schwierigkeiten hatten uns eng zusammengeschweißt. Wir beide gegen den Rest der Welt.

Von dem raschen Lauf über die Straße waren meine Wangen erhitzt. Ich zog meinen Cardigan aus und reichte ihn Jane, unserem Hausmädchen. Bevor ich den Salon betrat, prüfte ich im Spiegel, ob ich präsentabel war. Mein braunes Haar, von der Sonne in ein schimmerndes Dunkelblond verwandelt, sah ganz reizend aus, und das obwohl – oder gerade weil – sich ein paar Strähnen aus dem Zopf gelöst hatten. Ich beschloss, sie nicht zurück unter die Haarnadeln zu schieben, strich mir die Haare aber wenigstens glatt. Es war mir mehr oder weniger egal, was der Gast, den ich im Salon erwartete, von mir denken würde, aber ich erfüllte immer noch gerne Mutters Erwartung an mich als ein »hübsches Mädchen«.

Ich betrat den Salon, wo meine Mutter an ihrem üblichen Platz in einem Sessel neben dem Kamin saß und stickte. Sie sah auf, legte die Handarbeit beiseite und erhob sich, um den Raum bei der ersten sich bietenden Gelegenheit verlassen zu können. Auch ihr Gegenüber erhob sich. Ich sah ihn lediglich von hinten und fand, dass sein blondes Haar heller wirkte als das des Marineoffiziers gestern Abend.

Ich ging auf die beiden zu und nickte, statt einen

Knicks zu machen. Als ich wieder aufsah, wanderte mein Blick erst zu Mutter und dann zu dem Besucher, der zu meiner Überraschung nicht der von mir erwartete Marineoffizier war, sondern der Mann von dem Ball bei den Chudleighs: Archibald Christie.

Mir verschlug es zunächst die Sprache. Seit dem Ball vor einer Woche hatte ich nichts von ihm gehört, und inzwischen hatte ich auch nicht mehr daran geglaubt, je wieder von ihm zu hören. Die meisten anderen Herren bekundeten ihr Interesse an einem Mädchen spätestens zwei Tage nach einem Ball – keinesfalls erst nach sieben.

Mutter räusperte sich und sagte: »Agatha, dieser junge Mann – Lieutenant Christie, wenn ich mich nicht irre – sagt, ihr kennt euch aus Chudleigh.«

Ich sammelte mich und antwortete: »Ganz richtig, Mummy. Das ist Lieutenant Christie, Mitglied der Royal Field Artillery. Er ist in Exeter stationiert, und ich habe ihn bei dem Ball der Cliffords in Chudleigh kennengelernt.«

Sie beäugte ihn vom Scheitel bis zur Sohle. »Exeter ist ganz schön weit weg von hier, Lieutenant Christie.«

»Richtig, Madam. Ich fuhr zufällig mit dem Motorrad durch Torquay, und da fiel mir wieder ein, dass Miss Miller hier lebt. Ich erkundigte mich bei jemandem auf der Straße, wo genau, und jetzt bin ich hier.«

»Jetzt sind Sie hier.« Sie seufzte. »Was für ein

außerordentlicher Zufall, dass Sie ausgerechnet in Torquay unterwegs waren.«

Der Sarkasmus und der Unglaube in ihrer Stimme waren nicht zu überhören, und ich staunte, dass meine so sanftmütige Mutter einem Fremden gegenüber so scharfzüngig war. Was hatte er ihr in der guten Viertelstunde, die sie unter vier Augen verbrachten, getan, das sie zu dieser ungewöhnlichen Reaktion veranlasste? Lag es einfach nur daran, dass er nicht Reggie war? Ich sah zu Lieutenant Christie, dessen Wangen rot leuchteten. Er tat mir leid, und ich unternahm einen Rettungsversuch.

»Auf dem Ball bei den Cliffords hatten Sie erwähnt, dass Sie womöglich demnächst in Torquay zu tun haben würden, Lieutenant Christie, ich erinnere mich. Irgendetwas Dienstliches.«

Die Erleichterung war ihm anzusehen, und sofort stürzte er sich auf den von mir gelieferten Vorwand. »Ganz richtig, Miss Miller. Und Sie hatten mich freundlicherweise eingeladen vorbeizuschauen, wenn ich in der Nähe bin.«

Mutter ließ sich von diesem Geplänkel nicht blenden, aber wenigstens verhalf es Lieutenant Christie zu einem Quäntchen Würde. Und es lieferte Mutter einen Grund, sich aus dem Salon zurückzuziehen. Anders als auf dem Kontinent war es in England durchaus üblich, dass unverheiratete Männer und Frauen allein gelassen wurden, solange sich

Anstandsdamen in der Nähe aufhielten oder das unverheiratete Paar tanzte. »Ich muss mit Mary über das Abendessen sprechen. Hat mich sehr gefreut, Lieutenant –« Sie gab vor, sich nicht an seinen Namen zu erinnern, womit sie einiges darüber sagte, was sie von diesem jungen Mann hielt.

»Christie, Madam.«

»Lieutenant Christie«, sagte sie und verschwand.

Wir atmeten gleichzeitig aus. Um die Stimmung ein wenig aufzuhellen, sagte ich: »Wie wäre es mit einem Spaziergang durch unsere Gärten? Es ist zwar ein bisschen kühl, aber unsere Anlagen sind durchaus interessant. Und ich würde so gerne Ihr Motorrad sehen.«

»Sehr gerne, Miss Miller.«

Das Hausmädchen half uns in unsere Mäntel – für einen längeren Spaziergang war ein Cardigan nicht warm genug –, dann begaben wir uns nach draußen. Auf der Höhe des Küchengartens erklärte ich Lieutenant Christie, dass wir uns nicht hinter die hohe Mauer begeben würden, weil der einzige Charme des Küchengartens in unfassbaren Mengen reifer Himbeeren und Äpfel bestand. Stattdessen führte ich ihn zum richtigen Garten.

Der prüfende Blick meiner Mutter hatte Lieutenant Christie eingeschüchtert, und das wiederum spornte mich an. Breit lächelnd zog ich ihn auf: »Kann ich Ihnen die Geheimnisse meines Gartens anvertrauen?«

Er erwiderte mein Lächeln nicht. Stattdessen sah er mir tief in die Augen und sagte: »Wenn es nach mir ginge, könnten Sie mir *alle* Ihre Geheimnisse anvertrauen.«

Die Ernsthaftigkeit, mit der er das sagte, verwirrte mich ein wenig, doch nachdem ich ihm den Ilex, die Zedern und die Riesenmammutbäume gezeigt hatte sowie die beiden Tannen, von denen Madge und Monty behaupteten, sie gehörten ihnen, kam ich wieder zur Ruhe. »Die Buche hier ist mein Lieblingsbaum. Sie ist der größte Baum im ganzen Garten, und als ich klein war, habe ich mich immer mit ihren Bucheckern vollgestopft.« Ich strich mit der Hand über ihren Stamm und dachte zurück an die vielen Tage, die ich als Mädchen auf ihren Ästen verbracht hatte. Das war lange her.

»Jetzt verstehe ich, wieso der Garten Ihnen so viel bedeutet. Er ist wunderschön.« Er zeigte auf ein Wäldchen in einiger Entfernung. »Gehört das auch Ihnen?«

Seine Augen leuchteten ehrfürchtig. Vermutlich hielt er uns für reich; die Villa und die Gärten machten in der Tat einiges her, wenn man ein Auge zudrückte und über den punktuellen Verfall und die abblätternde Farbe hinwegsah. In meiner frühen Kindheit waren wir wohlhabend gewesen, doch Geldsorgen stellten sich ein, als ich ungefähr fünf war. Mein Vater, der als Sohn eines reichen Amerikaners in seinem Leben keinen einzigen Tag gearbeitet und stets angenommen hatte, ihm würde immer weiter Geld zufließen, hatte plötzlich Mühe, seine Familie zu ernähren. Von seinem Einkommen mietete er die Villa Ashfield, und da es sich in England etwas günstiger lebte als in Amerika, konnten wir auf diese Weise unseren Lebensstandard einigermaßen aufrechterhalten. Die existenziellen Sorgen hatten jedoch Auswirkungen auf die Gesundheit meines armen, lieben Papas, er wurde zusehends schwächer und starb dann. Das ist zehn Jahre her. Mutter und ich schlugen uns mithilfe einiger mildtätiger Freunde mehr schlecht als recht durch. Das kleine Einkommen, das uns bisher die Existenz gesichert hatte, hatte sich vor nicht allzu langer Zeit empfindlich reduziert, nachdem die Wertpapierfirma, von der wir einen Teil unserer mageren Alimentierung bezogen, liquidiert worden war.

»Ja«, sagte ich und führte ihn auf den Weg durch die Eschen hindurch. »Aber die Bäume dort sind nichts Besonderes, als kleines Mädchen fand ich sie längst nicht so faszinierend. Ganz zu schweigen von dem Weg, der zu den Tennis- und Krocketplätzen führt, den mochte ich nie recht leiden.«

»Und warum nicht?«

»Als Kind lebte ich wohl mehr in einer Fantasiewelt als in der Welt des Sports«, sagte ich, doch Lieutenant Christie antwortete nicht, während er interessiert und zufrieden die Krocket- und Tennisplätze beäugte. Er konnte nicht ahnen, wie unfassbar unsportlich ich mich dort trotz tapferer Versuche zeigte. Einzig ein schlichtes Badminton-Spiel bescherte mir winzige Erfolgserlebnisse. Nachdem meine mich immer so liebevoll unterstützende und fördernde Mutter Zeugin meiner wiederholten Enttäuschungen geworden war, hatte sie dafür gesorgt, mein Interesse stattdessen auf Musik, Theater und Literatur zu lenken. Auf diesem Gebiet blühte ich förmlich auf, insbesondere während meiner Unterrichtsjahre in Frankreich. Den Gedanken an eine professionelle Laufbahn als Pianistin oder Sängerin hatte ich erst vor Kurzem auf Anraten des geschätzten Pianisten Charles Furster und meiner Londoner Gesangslehrer aufgegeben, aber das Schreiben hatte sich zu einer Leidenschaft entwickelt, die ich pflegte wie meine Freundinnen das Sticken oder die Malerei. Dabei war mir stets bewusst, dass mein Schreiben immer ein reiner Zeitvertreib bleiben würde und dass mein Schicksal ganz und gar in den Händen meines Ehemannes liegen würde. Wer auch immer das sein mochte. Wann auch immer er in mein Leben treten würde.

Während Lieutenant Christie schweigend die Sportanlagen betrachtete, fragte ich: »Hatten Sie als Kind auch einen besonderen Ort?«

Er runzelte die Stirn, sein Blick verfinsterte sich. »Als Kind lebte ich in Indien, wo mein Vater als

Richter bei den indischen Behörden diente. Kaum kehrte unsere Familie nach England zurück, starb er bei einem Reitunfall. Wir lebten dann so lange bei der Familie meiner Mutter im südlichen Irland, bis meine Mutter erneut heiratete, einen Lehrer namens William Hemsley, und wir nach Clifton zogen. Ich bin also ziemlich herumgekommen und kann nicht sagen, dass ich als Kind einen besonderen Ort gehabt hätte. Ich hatte nicht einmal einen eigenen Ort.«

»Wie traurig, Lieutenant Christie. Wenn Sie möchten, dürfen Sie die Gärten von Ashfield sehr gerne mit mir teilen. Kommen Sie jederzeit her und besuchen Sie sie, wenn Sie wieder in Torquay sind.«

Wieder richtete er seine blauen Augen auf mich, als wollte er mich mit ihnen fangen. »Das wäre mir eine große Ehre, Miss Miller, wenn Sie das ernst meinen.«

Ich wollte diesen ungewöhnlichen Mann wiedersehen. Natürlich beschlich mich leise der Gedanke an meine Vereinbarung mit Reggie und damit ein schlechtes Gewissen, aber ich hielt an dem Gesagten fest: »Nichts würde mich mehr freuen, Lieutenant Christie.«

Kapitel 6
Tag eins nach dem Verschwinden

Samstag, 4. Dezember 1926
Styles, Sunningdale, England

Archie eilt aus seinem Arbeitszimmer und stößt dabei fast mit dem behelmten jungen Polizisten zusammen, der ihn am Hurtmore Cottage abgeholt hat. Er bedenkt den Mann mit einem abschätzigen Blick und stürmt Richtung Küche, wo sich eine ganze Schar Polizisten versammelt hat. Archie betet, dass sein Auftritt als besorgter, aufgebrachter Ehemann die richtige Strategie ist.

»Was soll das? Warum tummeln Sie sich alle in meiner Küche, statt die Gegend zu durchkämmen?«, blafft Archie die Männer an und klingt dabei viel wütender, als er tatsächlich ist.

Einer der Beamten, ein jüngerer Bursche mit erstaunlich sanften Gesichtszügen, lässt sich von Archies Gezeter nicht beeindrucken und sagt: »Sir, ich bin sicher, dass das nicht leicht für Sie ist und dass Sie sich große Sorgen machen.«

»Sie untertreiben.« Archie richtet sich zu seiner vollen beeindruckenden Größe auf in der Hoffnung, so mehr Autorität auszustrahlen. »Ich möchte mit dem Einsatzleiter sprechen.«

Der junge Polizist wieselt los in Richtung Beamtenschar und holt einen Mann mittleren Alters daraus hervor, der in einem zerknitterten Mantel sowie einem schlecht sitzenden grauen Anzug steckt. Archie betrachtet den breitschultrigen Officer mit Hängebacken, in dessen blondem Schnauzbart Krümel hängen und der freundlich-verhalten lächelnd mit ausgestreckter Hand auf ihn zukommt. Mit diesem Lächeln will er sowohl Mitgefühl als auch Herzenswärme signalisieren, sicher hat er es schon unzählige Male aufgesetzt, vielleicht macht man das so als Landpolizist. Es wirkt falsch, und im aufmerksamen Blick des Beamten meint Archie auch unterschwelliges Misstrauen sowie verborgene Schläue zu bemerken. Er wird auf der Hut sein müssen.

»Mr Christie, ich möchte Ihnen Deputy Chief Constable Kenward vorstellen«, sagt der junge Polizist und deutet eine Verbeugung in Richtung Kenward an. *Wie schafft der Mann es, mit einer solch ungepflegten Erscheinung derartige Achtung bei seinen Untergebenen zu genießen?*, fragt Archie sich, doch dann begreift er, was die vielen Titel bedeuten, und zuckt innerlich zusammen. Warum wird ein so hochrangiger Kommissar mit diesem Fall betraut?

Während Archie versucht, seine Gedanken zu sortieren und seine Vorgehensweise anzupassen, sagt Kenward: »Freut mich, Sie kennenzulernen, Mr Christie. Die Polizeidirektion der Grafschaft Surrey hat mir die Aufsicht für diesen Fall übertragen, und ich werde selbstverständlich alles tun, um zu seiner Aufklärung beizutragen.« Kein Wort zu Archies kleiner Tirade eben.

Archie schüttelt Kenwards ziemlich feuchte Hand, kommt bezüglich seiner Vorgehensweise zu einem Schluss und antwortet schließlich: »Entschuldigen Sie bitte meinen kleinen Wutausbruch, Deputy Chief Constable Kenward. Sie können sich sicher vorstellen, dass die Situation nicht leicht ist für mich. Ich bin sehr dankbar für Ihre Unterstützung, und es tut mir leid, dass ich Sie unter derart schwierigen Umständen kennenlernen muss.«

»Selbstverständlich, Sir, wir verstehen sehr gut, dass ein Mensch in einer solchen Situation emotional unter großem Druck steht. Aber ich werde mein Bestes tun, um Ihre Frau zu finden, das verspreche ich Ihnen. Ich hoffe, das hilft Ihnen, in Zukunft nicht mehr so aufzubrausen.« Sein indirekter Tadel – man wird Archie einen derartigen Ausfall nur einmal nachsehen – lässt das Geplauder von Kenwards Untergebenen verstummen. Eine unangenehme Stille macht sich breit, ein von unausgesprochenen Schuldzuweisungen beschwertes Schweigen.

»Vielen Dank für Ihr Verständnis«, sagt Archie, und die Beamten nehmen ihre Gespräche wieder auf.

»Ich versichere Ihnen, dass wir alles tun, um Ihre vermisste Frau zu finden«, wiederholt Kenward.

Meine vermisste Frau, denkt Archie. Diese drei Worte, ausgesprochen von einem hochrangigen Polizeibeamten, lassen das Undenkbare sehr möglich erscheinen, und Archie bekommt kein Wort heraus.

Kenward füllt die Gesprächspause. »Ich habe ein paar ganz gewöhnliche Fragen an Sie, Colonel. Könnten wir uns in Ihr Arbeitszimmer zurückziehen, um sie zu besprechen?«

Archie geht auf, dass er nicht in der Gegenwart all dieser Polizisten befragt werden möchte und dass er die Privatsphäre seines Arbeitszimmers vorzieht, wenn nun seine ganz persönlichen Dämonen ans Licht gebracht werden sollen. Außerdem wird ihm klar, dass er den kurzen Gang dorthin gut gebrauchen kann, um sich zu sammeln und sich seine Antworten zu überlegen.

Archie nickt und führt Kenward in sein Arbeitszimmer. Ihm ist nicht wohl dabei, den Gesetzeshüter allzu nah am Kamin zu wissen – wer weiß, vielleicht entdeckt der Constable einen Schnipsel des verbrannten Briefes in der Asche –, darum geleitet er ihn zu dem Lehnstuhl, der am weitesten vom Kamin entfernt steht. Dann nimmt er selbst so Platz, dass Kenwards Blick nicht in Richtung Feuer zeigt.

Der Constable greift in die Innentasche seines Mantels, holt ein in Leder gebundenes Notizbuch sowie einen Füllhalter hervor und legt los. »Ich versichere Ihnen, Sir, ich stelle Ihnen ausschließlich Routinefragen. Wir versuchen, einen zeitlichen Ablauf zu skizzieren. Wann haben Sie Ihre Frau zum letzten Mal gesehen?«

»Freitagmorgen gegen neun Uhr. Kurz bevor ich mich auf den Weg zur Arbeit machte.«

Das Kratzen der Feder auf dem Papier erfüllt den Raum und löst Erinnerungen in Archie aus. Dieses Geräusch ist für ihn untrennbar mit seiner Frau verbunden, es ist das Geräusch ihrer Gedanken.

»Können Sie sich erinnern, worüber Sie sich an dem Morgen unterhalten haben?«, fragt Kenward und reißt Archie damit aus seiner Tagträumerei.

Erschrocken denkt Archie an die Dienerschaft. Hat die Polizei bereits mit dem Personal gesprochen? Er muss vorsichtig sein.

Er reißt sich zusammen, um nicht zu stammeln. »Nicht bis ins letzte Detail. Ich vermute, wir sprachen über die Dinge, die wir üblicherweise morgens besprechen. Termine, Neuigkeiten, Anekdoten über unsere siebenjährige Tochter Rosalind, derlei Themen.«

»Sprachen Sie über Ihre Pläne fürs Wochenende?«

War das eine Falle? Was wusste der Constable?

Archie antwortet vage: »Ich kann mich nicht genau erinnern. Durchaus möglich.«

»Was hatten Sie beziehungsweise Ihre Frau sich für das Wochenende vorgenommen, Sir?«

»Meine Frau wollte nach Yorkshire fahren. Und ich wollte es, wie Sie wissen, bei meinen Freunden Mr und Mrs James in Hurtmore Cottage verbringen. Einer Ihrer Männer holte mich dort ab.«

»Verbringen Sie und Ihre Frau die Wochenenden häufig getrennt?«, fragt Kenward, den Blick starr auf sein Notizbuch gerichtet.

Ganz vorsichtig, ermahnt Archie sich selbst. Jede Frage könnte ihn näher an eine Falle führen.

»Wenn es die Umstände erfordern.«

»Das beantwortet nicht meine Frage, Sir.«

»Das ist aber meine Antwort, Deputy Chief Constable.« Kaum haben die Worte seinen Mund verlassen, bereut Archie sie auch schon. Er weiß, dass ein Mann, der sich um seine Frau sorgt, der verzweifelt ist und sie finden möchte, ganz gewiss nicht einen Polizisten angehen würde, nur weil dieser ein paar Routinefragen stellt. Er würde jede einzelne Frage bereitwillig beantworten. Was dieser Constable wohl von ihm denkt? Kenward ist klüger, als seine zerknitterte Erscheinung einen glauben lässt, vermutet Archie.

Kenward kneift die Augen zusammen. Er öffnet den Mund, um die nächste Frage auszusprechen. Doch bevor er etwas sagen kann, fliegt geräuschvoll die Tür auf. Ein junger Polizist eilt zu seinem Vorgesetzten und flüstert ihm etwas ins Ohr.

Der Constable springt erstaunlich behände auf. »Bitte entschuldigen Sie mich einen Moment, Colonel. Es gibt neue Erkenntnisse.«

Archies Magen zieht sich zusammen. Was in Gottes Namen haben sie bloß so früh herausgefunden? Er folgt den beiden ins Foyer. »Was ist los? Was ist passiert?«

Kenward ruft ihm über die Schulter zu: »Ich werde Sie informieren, sobald ich mir selbst einen Eindruck verschafft habe. Bitte bleiben Sie so lange hier.«

Archie verlangsamt seine Schritte, und als er zum Stillstand kommt, setzt Panik ein. Er macht kehrt, um an seinen Zufluchtsort, in sein Arbeitszimmer, zurückzukehren, doch bevor er es erreicht, begegnet er Charlotte im Flur. Die Gouvernante und Sekretärin, deren dunkles Haar in einem modernen, aber wenig kleidsamen Bob frisiert ist, hat ein Tablett mit einem nicht angerührten Frühstück in den Händen. Zweifellos war es für seine Tochter bestimmt. »Miss Rosalind möchte Sie gerne sehen, Sir«, sagt sie ergeben.

»Ist sie über die Geschehnisse im Bilde?«

»Nein, Sir. Aber selbst ein Kind begreift, dass etwas nicht stimmt, wenn so viel Polizei im Haus ist.«

»Belassen wir es zunächst dabei, Charlotte. Ich gehe gleich mal zu ihr.«

Charlottes Stimme, sonst stets forsch und effizient,

stockt. »Haben Sie … Haben Sie den Brief gesehen, Sir?«

»Welchen Brief?« Archie spielt den Unschuldigen und betet, er möge die Hausangestellte falsch verstanden haben. Sie möge einen anderen Brief meinen als den von seiner Frau.

»Den von Mrs Christie, der auf dem Tisch im Foyer lag. Ich sah ihn dort liegen, als ich gestern Abend aus London zurückkam, aber ich ließ ihn für Sie liegen.«

»Ach so, den, ja«, sagt er, als würde er sich jetzt erst erinnern. Betont lässig fragt er: »Sie haben den Brief doch nicht der Polizei gegenüber erwähnt, oder? Er hatte nämlich überhaupt nichts zu tun mit« – er gestikuliert in alle Richtungen – »dem hier.«

»N-nein«, antwortet sie.

Unwillkürlich packt er sie beim Arm, etwas fester als beabsichtigt. »Gut.« Charlotte jault leise auf, sodass er ihren Arm wieder loslässt. »Tut mir leid. Ich mache mir nur solche Sorgen«, sagt er.

»Selbstverständlich, Sir.« Sie verzeiht ihm und reibt sich den Arm. »Ehrlich gesagt, wenn ich jetzt so darüber nachdenke, dann bin ich mir gar nicht sicher, ob ich den Brief erwähnt habe oder nicht. Der Morgen war so trubelig, einerseits musste ich mit der Polizei fertig werden und andererseits Miss Rosalind trösten, die ihre Mutter so vermisst. Soll ich über den Brief lieber Stillschweigen bewahren?«

Er möchte nicht, dass Charlotte einen falschen

Eindruck gewinnt, den sie ungewollt anderen übermitteln könnte, aber er kann auch nicht riskieren, dass sie jemandem von dem Brief erzählt. Er kann sich schon vorstellen, was die Polizei aus einem Brief machen würde, den die vermisste Ehefrau ihrem Gatten hinterlassen und den dieser Gatte verbrannt hat. Da drängt sich nur ein Schluss auf.

Wie kann er das Thema Charlotte gegenüber so verpacken, dass am Ende das von ihm gewünschte Ergebnis dabei herauskommt? Wenn er sie zum Schweigen verpflichtet, würde sie genau das dann der Polizei berichten? Er kann sich lebhaft vorstellen, was das für Auswirkungen nach sich ziehen würde. Vielleicht könnte er seine Forderung als eine Bitte formulieren? Die Entscheidung ihr überlassen?

»Ich möchte Ihnen nicht vorschreiben, was Sie diesbezüglich zu tun oder zu lassen haben, Charlotte, aber ich glaube doch, dass es besser wäre, wenn der Deputy sich darauf konzentrieren würde, Mrs Christie zu finden, oder? Das ist doch das Wichtigste, nicht wahr?«

Charlotte senkt den Blick auf das Tablett in ihren Händen und stimmt ihm matt zu. »Wie Sie meinen, Sir.«

Er könnte heulen vor Erleichterung, bewahrt aber die gelassene Fassade. »Wunderbar. Der Brief enthält nämlich lediglich eine private Angelegenheit zwischen meiner Frau und mir, die den gestrigen

Ereignissen voranging. Und darum kann er auch keinerlei Licht in das Dunkel ihres Verschwindens bringen.«

Kapitel 7

Das Manuskript

19. November 1912
Villa Ashfield, Torquay, England

»Du kannst jetzt im Garten spielen gehen, Jack«, sagte Madge, als wir mit dem Nachmittagstee fertig waren. Ich konnte es kaum glauben, dass Madges Sohn James, genannt Jack, kein kleiner Junge mehr war, sondern ein neunjähriger Bursche. Kaum war seine Entlassung aus dem Gefängnis, das die Teetafel für ihn darstellte, ausgesprochen, sprang er auf und lief hinaus, um die letzte Stunde Tageslicht auszunutzen, bevor er wieder in die vier Wände der Villa gesperrt würde.

»Darf ich auch aufstehen?«, fragte Madges gutmütiger Ehemann Jimmy.

»Du kennst mich einfach zu gut, Darling.« Madge lächelte. »Oder woher wusstest du, dass wir gerne ein kleines Gespräch unter Frauen führen wollen?«

»In der Tat würde ich sagen, dass ich dich nach all den Jahren ein klein wenig kenne, meine Liebe. Und außerdem habe ich eine Schwester, die bei diesen

Gesprächen zwischen dir und Agatha normalerweise gerne dabei ist.« Jimmy bezog sich auf seine Schwester Nan Watts. Einen letzten Scone kauend, der Krümel in seinem rötlichen Schnurrbart hinterließ, bewegte er sich Richtung Tür. »Nicht vergessen: In einer Stunde müssen wir los«, rief er noch über die Schulter, als er den Flur erreichte.

Ich sah zu meiner selbstbewussten Schwester, deren kastanienbraune Locken gekonnt um ihre Ohren gelegt waren. Eine dreireihige Perlenkette zierte Hals und Dekolleté, und über dem geblümten Seidenkleid trug sie eine karminrote Strickjacke. Sie war nicht im klassischen Sinne hübsch, aber sie strahlte etwas aus, das die Menschen geradezu magnetisch anzog. Ich versuchte, ihr in die Augen zu sehen, um herauszufinden, was ihr Grund für unser Gespräch unter Frauen sein könnte, aber sie hatte den Blick auf Mutter gerichtet, die nickte. Was hatten sie vor? Und war dieses Gespräch der eigentliche Grund für ihren Besuch in Ashfield? Plötzlich hatte ich das Gefühl, in der Falle zu sitzen.

»Mummy sagt, du hast einen neuen Galan«, sagte Madge, zog eine Zigarette aus dem mit einem Monogramm versehenen Silberetui und klopfte ein paarmal mit ihr auf den Tisch, bevor sie ein Streichholz anriss und dann einen ausgiebigen Zug nahm. In meinen Augen sah sie dabei unschlagbar elegant aus, aber ich wusste, dass Mutter das überhaupt nicht guthieß. Sie fand diese neue Mode alles andere als *ladylike.* »Und das, obwohl du noch mit Reggie Lucy verlobt bist.«

Unsere Familie kannte die Lucys seit Ewigkeiten, und Reggie und ich waren Seelenverwandte, die im selben wunderbaren, entspannten Lebenstakt in Devon aufgewachsen waren. Auch er war nicht sonderlich vermögend, aber ihm winkte eine solide Laufbahn als Major bei den Kanonieren. Bevor er für zwei Jahre nach Hongkong entsandt wurde, hatte der wunderbar schüchterne dunkelhaarige junge Mann mir in aller Stille einen Heiratsantrag gemacht. Seither waren wir zwar nicht formell verlobt, aber zwischen unseren Familien herrschte durchaus so etwas wie eine Übereinkunft. Am Abend seiner Abreise hatte er mich ermuntert, mich bei Tanzveranstaltungen und Partys mit anderen Leuten – anderen jungen Männern – zu treffen, bevor wir uns fest aneinanderbanden. Ich hatte Reggie beim Wort genommen und meine normalen gesellschaftlichen Aktivitäten weiterverfolgt, war auch zu formellen Bällen gegangen, auf denen Tanzen strikt erwartet wurde. Ich hatte das stets mit dem besten Gewissen getan – bis Archie aufgetaucht war und sich alles irgendwie verschoben hatte.

Meine Wangen brannten. Ich bewunderte Madge und lechzte stets nach ihrer Anerkennung, darum konnte ich nur sehr schlecht damit umgehen, wenn sie mich wie ein Kind behandelte. Oder noch schlimmer, wenn meine geliebte Mummy Partei gegen mich ergriff. In diesen Momenten empfand ich unseren Altersunterschied von elf Jahren wie eine große Kluft. Gott sei Dank glänzte unser Bruder Monty meist durch Abwesenheit, denn sonst wären es jetzt wohl drei gegen eine gewesen.

Ich versteifte mich, meine Schultern verkrampften. »Ich weiß nicht, wovon du sprichst, Madge. Reggie wollte nicht, dass ich zu Hause herumsitze und Trübsal blase. Er hat mir ausdrücklich aufgetragen, unter Leute zu gehen und auch andere Männer zu treffen. Immerhin wird er ganze zwei Jahre in Hongkong sein.« Ich ärgerte mich, dass meine Stimme so schrill und abwehrend klang.

»Ich glaube nicht, dass er damit meinte, du solltest dich *alleine* mit anderen Männern treffen, Agatha. Nicht so, wie du dich offenbar mit diesem Lieutenant Christie triffst.« Sie warf Mummy einen undurchdringlichen Blick zu. Offenbar hatten sie hinter meinem Rücken über Archie und mich geredet. Ich hatte ja schon geahnt, dass Mutter keine Sympathien für Archie hegte – warum auch immer, denn ich wüsste nicht, welchen Grund sie dafür haben könnte bis auf den, dass er nicht Reggie Lucy war –, und sah diese Ahnung nun bestätigt. Ich vermutete, dass Mutter Madge darum gebeten hatte, dieses Gespräch mit mir zu führen.

»Zwischen Lieutenant Christie und mir bestehen keinerlei Vereinbarungen, Madge. Er ist einfach nur Teil meines Bekanntenkreises.«

Ich wusste selbst, dass die Worte, die mir da über die Lippen kamen, nicht der Wahrheit entsprachen. Im Laufe der letzten Wochen hatte Lieutenant Christie mich beim Wort genommen und mich regelmäßig und manchmal unangekündigt in Torquay besucht. Er gab nicht mehr vor, dienstlich in der Nähe zu tun gehabt zu haben wie bei seinem ersten Besuch in Ashfield. Er hatte sogar gestanden, vor jenem ersten Besuch meine Adresse aus Arthur Griffiths herausgekitzelt zu haben und wie peinlich ihm das gewesen war. Obwohl er so häufig zu Besuch kam, blieb er mir weiter fremd. Er war so anders, aber seine Eindringlichkeit und Entschlossenheit faszinierten mich.

»Wo er als *dein* Begleiter auftaucht. Auf *deine* Einladung hin. Mit den anderen ist er jedenfalls nicht so vertraut wie mit dir.« Madge erhob die Stimme, und so sprach auch ich lauter weiter. Vielleicht, weil ich wusste, dass Madge recht hatte.

»Du weißt nicht, wovon du redest, Madge. Er ist nicht mein Galan«, herrschte ich sie an.

»Das behauptest du, aber von außen sieht das alles etwas anders aus.« Sie hielt inne, dann wechselte sie die Taktik. »Wir kennen seine Familie nicht, Agatha. Nicht so, wie wir die Lucys kennen.

Wenn du vorhast, diese Beziehung weiter zu pflegen, dann musst du dir klarmachen, dass man nie nur einen Mann heiratet, sondern seine gesamte Verwandtschaft. Ich weiß, wovon ich rede.« Sie seufzte dramatisch. Ihr Jammer und Wehklagen über ihre angeheiratete Familie war legendär.

Wir hatten uns inzwischen beide von unseren Stühlen erhoben und standen uns wütend gegenüber.

»Meine lieben Mädchen«, rief Mummy. »Schluss jetzt.« Das Gespräch drohte, sich zu einem handfesten Streit zu entwickeln, und ganz gleich, wie Mutter zu Archie stand, einen solchen Zwist zwischen ihren Töchtern konnte sie nicht zulassen.

Madge und ich setzten uns wieder, meine Schwester nahm sich eine weitere Zigarette. Mutter konzentrierte sich auf ihre Stickarbeit, als sei nichts passiert. Madge ergriff als Erste wieder das Wort. »Wie ich höre, verhilfst du in deiner Freizeit meiner alten Empire-Schreibmaschine zu neuen Ehren.«

Mutter berichtete Madge offenbar *en detail* von meinem Leben. Musste meine große, rechthaberische Schwester wirklich alles über mich wissen? Anfangs hatte ich gezögert, die Schreibmaschine zu benutzen, weil Madge darauf ihre preisgekrönten Beiträge für die *Vanity Fair* geschrieben hatte und ich dachte, sie würde das Gerät zurückhaben wollen. Doch Mutter hatte mich überzeugt, einfach loszulegen.

»Ja, unter anderem«, entgegnete ich. Ihr Sermon über Archie und Reggie schmerzte immer noch.

»Hast du in letzter Zeit etwas gelesen?« Ihr entging nicht, wie kühl ich mich gab, und sie versuchte, mich mit einem vertrauten, uns verbindenden Thema wieder aufzutauen.

Madge und ich lasen sehr viel, und sie war es gewesen, die mich in die Welt der Kriminalromane eingeführt hatte. Als ich etwa sieben, acht Jahre alt gewesen war, hatte sie begonnen, mir an kalten Winterabenden in Ashfield vor dem Schlafengehen Geschichten von Sir Arthur Conan Doyle vorzulesen. Und dieses Ritual behielt sie bei, bis sie Mrs James Watts wurde – von da an versorgte ich mich selbst mit Detektivgeschichten. Das Buch, das mich endgültig für das Genre begeisterte, war *Der Fall Leavenworth* von Anna Katharine Green gewesen, das rund zehn Jahre vor Sir Arthur Conan Doyles erster Sherlock-Holmes-Geschichte erschienen war. Der rätselhafte Fall drehte sich um einen wohlhabenden Kaufmann, der in einem abgeschlossenen Raum in seiner Villa auf der Fifth Avenue in New York City mit einer Pistole erschossen worden war, die sich während des Mordzeitpunkts in einem anderen abgeschlossenen Raum befand.

»Ja«, antwortete ich immer noch etwas kühl. »Ich habe gerade das neue Buch von Gaston Leroux fertig gelesen, *Das Geheimnis des gelben Zimmers.*«

Ihre Augen leuchteten auf, und sie rückte auf ihrem Stuhl nach vorne, auf mich zu. »Ich auch. Hat mir gut gefallen. Was sagst du?«

Unsere Meinungsverschiedenheit vergessend, tauchten wir ein in ein angeregtes Gespräch über die Stärken und Schwächen des Buches. Ich war voller Bewunderung für das komplizierte Verbrechen, bei dem der Täter scheinbar aus einem abgeschlossenen Raum entkam, und Madge schwärmte von den Grundrissen, die in den Text eingefügt waren, um den Tatort zu illustrieren. Wir beide mochten das durchaus intelligente Rätselraten, mit dem die Leser des Buches unterhalten wurden, und doch waren wir uns einig, dass es nicht an unseren Favoriten Sherlock Holmes herankam.

»Ich würde gerne mal auf deiner alten Empire-Schreibmaschine eine Detektivgeschichte schreiben.« Damit sprach ich einen Gedanken aus, den ich schon länger hegte.

Madge hob die Augenbrauen, setzte ihr übliches Gesicht auf und blies in aller Ruhe Rauch aus. Dann sagte sie: »Ich glaube nicht, dass du das kannst, Agatha. Das ist ein sehr schwieriges Unterfangen. Ich hatte auch schon selbst überlegt, es mal zu versuchen, aber es ist einfach zu knifflig.«

Damit sagte sie natürlich implizit, dass, wenn *sie* nicht in der Lage war, eine Detektivgeschichte zu schreiben, es ihrer kleinen Schwester selbstverständlich auf gar keinen Fall gelingen konnte. Aber ich würde mir von ihr nichts vorschreiben lassen – nichts, was Archie anging, und auch nichts, was das Schreiben betraf.

»Ich werde es trotzdem versuchen«, beharrte ich.

»Du schaffst alles, was du dir vornimmst, Agatha«, meldete sich unvermittelt unsere stickende Mutter zu Wort.

»Ich wette, es gelingt dir nicht«, spottete Madge und lachte. »Ich meine, wie solltest ausgerechnet *du* denn bitte über ein undurchschaubares Rätsel schreiben, das ja das Kernstück einer guten Detektivgeschichte ist? Du, die du die Durchschaubarkeit in Person bist?«

Aha. Ich kann also keine Detektivgeschichte schreiben, ja?, dachte ich bei mir. Madges herablassende Äußerung machte mich wütend, forderte mich aber auch heraus. Eine regelrechte Wette hatte meine Schwester zwar nicht platziert – das erforderte den Miller'schen Familien-Wettregeln zufolge die Festsetzung genauer Fristen und Einsätze –, aber ich betrachtete ihre Worte dennoch als solche. Madge hatte einen Funken in mir entzündet, und ich schwor mir, ihn zu nähren, bis ich ihn entfachen konnte. Die Wette galt.

Kapitel 8
Tag eins nach dem Verschwinden

Samstag, 4. Dezember 1926
Styles, Sunningdale, England

Archie schließt die schwere Arbeitszimmertür, lehnt sich dagegen und atmet sehr bewusst langsam und tief ein. Ganz ruhig bleiben. Er darf nicht zulassen, dass ihm die Nervosität und unterschwellige Wut durch die besorgte Fassade hindurch anzumerken sind.

Ein leises Klopfen unterbricht ihn in seinen Gedanken. Es ist nicht das fordernde Hämmern eines Polizisten – aber wer sollte es sonst sein? Er streicht sich die Haare und das Jackett glatt und öffnet die notorisch quietschende Tür.

Archie blickt hinaus auf den Flur, bereit, einen Polizisten zu empfangen, der ihn mit weiteren Fragen triezen möchte. Doch da ist niemand. Bis Charlotte sich in sein Blickfeld bewegt.

»Entschuldigen Sie, Sir. Sie wollte nicht mehr warten.« Sie hat den Arm um ihren Schützling gelegt und schiebt das Kind auf ihn zu.

Rosalind. Archie sieht hinab auf seine kleine, siebenjährige Tochter. Die starrt ihn von unter ihrem schweren dunklen Stirnhaar aus den hellblauen Augen an, die sie von ihm hat.

Er kann heute überhaupt nicht nachvollziehen, warum er früher kein Kind wollte. Als Agatha schwanger wurde, hatte er keine passende Arbeit, und er wollte die Zuneigung seiner Frau nicht mit einem Säugling teilen müssen. Doch als Rosalind dann auf der Welt war und er sich äußerlich wie charakterlich in ihr wiedererkannte, konnte er sich eine Welt ohne sie gar nicht mehr vorstellen.

Er führt seine Tochter ins Arbeitszimmer und schließt die Tür. Charlotte bleibt auf dem Flur zurück. Rosalind setzt sich auf den Sessel am Kamin, ihre Füße baumeln über dem Eichenfußboden und dem purpurroten Orientteppich. Sie wirkt so klein und verletzlich, jedes andere siebenjährige Kind würde in dieser Situation sicher bitterlich weinen, aber nicht seine Tochter. Nein, sie begegnet der Unruhe jenseits der Arbeitszimmertür mit gelassener Neugier, und er liebt sie dafür umso mehr.

Archie nimmt auf dem Sessel ihr gegenüber Platz und erinnert sich kurz an sein Gespräch mit dem Polizeibeamten. Er schüttelt das ungute Gefühl, das ihn seither verfolgt, so gut es geht ab und wendet sich seiner dunkelhaarigen Tochter zu, deren sonst so blasse Wangen rot glühen. Ob das von der Wärme des Kamins kommt oder von dem Tumult im Haus, da ist er sich nicht sicher.

»Du wolltest mich sprechen, Rosalind?«

»Ja, Papa«, sagt sie ruhig.

»Hast du eine Frage?«

»Ja.« Sie runzelt die Stirn und sieht auf einmal viel älter aus als sieben Jahre. »Im ganzen Haus ist Polizei, und ich frage mich, was los ist.«

»Hat Charlotte schon etwas dazu gesagt?« Er versucht, genauso ruhig zu sprechen wie sie. Zwar hatte er die Sekretärin und Gouvernante angewiesen, Rosalind über die Geschehnisse im Dunkeln zu lassen, doch er weiß auch, wie scharfsinnig das Kind ist und dass es höchstwahrscheinlich bereits eigene Schlüsse gezogen hat. Vielleicht hat sie Charlotte sogar mit Fragen gelöchert. Auf keinen Fall möchte er dem, was seine Tochter bereits von Charlotte erfahren hat, widersprechen.

»Nein, Papa, kein einziges Wort. Dabei habe ich sie so oft gefragt.«

Wenn die Lage nicht so angespannt wäre, würde er über die Hartnäckigkeit seiner Tochter schmunzeln.

»Nun, Rosalind, die Polizei ist hier, um uns mit deiner Mutter zu helfen«, antwortet er so liebevoll wie irgend möglich.

Sie hebt angesichts dieser ungewöhnlichen und

reichlich vagen Erklärung fragend die Augenbrauen. »Um uns mit Mama zu helfen?«

»Ja, Liebes.«

»Ist sie krank?«

»Nein. Nicht, dass wir wüssten.«

Rosalind rümpft die Nase, während sie über eine andere Möglichkeit nachdenkt. »Steckt sie denn in irgendwelchen Schwierigkeiten? Ist die Polizei deshalb hier?«

»Nein, ganz und gar nicht. Die Polizei sucht nach deiner Mutter.«

»Aber wieso das denn? Ist sie verschwunden?« In ihrem Ton ist ein Hauch von Sorge hörbar.

Wie sollte er es seiner Tochter sagen, ohne sie weiter zu alarmieren? Archie versucht es mit einer harmlosen Erklärung, die sich an die Fakten anlehnt. »Wie es aussieht, ist Mama dieses Wochenende doch nicht nach Yorkshire gefahren, obwohl sie dort erwartet wurde. Ich bin mir *ganz* sicher, dass sie es sich einfach im letzten Moment anders überlegt und vergessen hat, uns Bescheid zu sagen, aber die Polizei will sichergehen, dass ihr nichts passiert ist. Die machen einfach nur sehr gründlich ihre Arbeit. Ich bin überzeugt, deine Mutter hat sich irgendwohin zurückgezogen, um zu schreiben. Wie sie das schon so oft getan hat.«

»Ah.« Rosalinds Stirnfalten glätten sich. Das war eine plausible Erklärung. Agatha hatte hin und wieder das Bedürfnis, Styles zu entfliehen, um in Ruhe zu schreiben, und ließ Rosalind bei solchen Gelegenheiten stets in Charlottes vorzüglicher Obhut. Und in seiner nicht ganz so vorzüglichen. »Das ist alles?«

»Das ist alles, Rosalind.« Er nickt.

Kapitel 9
Das Manuskript

31. Dezember 1912
Villa Ashfield, Torquay, England

»Muss dieser Lieutenant Christie heute Abend unbedingt dabei sein?«, fragte Mummy, als ich loswollte. »Schließlich feiert man Silvester üblicherweise mit engen Freunden und Verwandten, nicht mit neuen Bekannten. Wenn« – sie hielt kurz inne – »er tatsächlich einfach nur ein neuer Bekannter ist, wie du nicht müde wirst zu behaupten.«

Stellte Mummy mich auf die Probe? Seit meinem Gespräch mit Madge war ich überzeugt, dass unsere Mutter diese aufkeimende Beziehung nicht guthieß, und von diesem Zeitpunkt an hielt sie damit auch nicht mehr hinter dem Berg. Erst schrieb ich das dem Umstand zu, dass »der junge Mann« oder »dieser Lieutenant Christie«, wie sie ihn nannte, fast genauso mittellos war wie ich selbst. Doch dann machte sie immer häufiger spitze Bemerkungen zu seiner unverblümten Art, seinem mangelnden Fingerspitzengefühl und seinem außergewöhnlich schönen Gesicht.

Mir war nicht klar, wie sie zu diesen Anmerkungen kam, außer natürlich der bezüglich seiner nicht zu übersehenden Attraktivität. Ich wusste, dass sie sich wünschte, ich würde mich wieder dem lieben, gütigen Reggie zuwenden, von dem sie glaubte, dass er mich sehr glücklich machen würde, aber rechtfertigte dieser Wunsch allein wirklich ihre vielen negativen Kommentare?

»Er ist bereits eingeladen, Mummy. Wir sind vor Ort mit ihm verabredet. Es ist zu spät, jetzt noch etwas an unseren Plänen zu ändern«, sagte ich, während ich in meinen Mantel schlüpfte.

»Er besitzt nicht einmal den Anstand, dich abzuholen«, monierte sie leise, aber laut genug, dass ich die Enttäuschung in ihrer Stimme hören konnte. »Nicht besonders gentlemanlike.«

»Mummy. Er hat es von seiner Kaserne aus viel näher zu der Feier als ich von hier aus. Er wollte herkommen und mich holen, aber ich bestand darauf, ihn dort zu treffen«, nahm ich ihn in Schutz. Ganz gleich, was die Zukunft bringen würde, ich wollte nicht, dass Mutter Archie noch weniger mochte als jetzt. Und in ihren Augen war es von entscheidender Bedeutung, dass ein Mann sich wie ein Gentleman benahm und eine Frau wie eine Lady darauf reagierte.

Während wir uns zum Abschied herzten und einander einen guten Rutsch wünschten, musste ich daran denken, wie verschieden Madge und ich waren.

Im Gegensatz zu meiner Schwester, die bei ihrer Heirat sehr strategisch vorgegangen war, wollte ich aus Liebe heiraten, und ich war mir nicht sicher, ob ich Reggie liebte. Meine kluge große Schwester, die für sich einen gewissen schriftstellerischen Ruhm in Anspruch nahm und stets stark und einnehmend auftrat, wurde, als sie sich einen Gatten aussuchen sollte, von zahlreichen Verehrern heftig umworben. Sie hatte sich für den etwas reservierten James Watts entschieden, der – nicht sonderlich überraschend – nicht nur deutlich wohlhabender war als alle anderen Galane, sondern noch dazu der rechtmäßige Erbe von Abney Hall. Ich hatte durchaus das Gefühl, dass sie Jimmy bewunderte und mochte, er war ein feiner Kerl, der auch mir gegenüber sehr freundlich war, aber ich fragte mich, ob sie die leidenschaftliche Liebe für ihn empfand, die in meinen Augen für eine Ehe nötig war. Ich jedenfalls war fest entschlossen, diese Art von Liebe zu finden. Früher, bevor ich Archie kennenlernte, hatte ich mich immer sofort, wenn ein Brief von Reggie ankam, in mein Zimmer zurückgezogen, um ihn zu lesen. Seit ich Archie kannte, legte ich Reggies Briefe ungeöffnet in eine Schublade, um mich ihnen später zu widmen – und vergaß sie dann dort. Das war in meinen Augen kein Anzeichen großer Liebe. Im Gegensatz dazu dachte ich fast ständig an Archie, und ich hatte seit Wochen davon geträumt, mit ihm ins neue Jahr zu feiern.

Laut Standuhr am anderen Ende des Ballsaals waren es noch fünfzehn Minuten bis Mitternacht. Wir hätten ausgelassen feiern und uns darauf vorbereiten sollen, das Jahr 1913 zu begrüßen. Doch während meine Freunde zu »Scott Joplin's New Rag« Onestepp tanzten, saßen Archie und ich schweigend auf einer Bank.

Ich war frustriert. Den ganzen Abend schon blies Archie Trübsal, und je näher der Jahreswechsel rückte, desto griesgrämiger wurde er. Jedes Mal, wenn ich versuchte, ein Gespräch in Gang zu bekommen, selbst wenn es dabei um das von ihm geliebte Thema Sport ging, fielen seine Antworten so aus, als hätte ich ihn etwas ganz anderes gefragt. Und auch als Nan einen Versuch wagte, ihn anzusprechen, antwortete er ausgesprochen einsilbig. In den zweieinhalb Monaten, die ich ihn nun kannte, hatte ich mich an seine gelegentlichen stillen, nachdenklichen Phasen gewöhnt, aber dieses Verhalten war mir völlig neu. Hatte ich etwas falsch gemacht? War er gar nicht der Mann, für den ich ihn hielt?

»That Whistling Rag« erklang. Da Archie mich nicht zum Tanzen aufforderte, war ich so frei: »Wollen wir?«

»Lieber nicht«, sagte er und sah mich dabei nicht einmal an.

Ich war mit meiner Geduld am Ende. »Was ist denn bloß mit Ihnen los, Archie? Sie sind heute so gar nicht

Sie selbst.« Mutter hätte sich geschämt, wenn sie mich hätte hören können, schließlich ermahnte sie mich immer wieder, in der Gesellschaft eines Gentlemans souverän und heiter zu bleiben.

In seinem Blick spiegelte sich Überraschung über meinen wenig damenhaften Ausbruch, aber er antwortete sehr ruhig. »Ich habe heute meine Einberufung in das Royal Flying Corps erhalten.«

Ich war verwirrt. Wieso freute er sich nicht über diese Nachricht? Seit Monaten wartete er darauf, in das Fliegerkorps einzutreten.

Als ich nichts sagte, fügte er hinzu: »Ich muss mich in zwei Tagen in Salisbury Plain einfinden.«

Da verstand ich. Er musste viel früher anrücken als erwartet. Belastete es ihn, bald von mir getrennt zu sein? Mein Herz machte einen winzigen Hüpfer, weil sich womöglich jemand nach mir sehnte.

»Das tut mir leid, dass Sie wegmüssen, Archie«, sagte ich.

»Wirklich?« Zum ersten Mal an dem Abend sah er mir in die Augen, als forsche er darin nach etwas. Meine Worte schienen ihn wieder zum Leben erweckt zu haben.

»Natürlich. Ich habe es sehr genossen, in den letzten Monaten Zeit mit Ihnen zu verbringen«, antwortete ich mit brennenden Wangen. Das war eine gnadenlose Untertreibung, aber Mutter hatte mir beigebracht, dass eine junge Frau in ihren Äußerungen stets zurückhaltend sein musste.

Er nahm meine Hände, und schon platzte es aus ihm hervor: »Sie müssen mich heiraten, Agatha. Sie müssen einfach.«

Mir klappte vor Schreck die Kinnlade herunter. Zugegeben, ich hatte Gefühle für Archie, die ich für Reggie nie gehabt hatte. Und auch nicht für Wilfred Pirie oder Bolton Fletcher, weitere frühere Verehrer und Freunde der Familie. Aber in meiner Welt wurden Entscheidungen dieser Tragweite nicht nach kurzer Bekanntschaft getroffen, sondern nach langer familiärer Verbundenheit, wie Madge mir in unserem Gespräch mehr als klargemacht hatte. Und Mummy unterstützte das.

Seine lebhaften blauen Augen ließen mich nicht los: »Seit ich Sie auf dem Ball der Chudleighs zum ersten Mal gesehen habe, weiß ich, dass ich Sie haben muss.«

Ein mir unbekanntes Gefühl, fast Verlangen, durchflutete mich. Die Stunde der Wahrheit war gekommen. Aber wie konnte ich ihm *jetzt* von Reggie erzählen? Seit Wochen wurden unsere Treffen immer regelmäßiger und überschritten inzwischen fast eine Grenze, und seit Wochen nahm ich mir immer wieder vor, das Thema anzuschneiden, nur um dann im letzten Moment doch wieder zu kneifen.

Ich fürchtete, wenn Archie von Reggie erfuhr, würde er mir vorwerfen, ihn an der Nase herumgeführt zu haben, da unsere Beziehung ohnehin keine Zukunft hatte. Aber das stimmte so nicht. Reggie hatte mir erlaubt, mich mit anderen Männern zu treffen. Allerdings hatte er nicht ahnen können, dass mir jemand wie Archie begegnen würde. Und ich auch nicht.

»Ach, Archie, das geht leider nicht. Wissen Sie …« Ich holte tief Luft, dann wagte ich den Sprung. »Ich bin nämlich mit einem anderen verlobt.«

Ich erklärte ihm, wer Reggie war, wie unsere Familien zueinanderstanden und was es mit der unverbindlichen Verlobung auf sich hatte. Ich erwartete, Archie würde außer sich geraten vor Wut. Oder dass er zumindest verletzt wäre. Doch er machte nur eine wegwerfende Handbewegung. »Diese Vereinbarung müssen Sie lösen. Sie konnten ja nicht wissen, was zwischen uns passieren würde, als Sie der Verlobung zustimmten. Wenn überhaupt von einer Verlobung die Rede sein kann.«

»Das ist unmöglich. Das kann ich nicht.« Vor meinem inneren Auge blitzte ein Bild von Reggies freundlichem Gesicht neben dem seiner nicht weniger liebenswürdigen Schwestern auf, und mir wurde übel. Ich würde nicht nur Reggie enttäuschen, sondern das gesamte familiäre Netzwerk in Torquay. Ganz zu schweigen von Mummy.

»Selbstverständlich können Sie das. Wenn ich mit jemandem verlobt gewesen wäre, als ich Sie kennenlernte, hätte ich die Verlobung augenblicklich gelöst«, behauptete er.

»Ich kann das nicht. Unsere Familien sind seit Urzeiten befreundet. Die Familie Lucy sind ganz wunderbare Menschen –«

»Nein.« Er schnitt mir das Wort ab, und mir wurde bewusst, dass er nie wie ich Teil einer Gemeinschaft – vielleicht nicht einmal einer Familie – gewesen war. Aber dann zog er mich an sich, und ich konnte an nichts anderes als an ihn denken. »Wenn Sie diesen Reggie wirklich lieben würden, hätten Sie ihn dann nicht sofort geheiratet? So, wie ich Sie jetzt sofort heiraten will?«

Die unmittelbare Nähe zu ihm verschlug mir den Atem, und mit klopfendem Herzen erklärte ich ihm wie schon so vielen anderen zuvor: »Wir hielten es für das Beste, damit zu warten, bis er aus Hongkong zurück ist und wir beide in stabileren Verhältnissen sind.«

»Ich hätte nicht gewartet, Agatha. Meine Gefühle sind zu stark, als dass ich auf Sie warten könnte.« Seine Stimme klang rau vor Verlangen. So heftig begehrt zu werden, löste etwas in mir aus. War das die leidenschaftliche Liebe, auf die ich gewartet hatte? War das die Begierde, die ich bisher nur aus Büchern kannte?

Was Archie sagte, hallte in mir nach. Hatte ich je derartig für Reggie empfunden? Ich erinnerte mich an einen Frühlingsabend, an dem er und ich uns nach einer großen Dinnerparty bei Nachbarn von den anderen absonderten und über den Rasen schlenderten. Wir sprachen über die Boote, die für die bevorstehende Regatta fertig gemacht wurden – kein echtes Rennen, nur ein harmloses Wettsegeln, wie es in Torquay so häufig stattfand –, und mich fröstelte, obwohl der Abend eher lau war. Ohne großes Aufheben und ohne unser Gespräch zu unterbrechen, zog Reggie seine Jacke aus und legte sie mir um die Schultern. Seine großen Hände berührten mich dabei überraschend sanft, wir sahen uns in die Augen, und ich fühlte mich bei ihm rundum wohl – so, als wüsste ich, dass ich in seinen Armen sicher und gut versorgt sein würde. Aber mehr nicht.

In Wirklichkeit wusste ich bereits seit geraumer Zeit, dass ich für Reggie nicht die Gefühle hegte, die eine Frau für ihren Ehemann hegen sollte. Was ich empfand, wenn ich mit Reggie zusammen war, waren Zufriedenheit und Ruhe, wie man sie mit jemandem empfindet, der einem sehr ähnlich ist. Mir kam es fast so vor, als seien Reggie und ich uns *zu* ähnlich, als würden wir *zu* gut zusammenpassen, und ich fürchtete, das könnte mir auf Dauer zu langweilig werden. Für Reggie empfand ich ganz anders als für

Archie. Archie fühlte sich für mich an wie *der Richtige.* Ganz bestimmt war er *mein Schicksal.*

Ich lachte. »Sie sind verrückt.«

Zum ersten Mal an jenem Abend lächelte er. »Ganz recht. Nach Ihnen.«

Obwohl es gegen jedes Ball-Protokoll verstieß, zog er mich noch enger an sich. Ich spürte seinen warmen Atem auf meiner Wange und meinen Lippen, als er fragte: »Agatha Miller: Willst du mich heiraten? Jetzt sofort?«

Wie aus dem Nichts tauchte nicht nur Madges warnende Miene vor meinem inneren Auge auf, sondern auch Reggies freundliches Lächeln. Ich ignorierte beides. Und dann antwortete ich ihm trotz Madges Ermahnungen – oder vielleicht deswegen – aus der Tiefe meines Herzens.

»Ja, Archibald Christie. Ich will.«

Kapitel 10
Tag eins nach dem Verschwinden

Samstag, 4. Dezember 1926
Styles, Sunningdale, England

Zum Teufel, was ist das für ein Lärm?, fragt sich Archie. Das permanente Gemurmel der Polizisten und das ewige Türenschlagen bei ihrem ständigen Ein- und Ausgehen waren eine Sache, aber diese dröhnende, leicht autoritäre Stimme, die da durch das ganze Haus hallte, eine ganz andere. Er hält sich die Ohren zu, doch die Stimme kriecht durch den Flur in sein Arbeitszimmer, in dem ein nicht abreißender Strom von Polizisten ihn den ganzen Tag schon mit Fragen bombardiert. Das ist zu viel. Er kann nicht denken.

Archie weiß, dass es riskant ist, aber er muss diese enervierende Stimme zum Schweigen bringen. Er ist doch der verzweifelte Ehemann einer vermissten Frau, oder etwa nicht? *Kann man da nicht ein bisschen Ruhe erwarten?*, hätte er beinahe laut gesagt, doch er hält sich gerade noch zurück. Er steht auf und will sich denjenigen, der da so rücksichtslos herumkrakeelt, vorknöpfen und um ein Mindestmaß an Ruhe bitten, doch da schwingt die Tür zu seinem Arbeitszimmer auf, ohne dass vorher jemand die Höflichkeit besessen hätte anzuklopfen.

Es ist Deputy Chief Constable Kenward, und Archie begreift, dass es seine Stimme war, die er durch die Flure hallen hörte. Da kann er sich natürlich schlecht beschweren, er wird den Lärm weiter ertragen müssen.

»Ich weiß, dass Sie bereits viele Fragen beantworten mussten, aber wenn Sie erlauben, hätte ich noch ein paar mehr an Sie?« Kenward lässt es wie eine Frage klingen, dabei ist es gar keine. Er zieht einen kleinen Block und einen Bleistift aus seinem voluminösen Trenchcoat.

»Ich mache alles mit, wenn es dazu beiträgt, meine Frau zu finden«, sagt Archie scheinheilig.

Die beiden Männer nehmen auf den gegenüberstehenden Sesseln vor dem Kamin Platz, und Kenward fragt: »Könnten wir den gestrigen Morgen noch einmal im Detail durchgehen, Mr Christie?«

Nicht schon wieder, denkt Archie, doch er sagt: »Natürlich. Gerne. Wie ich Ihnen und den anderen Beamten bereits sagte, bin ich aufgestanden, habe mich angezogen, gefrühstückt, alles zur üblichen Zeit –«

»Und das wäre wann, Sir?«

»Um neun.«

»Sind Sie sicher?«

»Ja. Für mich beginnt jeder Tag zur selben Zeit mit demselben Ablauf.«

»Sie sind also ein Mann der Gewohnheit, ja?«

»Allerdings.« Archie strafft die Schultern. Er ist durchaus stolz auf die Regelmäßigkeit seines Tagesablaufs, doch dann erstarrt er und überlegt, ob das die richtige Antwort war. Könnte seine Regelverliebtheit in den Augen des Deputy Chief Constable etwas Negatives sein?

»Und haben Sie, nachdem Sie Ihren morgendlichen Ablauf absolviert hatten, Mrs Christie gesehen?«

»Ja, sie kam zum Frühstück herunter, als ich gerade damit fertig war.«

»Worüber sprachen Sie?« Kenward macht sich fleißig Notizen.

Kenward sieht ihn nicht an, dadurch fällt es Archie leichter, ihm dieselbe Antwort aufzutischen, die er nun bereits mehrfach geliefert hat: »Es war das übliche morgendliche Geplauder über Arbeit, Termine und unsere Tochter, Rosalind.«

»Haben Sie Ihre Frau nach diesem üblichen morgendlichen Geplauder noch einmal gesehen?«

Hört er da einen gewissen Unterton heraus, als Kenward die Formulierung »übliches morgendliches Geplauder« wiederholte? Oder bildet er sich das ein?

»Nein, ich machte mich auf den Weg zur Arbeit und habe sie danach nicht mehr gesehen«, antwortet Archie.

»Und Sie hatten den ganzen Tag über keinen Kontakt zu ihr?«

»Nein.«

»Wissen Sie denn, wo Ihre Frau sich im Laufe des Tages aufhielt?«

»Nein.«

»Aber Sie hatten sich doch morgens über Ihre Termine unterhalten, oder nicht?«

»Nur im Allgemeinen.«

»Und beinhaltete dieses allgemeine Gespräch auch Ihre Pläne für das Wochenende?«

»Vermutlich. Zum Teil.« Archie versucht, unverbindlich zu wirken.

»Helfen Sie mir auf die Sprünge. Was hatten Sie beide an diesem Wochenende vor, Mr Christie?«

»Meine Frau wollte nach Beverley in Yorkshire. Und ich hatte eine Einladung von Mr und Mrs James nach Hurtmore Cottage angenommen, nicht ganz so weit weg. Wie Sie wissen.« *Dieser alte Fuchs,* denkt er. Das ist er alles schon einmal mit Kenward durchgegangen. Und mehrmals mit seinen Männern. Bestimmt führt er etwas im Schilde und will ihm eine Falle stellen.

»Haben Sie die Wochenenden oft getrennt verbracht?«

»Wenn die Umstände es erforderten«, antwortet Archie absichtlich vage. Er weiß, dass es nicht üblich ist, dass Paare die Wochenenden nicht gemeinsam verbringen.

»Und die Umstände erforderten es in diesem Fall?«

»Ja.«

»Lag das daran, dass Ihre Frau nicht zu den James eingeladen war?«, fragt Kenward, wobei er einen unschuldigen Ton anschlägt und Archie abermals nicht ansieht. *Darauf hat Kenward die ganze Zeit hingearbeitet,* denkt Archie und wird wütend. Es geht die Polizei einen feuchten Kehricht an, wen die James zu sich nach Hause einladen und wen nicht!

Nach dieser plötzlichen Erkenntnis versucht Archie, sich wieder zu fangen, und vor allem, nicht wütend zu klingen, sondern einen Ton anzustimmen, mit dem er eine vollkommen plausible und normale Erklärung dafür liefert, dass seine Frau nicht mit zu den James kommen wollte. »Selbstverständlich war sie eingeladen. Aber die James und ich sind große Golffans, und meine Frau teilte – teilt – diese Leidenschaft nicht. Als sich ihr die Gelegenheit bot, stattdessen nach Yorkshire zu fahren, entschied sie sich dafür.«

»Und es war nicht andersherum, Sir?«

Was zum Teufel hatte dieser Mann gehört? Und von wem? Ganz vorsichtig sagt Archie: »Ich verstehe nicht ganz, was Sie meinen, Deputy Chief Constable Kenward.« Es ärgert ihn, dass er jedes Mal »Deputy Chief Constable« sagen muss, wenn er den Polizisten anspricht. Warum bietet Kenward ihm keine kürzere dienstliche Anrede an?

»Ich meine: Waren Sie, Mr Christie, nicht gemeinsam mit Ihrer Frau nach Yorkshire eingeladen, zogen es aber vor, nach Hurtmore Cottage zu reisen?«

Archie erstarrt. Mit wem hat Kenward gesprochen? Wo zur Hölle hat er das her? »Ich weiß nicht, worauf Sie hinauswollen. Wir haben für dieses eine Wochenende unseren unterschiedlichen Interessen entsprechend getrennte Pläne gemacht.« Er beharrt auf dieser Version, wobei er im Geiste die Anweisungen aus dem Brief durchgeht und sich selbst versichert, dass er ihnen mit dieser Antwort Folge leistet – aber gleichzeitig seine anderen Interessen schützt.

Stift und Papier in der Hand, prescht Kenward weiter voran, als seien sie nicht gerade durch ziemlich trübes Wasser gewatet. »Wer befand sich dieses Wochenende auf dem Landsitz der James?«

»Lassen Sie mich nachdenken. Mr und Mrs James natürlich«, antwortet Archie und hofft, es dabei bewenden lassen zu können.

»Natürlich. Sonst noch jemand?«, fragt Kenward, obwohl er, so vermutet Archie, die Antwort bereits weiß.

»Eine Miss Neele.« Kaum ist der Name ausgesprochen, hebt Kenward die Augenbraue. Archie gerät in Panik und platzt hervor: »Sie sollte der vierte Mann sein.«

Kenwards eben noch neugierige Miene drückte nun Verwirrung aus. »Der vierte Mann?«

»Für den klassischen Vierer. Beim Golf. Es war ein Golfwochenende, und wir brauchten einen vierten Mann.«

»Ah. Und Miss Neele ist eine Freundin von Mrs James, nehme ich an?«

Archie ergreift die Gelegenheit, die Kenward ihm so unverhofft bietet. »Ja, ja genau. Sie und Mrs James sind befreundet. Wenn ich das richtig verstanden habe, haben sie mal in London zusammengearbeitet. Dickste Freundinnen, damals wie heute.«

Kenward öffnet den Mund, um eine weitere Frage zu stellen, schließt ihn jedoch wieder, als ein Polizist hereinplatzt. Abermals wallt Wut in Archie auf: Das ist schon das zweite unerwünschte Eindringen in sein Heiligtum. Doch bevor er sich beschweren kann, flüstert der Polizist Kenward schon etwas ins Ohr.

Als Kenward sich wieder Archie zuwendet, sagt er: »Wissen Sie noch, wie Sie sagten, Sie würden alles tun, wenn es dazu beiträgt, Ihre Frau zu finden?«

»Selbstverständlich«, entgegnet Archie gereizt. »Das ist ja nur wenige Minuten her.«

»Nun, Sir, wie es aussieht, bietet sich Ihnen jetzt die Gelegenheit, das unter Beweis zu stellen.«

»Was meinen Sie?«

»Ein Fahrzeug wurde gefunden. Dasselbe Modell wie der Wagen Ihrer Frau – ein Morris Cowley. In der Nähe von Newlands Corner. Wir brauchen Ihre Hilfe.«

Kapitel 11
Das Manuskript

Januar 1913 bis November 1914
Torquay, England

Wir heirateten nicht so schnell, wie Archie es sich gewünscht hatte, und unsere Hochzeit wurde auch nicht sonderlich begrüßt. Mutter brachte ihr Missfallen bereits zum Ausdruck, als ich ihr am Neujahrsmorgen unter vier Augen von unserem Vorhaben erzählte. Sie beklagte den Verlust von Reggie als Ehemann und Schwiegersohn, und sie verzweifelte fast an der Undurchschaubarkeit dieses Fremden, auf den meine Wahl gefallen war. Ihre Ablehnung hatte nicht nachgelassen, als Archie am Nachmittag seine Aufwartung machte, um offiziell bei ihr um meine Hand anzuhalten. Ungewöhnlich offen sprach sie ihre Bedenken bezüglich Archies Eignung als Ehemann an – und zwar direkt ihm gegenüber.

»Wie viel Geld bringen Sie mit in die Ehe?«, fragte sie ihn sofort, und er knetete den Hut in seiner Hand so kräftig, dass ich fürchtete, er würde ihn ruinieren.

»Meinen Sold als Subalterner«, sagte er und wich

Mummys Blick aus. Sie hatte ausnahmsweise einmal ihre Handarbeit beiseitegelegt, um sich auf das Gespräch zu konzentrieren. »Und eine bescheidene monatliche Unterstützung von meiner Mutter.«

»Ich will nicht hoffen, dass Sie sich der Illusion hingeben, Agatha sei mit einer üppigen Mitgift oder nennenswerten Einkünften ausgestattet«, klärte sie ihn schonungslos auf, und ich musste mich arg zusammenreißen, um nicht zu schreien. Derartige Themen besprach man doch behutsam bei einer Tasse Tee. *Sicher wird sie es dabei bewenden lassen,* dachte ich. Doch zu meiner Bestürzung machte sie weiter. »Sie verfügt über nichts weiter als einhundert Pfund pro Jahr aus dem Testament ihres Großvaters. Das ist alles, mehr wird da nie sein.«

Er hob überrascht die Augenbrauen, aber er ließ sich nicht verunsichern. »Wir werden schon über die Runden kommen«, sagte er, was Mummy mit einem Kopfschütteln quittierte. Sie wusste nur zu gut, wie sehr der Kampf ums finanzielle Überleben einen Menschen schwächen konnte – meinen Vater hatte er ins Grab gebracht. Als Papas Erbe aufgrund schlechter Investitionen und wirtschaftlicher Entwicklungen, auf die er keinen Einfluss hatte, immer weiter schrumpfte, verringerte sich auch zusehends seine Lebenslust. Und als er gezwungen war, sich nach einer Arbeit umzusehen – zum ersten Mal in seinem Leben, mit über fünfzig –, füllte die Lücke, die seine ihm abhandengekommene Lebensfreude hinterließ, auch noch eine schwere Krankheit. Stück für Stück bemächtigte sie sich seines Körpers und seiner Seele, bis er schließlich aufgab.

Archie und ich gingen alle Möglichkeiten durch und waren wild entschlossen, uns über die Empfehlung des Fliegerkorps an seine jungen Piloten, vorerst nicht zu heiraten, hinwegzusetzen. Und natürlich informierten wir Archies Familie. Das heißt, Archie wollte es ihnen alleine sagen, und das stimmte mich nervös, weil er mir schon oft erzählt hatte, dass seine irische Mutter sehr altmodisch und stur sei. Offenbar hatten die Jahre, die sie mit Archies Vater in Indien verbrachte, sie nicht milde gestimmt für ihr zweites Leben als Gattin eines englischen Schulleiters, sondern vielmehr dazu geführt, dass sie sich nur umso mehr an ihre viktorianische Prägung klammerte. Als Archie mir von Peg Hemsleys Reaktion auf die Nachricht erzählte, überraschte es mich daher nicht, dass sie – vermutlich in ihrem irischen Singsang – ihrem Sohn erklärt hatte, er solle sich nicht Hals über Kopf in eine Ehe mit einem Mädchen stürzen, das Bubikragen trug. Diese neue Mode war inspiriert von Peter Pan, der Hauptfigur in Barries Stück, und alle meine Freundinnen waren froh und dankbar, die alten, mit Fischbein versteiften Stehkrägen ablegen zu können. Ich liebte Peter Pan, aber ich vermutete, dass die konservative Peg es unfassbar unschicklich fand, wenn die zukünftige Schwiegertochter vier Zoll ihres nackten Halses den Blicken Fremder darbot. In der direkten Begegnung war sie mir gegenüber immer ausgesprochen freundlich, aber ich wusste, dass sie hinter den Kulissen ein ganz anderes irisches Lied anstimmte.

Unsere Familien sorgten also dafür, dass wir in unserem Eifer gebremst wurden – und wir bereiteten uns auf einen Krieg vor, von dem ich überzeugt war, dass er nicht stattfinden würde: Archie nahm in Salisbury an Flugtrainings des Flying Corps teil, ich ließ mich in Erster Hilfe und Pflege schulen. Wenn es uns gelang, Archies Ausbildungspausen mit meinen zu kombinieren, steckten wir die Köpfe zusammen und schmiedeten Pläne für einen schnelleren Weg hin zu unserer Eheschließung. Dass wir immer nur so wenig Zeit miteinander verbringen konnten, machte die Sache natürlich besonders dramatisch und romantisch und bestätigte mich nur noch mehr darin, dass ich diesen enigmatischen, leidenschaftlichen Mann heiraten musste. Nur der traurige Antwortbrief von Reggie, mit dem er auf die Lösung unserer Verlobung reagierte, ließ mich kurz innehalten.

Nach so langem Warten und Vorbereiten kam der Krieg auf einmal fast über Nacht, genau wie Archie es vorausgesagt hatte. Durch die vielen Monate unserer Verlobung hatte ich daran festgehalten, dass die Ermordung des Erzherzogs in Serbien nichts mit uns zu tun hatte, dass England nicht von einem Ereignis in so weiter Ferne auf dem Kontinent in einen Krieg hineingezogen werden würde. Doch am 4. August konnte Großbritannien sich nicht länger aus dem Konflikt heraushalten.

Das Royal Flying Corps wurde sofort mobilisiert, und Archies Staffel gehörte zu den Ersten, die eingesetzt wurden. Die deutschen Luftstreitkräfte waren gefürchtet, und die als Erste losgeschickten jungen Männer rechneten mit ihrem sicheren Tod. Wenn Archie derlei Dinge vollkommen ungerührt sagte, bemühte ich mich sehr, die Ruhe zu bewahren. Aber kaum war er wieder weg, brach ich allein beim Gedanken an seine Worte in Tränen aus. Allerdings hatte ich schon bald keine Zeit mehr für derartige Rührseligkeiten.

Frauen wurden aufgerufen, Seite an Seite mit den Männern in diesem Krieg zu kämpfen – wenn auch selbstverständlich an anderer Front. Ich meldete mich freiwillig als Kriegskrankenschwester, weil ich glaubte, den verwundeten Soldaten so mehr helfen zu können, als wenn ich ihnen Schals und Fäustlinge für die Schützengräben strickte. Ich wurde in einer Abteilung in der Nähe von Torquay eingesetzt, wo wir anfangs damit beschäftigt waren, Bandagen und Tupfer vorzubereiten und im Rathaus eine provisorische Krankenstation einzurichten. Kaum kamen die ersten Verwundeten, gab es kein Halten mehr, und uns blieb nicht einmal mehr Zeit zum Denken. Ich schob die blutverschmierten jungen Männer durch die Gänge und hörte sie von ihren Schlachten erzählen – Marne, Antwerpen und andere –, aber letztlich vergingen die Tage in einem einzigen Nebel, in dem ich Bettpfannen und Harnflaschen säuberte, Erbrochenes aufwischte, desinfizierende Tücher für die von Patient zu Patient gehenden Ärzte vorbereitete und Verbände an eiternden Wunden wechselte. All das, was die meisten der informell geschulten Hilfsschwestern in erster Linie taten.

Ich war selbst überrascht, mit welcher Gelassenheit ich auf das Blut und die Verstümmelungen reagierte, die laufend eingeliefert wurden. Die anderen Hilfsschwestern – die meisten von ihnen Töchter aus gutem Hause wie ich – konnten mit den Grausamkeiten nicht so gut umgehen, und es passierte regelmäßig, dass ich ihnen assistieren musste, weil ihnen vom Anblick der Versehrungen schlecht wurde. Ich fiel den erfahreneren und ordentlich ausgebildeten Krankenschwestern, die diese Abteilung führten, auf, und schon bald ging ich bei Operationen und Amputationen zur Hand und wurde häufig den besonders schwer Verletzten zugeteilt.

Ich staunte, dass Mummy nichts gegen diese unappetitliche Arbeit einzuwenden hatte. Allerdings befremdete sie, wie ich mit alldem umging. »Du liebe Güte, Agatha«, sagte sie eines Abends beim Essen und schüttelte sich dabei. »Wie kannst du dabei nur so nüchtern bleiben?« Ich vermutete, dass sie nur deshalb nichts gegen meine Arbeit einzuwenden hatte, weil sie insgeheim hoffte, ich würde im Krankenhaus einem geeigneteren jungen Mann begegnen, der mich von Archie ablenken würde. Aber Mutter hatte keine Ahnung, welche Zustände auf der Krankenstation herrschten. Sie wusste nicht, in welchem Zustand sich die Soldaten befanden und dass unter ihnen kaum einer war, der etwas anderes als das bloße Überleben im Sinn hatte. Ihr war nicht bewusst, wie allgegenwärtig der Tod dort war.

Auf mich hatte das alles den gegenteiligen Effekt: Tagtäglich mit verwundeten Soldaten konfrontiert zu sein und die schwer Versehrten zu beobachten, verstärkte nur meine Zuneigung zu Archie. Die jungen Männer führten mir vor Augen, wie dünn der Faden war, an dem das eigene Leben hing. Jedes Mal, wenn ich eine Wunde säuberte oder einen Amputationsstumpf bandagierte, betete ich im Stillen, dass es Archie gut gehen möge, wie er so durch den Himmel über Europa brauste.

Tage wurden zu Wochen, Wochen wurden zu drei Monaten – erst dann bekam Archie zum ersten Mal Urlaub. Ich packte meine Tasche für unser überwachtes Treffen, und nach allem, was ich in der Zwischenzeit erlebt hatte, kamen mir die drei Monate vor wie drei Jahre. Nach allem, was ich gesehen und getan hatte, fühlte ich mich wie ein ganz anderer Mensch. Aber wenn der Krieg schon mich, die ich nur am Rande involviert war, verändert hatte, was hatte er dann wohl aus Archie gemacht, der jeden Tag mittendrin steckte in dem Schrecken, dem Blutvergießen, den Gefechten? Würde ich den Mann, in den ich mich verliebt hatte, überhaupt wiedererkennen?

Kapitel 12
Tag eins nach dem Verschwinden

Samstag, 4. Dezember 1926
The Silent Pool, Surrey, England

Der Weiher ist vor lauter Polizei gar nicht zu sehen. Aber Archie weiß auch so, dass das brackige Gewässer direkt hinter den Männern ein Stück den Hügel hinunter liegt. Der Morris Cowley steht, so sagte man ihm, ganz nah an der Kante zu einem Kreidebruch gleich neben der Water Lane. Archie ist oft genug dort gewesen, um ganz genau zu wissen, wo.

Seine Frau hat den dunklen, matten Weiher, der sich aus einer Quelle speist und etwa hundert Meter von einem pittoresken Plateau namens Newlands Corner entfernt liegt, aus irgendwelchen Gründen immer inspirierend gefunden. Er liegt so finster da, umgeben von hohen, dichten Bäumen, durch die kaum Sonnenlicht dringt, und das ist regelrechtes Schreibfutter für sie, hat sie immer gesagt. Genau wie die Legenden, die sich um den Silent Pool ranken. Überlieferungen zufolge besteht eine Verbindung zwischen dem Teich und dem sagenumwobenen König John, der angeblich die wunderschöne Tochter eines Holzfällers entführt hatte. Es heißt, die unliebsamen amourösen Avancen des Königs hätten das Mädchen in den trügerisch stillen Teich getrieben, in dessen bodenloser Tiefe sie ertrank. Doch ihr Ertrinken habe sie nicht zum Schweigen gebracht, heißt es: Wer so unvorsichtig ist, sich um Mitternacht in der Nähe des Weihers aufzuhalten, kann sie aus dem Wasser steigen sehen. Selbstverständlich ist das Unfug, und das hat Archie Agatha auch gesagt.

Als sie anfangs in Styles wohnten, hat Archie seine Frau ein paarmal widerwillig auf ihren Spaziergängen um den Teich begleitet. Sie wollte gern, dass er die Faszination verstand, die dieser Ort auf sie ausübte. Doch in den letzten Jahren war er nicht mehr mitgegangen, sondern hatte die Ordnung, Tradition und Weite des Golfplatzes vorgezogen – und nicht zuletzt die Gesellschaft dort. In den letzten Monaten hat Agatha den Silent Pool stets allein umrundet.

»Colonel Christie! Hier drüben«, ruft Kenward ihm zu.

Er will nicht sehen, was die Polizei gefunden hat, aber ein Mann, der verzweifelt nach seiner verschwundenen Frau sucht, würde sich wohl auf jedes noch so kleine Anzeichen für ihr Überleben stürzen. Der Brief hat Archie darüber unterrichtet, wie er sich zu verhalten hat, und ihn explizit angewiesen, er solle sich an jeglicher Suchaktion beteiligen. Also läuft er schnellstens zu Kenward.

Die uniformierten Männer treten einen Schritt zurück, um ihn in ihrem grässlichen Kreis aufzunehmen. In dessen Mitte befindet sich ein grauer Morris Cowley. Das Fahrzeug hängt auf halbem Wege eine Böschung zum Weiher herunter, seine Motorhaube steckt in dichtem Gestrüpp, das ihn davor bewahrt hat, weiter den Abhang hinunterzurutschen und im Kreidebruch zu landen.

»Können Sie bestätigen, dass dies der Wagen Ihrer Frau ist, Colonel?«, fragt Kenward.

»Auf jeden Fall ist das Modell identisch mit dem, das meine Frau fährt. Ob es ihr Wagen ist, kann ich nicht sagen.« Seine Stimme bebt, und seine Knie werden ganz weich. Er hatte nicht damit gerechnet, dass der Anblick des Wagens seiner Frau ihm so zusetzen würde. Sie hatte sich den Morris Cowley von den Einnahmen für ihre ersten drei veröffentlichten Bücher gekauft, und sie tat nichts lieber, als damit über Land zu fahren. Er selbst hat erst vor Kurzem ein Automobil erworben, den etwas sportlicheren, allerdings gebrauchten französischen Delage, der sich nicht besonders für ländliche Fahrten eignet. Aber dafür benutzt er den Delage ja auch gar nicht. Er fährt damit immer nur zur Arbeit nach London und zum Golfplatz und zurück.

»Nicht ganz billig, so ein Morris Cowley«, merkt einer von Kenwards Männern an.

Der Deputy Chief Constable bedenkt ihn mit einem missbilligenden Blick. »Der Wagen sieht nicht sonderlich beschädigt aus, Colonel. Die Windschutzscheibe ist intakt, das Leinenverdeck ebenso. Der einzige Teil, der Schaden davongetragen zu haben scheint, ist die Motorhaube. Die Reifenspuren lassen darauf schließen, dass der Wagen aufgrund eines unvorhergesehenen Ereignisses von der Straße abkam, wenn man diese unbefestigte Fahrbahn überhaupt Straße nennen kann. Und einzig dank des Gestrüpps ist der Wagen nicht in den Kreidebruch gestürzt.«

Kenward ruft seinen Männern zu: »Überprüfen Sie das Handschuhfach, vielleicht findet sich dort ein Hinweis auf den Eigentümer.« Außerdem sollen die Männer die vorderen Sitze untersuchen.

Archie sieht den Polizisten dabei zu, wie sie das Auto durchsuchen, und beschließt, eine Frage zu stellen, die ihm seit geraumer Zeit im Kopf herumspukt. »Wie haben Sie den Wagen an dieser entlegenen Stelle bloß gefunden, Deputy Chief Constable Kenward? Und noch dazu so schnell?«

»Offenbar wurden die Scheinwerfer angelassen, als Ihre Frau –« Er stockt, als ihm bewusst wird, dass er sich behutsam ausdrücken muss. »Als Ihre Frau das Fahrzeug verließ. Und sie waren auch heute Morgen um sieben noch an, und da fielen sie einem Burschen aus dem Dorf auf, der auf seinem Weg zur Arbeit durch den Wald am Silent Pool vorbeikommt. Er machte Meldung bei der Polizei, und eigentlich wollten wir uns später darum kümmern, aber dann waren wir ganz und gar mit dem Vermisstenfall Ihrer Frau beschäftigt, und erst jetzt haben wir eine Verbindung zwischen den beiden Ereignissen hergestellt.«

Archie nickt und sieht weiter dabei zu, wie das Fahrzeug durchsucht wird. Auf Kenwards Anweisung hin wenden sich die Beamten dem Rücksitz zu, Archie und der Ermittlungsleiter stehen daneben. Die Männer finden zunächst nichts Interessantes, doch dann ruft der eine: »Chef, da ist eine Tasche unter dem Rücksitz. Und ein Pelzmantel.«

Archie bleibt die Luft weg, während die Fremden im Morris Cowley seiner Frau herumwühlen, aber er weiß, dass er die Fassung bewahren muss. Als die Polizisten endlich wieder aus dem Wagen hervorkriechen, hat jeder von ihnen ein Bündel in der Hand, eingewickelt in schlichten, behördlich aussehenden Stoff.

»Dann wollen wir mal sehen.« Kenward bedeutet den Männern, die Fundstücke auf dem Boden auszubreiten.

Die Beamten schlagen den groben Stoff zurück, in den sie die Gegenstände eingewickelt hatten, und zum Vorschein kommen ein Reisekoffer und ein Pelzmantel. Unter Kenwoods aufmerksamem Blick und seinen sehr präzisen Anweisungen folgend öffnen die Männer systematisch den Koffer, der ein paar Damenbekleidungsstücke sowie Toilettensachen preisgibt.

»Der Koffer ist gepackt, als wollte sie übers Wochenende nach Yorkshire, stimmt's, Chef?«, sagt einer der Männer zu Kenward. »Wie es aussieht, hat irgendetwas ihre Pläne durchkreuzt.«

»Wenn wir davon ausgehen, dass es ihr Wagen ist. Und dass diese Gegenstände ihre sind«, entgegnet Kenward ohne Umschweife. Er hält ganz offensichtlich nichts davon, dass seine Beamten ihre Hypothesen in Hörweite von Archie äußern, und bittet sie, sich den Mantel vorzunehmen. Die Männer klopfen den langen Pelz von oben bis unten ab, finden aber nichts als ein schlichtes Leinentaschentuch in der Tasche.

»Seltsam«, brummt Kenward wie zu sich selbst. »Es war doch abends schon ziemlich frisch, fünf Grad um achtzehn Uhr, und um Mitternacht waren es nur noch zwei Grad. Da wäre ein warmer Mantel wie dieser doch sehr willkommen gewesen? Wenn man ihn doch schon dabeihat? Wenn man die Gelegenheit hätte, ihn anzuziehen?«

Archie blickt zu ihm hinüber. Für einen Vorgesetzten, der seine Untergebenen aktiv davon abbringen möchte, in Gegenwart von Fallbeteiligten Mutmaßungen anzustellen, findet er diese spekulative Äußerung ziemlich merkwürdig. Versucht er, Archie zu ködern, indem er laut darüber nachdenkt, dass Agatha etwas zugestoßen sein könnte, aufgrund dessen sie keine Zeit hatte, sich den Mantel überzuziehen, bevor sie den Wagen verließ? Er wird nicht anbeißen. Genau genommen verbietet ihm der Brief genau das.

»Sir«, ruft einer der Männer und winkt mit einem rechteckigen Stück Papier. »Der Führerschein. Lag ganz unten im Koffer.«

»Ausgestellt auf den Namen –«, sagt Kenward.

Der aufgeregte junge Polizist schneidet ihm das Wort ab: »Ja, Sir, auf den Namen der Ehefrau.«

Sichtlich verärgert darüber, von dem übereifrigen Polizisten unterbrochen zu werden, nimmt Kenward ihm das Dokument ab, betrachtet es einen Moment und sagt dann: »Nun, Colonel, jetzt bleibt uns leider nichts anderes mehr übrig. Wir müssen bei unseren weiteren Ermittlungen davon ausgehen, dass wir es mit einem Verbrechen zu tun haben.«

Kapitel 13
Das Manuskript

23./24. Dezember 1914
Clifton, England

Es klopfte leise an der Tür. Das sanfte Geräusch weckte mich aus dem leichten Schlaf, in den ich gerade abgetaucht war. Ich setzte mich auf und sah mich in dem fremden Zimmer um. *Ach ja,* fiel mir ein. Ich war in Clifton, bei Archies Eltern, über Weihnachten. Als Archie vor drei Tagen völlig unerwartet Urlaub bekommen hatte, trafen wir uns in London, und nach ein paar unbeholfenen Tagen mit meiner Mutter als Anstandsdame im Schlepptau nahmen wir allein den Zug nach Clifton, wo unsere Stimmung sich sofort aufhellte, nachdem wir eine Flasche Wein getrunken hatten.

Der Krieg hatte uns beide verändert, auf eine Art und Weise, die uns selbst noch nicht ganz klar war. Bei Archies letztem Urlaub – er bekam jetzt erst zum zweiten Mal frei, seit er eingezogen wurde – waren wir uns zunächst mit verzweifelter Leidenschaft in die Arme gefallen, aber uns schon wenige Minuten später wie Fremde vorgekommen, die nicht wussten, worüber sie reden und welchen Ton sie anschlagen sollten. Archie hatte sich bezüglich des Krieges und seiner Erfahrungen seltsam lässig gegeben, fast abschätzig, und das hatte mich verstört. Wie konnte er angesichts der entsetzlichen Zerstörungen nur so aalglatt sein? Immerhin hatte auch ich direkten Kontakt mit den Schrecken des Krieges gehabt, er brauchte mich also nicht zu schonen. Tagein, tagaus begegnete mir auf der Krankenstation das blanke Entsetzen, und das wusste er. Ich war vermutlich emotionaler und nicht mehr ganz so unbeschwert wie das Mädchen, das er von früher kannte, und es dauerte Tage, bis wir wieder zueinanderfanden. Schon bei unserem Treffen im November schien irgendetwas zwischen uns abhandengekommen zu sein, und es war uns im Laufe von Archies Fronturlaub nicht gelungen, es wiederzufinden. Vorläufig jedenfalls.

Ich raffte den Morgenmantel eng um mich, bevor ich zur Tür ging. Ich hatte gehört, wie Archies Mutter noch eine abfällige Bemerkung über die Bubikragen an meinen Kleidern gemacht hatte, und ich wollte ihr auf keinen Fall einen weiteren Grund geben, sich aufzuregen, falls sie da vor der Tür stand. Aber es war Archie.

Er kam herein und schloss leise die Tür hinter sich. Dann schlang er die Arme um mich und küsste mich leidenschaftlich. Vom Gefühl seiner Lippen auf meinen und vom Duft seines Rasierwassers wurde mir beinahe schwindelig. Wir küssten und streichelten uns, bis ich bebte. Langsam bewegten wir uns rückwärts auf das Bett zu, und obwohl ich mich am liebsten hingeben wollte, bremste mich der Gedanke an Archies Mutter – und an die guten Sitten.

»Du darfst gar nicht hier sein. Stell dir nur vor, was deine Mutter sagen würde«, flüsterte ich und schob ihn sanft von mir.

Er zog mich wieder an sich, drängte aber nicht weiter Richtung Bett. »Wir müssen heiraten, Agatha. Sofort. Morgen.« Er atmete schwer.

»Aber du hast doch gesagt –« Im Zug hatte er mir erklärt, es sei selbstsüchtig und falsch, im Krieg zu heiraten, ganz gleich, wie viele junge Leute gerade vor den Altar eilten und wie dringend er es sich wünschte. Jetzt noch schnell zu heiraten, sei ein Ausdruck von Gier, sagte er, denn man würde eine Witwe hinterlassen und vielleicht sogar ein Kind. Und doch war das Thema Heiraten immer noch eines, das uns verband.

»Ich habe mich geirrt«, unterbrach Archie mich. »Heiraten ist unter den gegebenen Umständen die einzige vernünftige Maßnahme. Und ich kann einfach nicht länger warten, du musst endlich mein werden.«

»Ich bin dein, Archie«, versicherte ich ihm.

»Ganz und gar«, flüsterte er mir ins Ohr und zog mich abermals enger an sich. »Überleg doch mal. In zwei Tagen muss ich schon wieder zurück. Wir könnten morgen Vormittag heiraten, mittags das Weihnachtsessen mit meinen Eltern einnehmen, dann in den Zug nach Torquay steigen und es deiner Familie erzählen, und dann haben wir immer noch Zeit für ein kleines bisschen Flittern im Grand Hotel.«

»Meinst du wirklich, das geht so schnell?«

»Ich werde den Pfarrer gleich morgen früh fragen.« Er vergrub das Gesicht an meinem Hals. »Und dann, wenn wir unsere familiären Pflichten erfüllt haben, werde ich dich keine Sekunde aus dem Zimmer im Grand Hotel herauslassen, bis ich wieder einrücken muss.«

Doch der nächste Morgen führte uns weder vor den Altar, noch brachte er uns den Segen unserer Eltern ein. Peg war völlig außer sich angesichts unserer Eile, sie brach in hysterische Tränen aus beim bloßen Gedanken daran, wie wir uns in diese Ehe »stürzen« wollten. Ich verstand nicht ganz, was das mit Stürzen zu tun hatte, denn immerhin nahmen wir ja schon seit ein paar Jahren Anlauf. Aber ich konnte sie dennoch verstehen und zögerte ja selbst ein wenig, obwohl Archie und ich uns nun schon über zwei Jahre kannten. Archies bezaubernder Stiefvater, William Hemsley, übernahm die Führung, beruhigte Peg und ermunterte uns, unseren Plan weiterzuverfolgen. Mit seinem Segen eilten wir durch Clifton, um die notwendigen Unterlagen zu besorgen, und jegliche Bedenken, die ich bezüglich der Eile und der Verstöße gegen die Etikette hatte, wurden von Archies Überschwang beiseitegefegt.

Im Bemühen, die ganze Sache zu beschleunigen, sprachen wir den leitenden Schulpfarrer am Clifton College an, wo Archies Stiefvater arbeitete, in der Hoffnung, er sei befugt, uns zu trauen – doch nein. Auch ein Besuch beim Standesamt verlief enttäuschend, da für eine zivile Trauung vierzehn Tage vorher das Aufgebot bestellt werden musste. Entmutigt standen wir vor dem Rathaus und beklagten unser Schicksal, als ein Standesbeamter herauskam und sah, wie verzweifelt und traurig wir waren.

In seinen Augen blitzte etwas auf: »Mein lieber Junge, Sie wohnen doch hier in Clifton, oder?«

»Ja, Sir.«

»Ihre Mutter und Ihr Stiefvater sind die Hemsleys, wenn ich mich nicht irre?«

»Ganz richtig, Sir.«

»Solange Sie immer noch ein paar Habseligkeiten im Haus Ihrer Eltern haben, gilt Clifton als Ihr Wohnsitz. Und dann müssen Sie nicht vierzehn Tage vor der Hochzeit das Aufgebot bestellen. Sie können eine sogenannte gewöhnliche Ehezulassung erwerben und noch heute in Ihrer Gemeindekirche getraut werden.«

Archie jubelte vor Freude, dankte dem aufmerksamen Standesbeamten überschwänglich und wirbelte mich herum. Wir machten alles genau, wie er es uns beschrieben hatte, und liehen uns die dafür nötigen acht Pfund von Archies Stiefvater. Mit der Bescheinigung in der Hand begaben wir uns auf die Suche nach dem Pfarrer, den wir beim Tee bei einem seiner Freunde aufspürten und der uns versprach, uns am Nachmittag zu trauen.

Doch noch als wir die Stufen zu Archies Gemeindekirche hinaufgingen, waren wir nicht ganz sicher, ob der Plan aufgehen würde. Laut der Bescheinigung brauchten wir nämlich zwei Trauzeugen, und Peg weigerte sich, das Bett zu verlassen, in dem sie lag, seit sie mit einem Schwächeanfall auf unsere Ankündigung reagiert hatte. Archies Stiefvater hatte sich bereit erklärt, unser Trauzeuge zu sein, aber uns fehlte immer noch einer.

Vielleicht ist es ja das Beste, wenn die Heirat doch nicht stattfindet, dachte ich bei mir. Schließlich würde Mutter hochgradig enttäuscht sein, nicht dabei gewesen zu sein, ganz zu schweigen von Madge und meiner Großmutter, die wir Auntie-Grannie nannten. Die Hochzeit meiner Schwester war eine große Angelegenheit gewesen mit tagelangen Festlichkeiten mit allen Verwandten und Freunden. Natürlich erwartete niemand, dass mitten im Krieg ähnlicher Aufwand betrieben wurde, aber Madge, Mummy und Auntie-Grannie wären sicher sehr gerne auch bei der kleinsten und bescheidensten Feierlichkeit anlässlich meiner Hochzeit dabei gewesen.

Doch als ich Archie darauf ansprach, wehrte er meinen Einwand ab und bestand darauf, das Vorhaben jetzt durchzuziehen. »Wir haben uns entschieden«, erklärte er. »Wie würde das denn aussehen, wenn wir um kurz vor zwölf noch mal alles umwerfen?« Er zog mich mit sich auf die Straße vor der Kirche, er wollte den nächstbesten Passanten ansprechen und bitten, unser zweiter Trauzeuge zu sein. In dem Moment hörte ich jemanden nach mir rufen. Ich drehte mich um und war verblüfft, als ich Yvonne Bush erkannte, eine alte Freundin, die ich vor einigen Jahren, noch bevor ich Archie kennenlernte, mal in Clifton besucht hatte.

Archie nahm meine Hand und rief: »Wir sind gerettet!« Er wandte sich mir zu und sagte: »Ich habe dir doch gesagt, dass unsere Hochzeit sein soll. Frag deine Freundin, ob sie unsere Trauzeugin sein möchte.«

Ich lief zu ihr, und noch bevor ich sie richtig begrüßte, fragte ich sie bereits. Yvonne schlüpfte sofort bereitwillig in ihre Rolle als zufällige Trauzeugin. Mit ihr an meiner und William Hemsley an Archies Seite wurden wir vom Pfarrer getraut. Ich gab mich geschlagen und musste fast lachen über die Braut, die ich abgab: in Alltagskleidung, mit Mantel und einzig einem kleinen lila Hut als Kopfschmuck. Aber ich wusste, dass das nicht von Bedeutung war.

Kapitel 14
Tag zwei nach dem Verschwinden

Sonntag, 5. Dezember 1926
Silent Pool, Surrey, England

Zwar ist Archie durchaus bekannt, dass sich Neuigkeiten in Surrey schnell herumsprechen, aber er staunt dann doch, nach wie kurzer Zeit man in Shere, Guildford und Newlands Corner über das Verschwinden seiner Frau Bescheid weiß. Bereits am Sonntagmorgen ist die gesamte Bevölkerung der drei Orte im Bilde und hat sich freiwillig gemeldet, um nach seiner Frau zu suchen. Zahllose erwartungsvolle Gesichter stehen vor ihm. Und da die Polizisten sich ihren Teil denken und die Anweisungen in Agathas Brief eindeutig waren, bleibt Archie gar nichts anderes übrig, als sich der Suche anzuschließen.

Wie eine Kolonne von Lumpensoldaten rücken die Freiwilligen aus. Hand in Hand bewegen sie sich unter der Aufsicht der Polizei in alle Richtungen in das Dickicht des den Weiher umgebenden Waldes, um das hohe Gras und das dichte Gestrüpp lückenlos nach einer womöglich dort liegenden Frau zu durchkämmen. Eine Kette bewegt sich gen Südosten und deckt Newlands Corner, Shere und die Wildnis rund um den Teich ab, eine andere gen Nordwesten einschließlich eines Gebietes, das sich The Roughs nennt. Archie geht selbstverständlich allein. Es würde sich nicht schicken, Hand in Hand mit dem gemeinen Volk zu gehen – nicht, solange er in dieser misslichen Lage steckt.

Zwar steht der Morris Cowley in einiger Entfernung des Silent Pools, aber die Suchtrupps zieht es dennoch in die Nähe des Gewässers – fast, als übe es eine makabre, magische Anziehungskraft auf sie aus. Archie überlegt, was die Einheimischen an dem stehenden Wasser so faszinierend finden. Die alten Legenden voller Gewalt? Hoffen sie womöglich, die Leiche seiner Frau darin treibend zu finden? Er hält das für die richtige Erklärung, da bisher keinerlei Hinweis darauf vorliegt, dass der Wagen etwas mit dem Weiher zu tun hat.

Gestern Nachmittag, nachdem der Wagen entdeckt worden war, hatte Archie sich der einleitenden Suche durch die Polizei und ein paar Hilfskräfte angeschlossen, einfache Männer aus Surrey, die auf der Wache als Freiwillige registriert sind. Kenward wollte nicht ausschließen, dass Archies Frau aus dem Wagen ins Unterholz geschleudert worden ist und jetzt womöglich orientierungslos oder gar verletzt umherirrte oder bewusstlos im Gebüsch liegt. Doch diese erste Suche hatte nicht einen einzigen Hinweis zutage gefördert, und darum wird die Aktion heute mit einer bunten Truppe von Freiwilligen fortgesetzt. Je mehr Stunden verstreichen, desto unwahrscheinlicher wirkt Kenwards Theorie.

Archie hat sich erst nicht an der neuerlichen Suchaktion beteiligen wollen. Er wäre viel lieber zu Hause auf Styles geblieben, doch Kenwards Reaktion, als Archie das äußerte, hat ihm schnell klargemacht, wie das von der Polizei aufgefasst werden würde. Ganz zu schweigen von den Worten aus dem verdammten Brief, den seine Frau ihm hinterlassen hat und die ihm ständig im Kopf herumspuken: *Halte dich genauestens an meine Anweisungen, wenn du dich für den sicheren ersten Weg entscheidest.*

Also ist er heute wieder mit dabei und stochert halbherzig mit seinem Gehstock im Gebüsch herum, während ihn entsetzliche Gedanken plagen. Was, wenn Charlotte die sprichwörtliche Katze aus dem Sack lässt? Archie weiß, dass die Polizei sie und die anderen Hausangestellten gestern befragt hat, aber bislang hat sie dichtgehalten. Vielleicht sollte er Charlottes immer wieder andeutungsweise ausgesprochene Bitte, ihre viel beschworene, verfluchte Schwester Mary zu sich einladen zu dürfen, erfüllen, damit sie etwas zu tun hat und so der Polizei vom Hals bleibt. *Genau, das ist es,* denkt er. Zusätzlich wird diese Mary dafür sorgen, dass auch die arme Rosalind ein wenig abgelenkt wird.

Schon fasst er neuen Mut und stapft weiter durch die Bäume, durchs Gebüsch, über Bäche und Rinnsale, wobei er demonstrativ mit dem Stock hinter jeden Zweig sticht. Er kann die Freiwilligen untereinander reden hören, offenbar macht ihnen die Sache Spaß, fast, als würde es sich bei dieser Suchaktion um einen makabren Streich handeln. Warum opfern diese Leute bloß ihren ruhigen Sonntag für die Suche nach einer Frau, die sie nicht kennen? Er würde das ganz bestimmt nicht tun. Er hätte sich auch heute nicht an der Suche beteiligt, wenn die Alternative dazu nicht so düster gewesen wäre.

Archie kann die anderen nicht sehen, aber er kann sie hören. Erst haben sie sich über diverse Alltagsdinge unterhalten und Dorftratsch ausgetauscht, aber dann hört er, wie ein junger Mann »Hurtmore Cottage« sagt, und sofort beginnt sein Herz zu rasen. Archie war davon ausgegangen, dass sein Aufenthaltsort Freitagabend und Samstagmorgen geheim bleiben würde. Wie dumm von ihm! Wie konnte er glauben, die Polizei wäre diskreter als die Dorfbewohner? Was für ein Idiot er doch war.

Er erstarrt und versucht, aufzuschnappen, was der junge Mann und seine Begleiter als Nächstes sagen. Doch das Einzige, was er hört, ist »James«, und schon entspannt er sich wieder ein wenig und versucht, sich alles zu seinem Vorteil zurechtzulegen. *Was ist schon dabei?*, denkt er. *Ein Mann kann doch wohl mal ohne seine Frau ein Golfwochenende bei Freunden verbringen?* Denn genau das war ja der Plan gewesen, mehr kann niemand wissen.

Allerdings hofft Archie inständig, die James, Hurtmore Cottage und Nancy aus diesem Schlamassel heraushalten zu können. Was Nancy wohl denkt, jetzt, da immer mehr Einzelheiten bekannt geworden sind? Gestern Abend, als die Polizei eine Lagebesprechung in der Küche abhielt, hat Archie bei Sam und bei Nancy angerufen. Er erläuterte ihnen die Situation – das meiste hatten sie bereits gerüchteweise zugetragen bekommen –, und dann beschlossen sie gemeinsam, keinen Kontakt mehr zu pflegen, bis alles aufgeklärt war. Aber jetzt wünschte er, es gäbe diese Vereinbarung nicht. Wie gerne würde er ihre vertrauten Stimmen hören.

Stattdessen verbringt er den bitterkalten Nachmittag mit dieser Such-Farce. Erst bei Einbruch der Dämmerung bricht Kenward endlich ab. Zweige knacken und Laub knirscht unter dem Gewicht des Deputy Chief Constable, als er sich einen Weg zu Archie bahnt.

Keuchend stellt er fest: »So leid es mir tut, Colonel, aber ich fürchte, die Wahrscheinlichkeit, dass Ihre Frau einen Unfall hatte und entweder irgendwo im

Dickicht zusammengebrochen oder verwirrt davongelaufen ist, sinkt.«

Kenward starrt ihn an, um Archies Reaktion abzuschätzen. Was in Gottes Namen erwartet er von Archie? Die Aussichtslosigkeit dieser Suche liegt selbst für den einfachsten Dorfbewohner auf der Hand. Und doch sagt er: »Ich bedauere sehr, das zu hören, Deputy Chief Constable Kenward.«

»Deputy Chief Constable! Deputy Chief Constable!«, ruft einer von Kenwards Männern, und zwei Polizisten eilen auf Archie und Kenward zu. Archie fällt auf, dass der Vorgesetzte nicht einmal seinen Männern eine verkürzte Anrede anbietet. Offenbar ist ihm daran gelegen, diesen hochtrabenden Titel immer wieder zu hören, damit jeder ganz genau weiß, wer das Sagen hat.

»Was gibt's?«, bellt Kenward den japsenden Mann an.

»Nachricht aus Albury.« Der Polizist bezieht sich auf das Dorf ganz in der Nähe, als würde das schon alles erklären.

»Und?«

»Eine Frau, die in Albury im Hotel arbeitet, hat eine Frau gesehen, auf die die Beschreibung der Gesuchten passt. Die Frau des Colonels wurde gesehen.«

Kapitel 15
Das Manuskript

14. Oktober 1916
Villa Ashfield, Torquay, England

Ich stieg den Hügel hinauf und bog nach links auf die Straße Richtung Ashfield ab. Ich schlenderte an den Häusern vorbei, die in meiner Kindheit so voller Leben gewesen waren. Krocket bei den MacGregors, Tanzen bei den Browns, idyllische Sommerpicknicks und Badminton bei den Lucys – fast jedes Haus entlang meines Wegs barg Erinnerungen an fröhliches Gelächter und muntere Menschen auf den Straßen. Jetzt standen die Villen und Häuser still und dunkel da, die Straßen waren leer. Der Krieg hatte alles zum Stillstand gebracht. Ich überlegte, ob meine Perspektive eine andere wäre, wenn ich Reggie statt Archie geheiratet hätte – was bereits unglaubliche zwei Jahre her war. Es kam mir vor wie gestern – und wie eine Ewigkeit.

Als ich die Hügelkuppe erreichte, auf der unser Haus lag, warf ich einen Blick auf das Meer und dachte dabei nicht an die Segeltörns meiner Jugend, sondern an die englische Flotte, die gegen die Deutschen kämpfte. Ich hatte bei meiner Arbeit im Lazarett so viele Matrosen gesehen, schwer verwundet nach üblen Scharmützeln, und jetzt, beim Anblick der weißen Schaumkronen auf der stürmischen See, musste ich unwillkürlich an all jene armen Seelen denken, die am Meeresgrund ihr Grab fanden. Ständig hatte ich mich um Archie gesorgt, der hoch über Europa im Luftkrieg kämpfte, und bisher keine Sekunde daran gedacht, wie einsam der Tod eines Matrosen war.

Ich öffnete die Haustür, betrat den Salon mit seinem ganz eigenen Geruch und hatte das Gefühl, in die Vergangenheit zu reisen. Jeder Gegenstand, jede Oberfläche, jeder Teppich, jedes Dielenbrett versetzte mich in meine Kindheit und Jugend zurück – ich fühlte mich, als wäre ich zwölf. Ich strich über eine Hundefigur, die Papa ganz besonders gut gefallen hatte, und bemerkte, wie anders das Porzellantier sich ausnahm, jetzt, da ich es mit einem Ring am Finger berührte, im Vergleich zu damals, als ich das mit der schmucklosen Hand einer Zwölfjährigen tat. Heute war es die Hand einer Frau, die darauf wartete, dass ihr Leben endlich richtig losging.

»Bist du das, Agatha?«, erklang die vertraute Stimme durch die Räume meines Elternhauses.

»Ja, Mummy«, rief ich und setzte mich in Bewegung.

»Wie war dein Tag, Liebes?« Ihre Stimme klang immer lauter, je näher ich dem Wintergarten kam, wo meine Mutter und meine Großmutter die meiste Zeit des Tages auf zwei nebeneinanderstehenden Sesseln verbrachten – zwei Kranke, die vorgaben, die Pflegekraft der jeweils anderen zu sein. Aufgrund der vielen Fenster konnte es im Wintergarten sehr zugig werden, aber die beiden hielten sich am allerliebsten hier auf, wie tropische Vögel lechzten sie nach jedem noch so kleinen Sonnenstrahl.

Ich steckte den Kopf um die Ecke, und da saßen sie, genauso, wie ich es mir vorgestellt hatte. »Ja, sag schon, Liebes, erzähl«, ergänzte meine Großmutter mit ihrer zittrigen Stimme und wandte mir ihr runzliges Gesicht zu. Durch eine Linsentrübung war sie so gut wie blind, sie orientierte sich einzig am Klang meiner Stimme.

Am liebsten hätte ich mich auf einem Sessel zwischen den beiden zusammengerollt wie eine Katze. Oder wie ein kleines Mädchen. Stattdessen setzte ich mich ihnen gegenüber und fragte: »Soll ich euch von den Giften erzählen, die ich heute verabreicht habe?«

Auntie-Grannie kicherte angesichts meiner Unverblümtheit, und selbst Mummy schmunzelte ein wenig. Meine Schilderungen aus der Krankenhausapotheke von Torquay, wo ich mit giftigen, aber nicht wirklich gefährlichen Substanzen hantierte, brachte ein wenig unbedrohliche Fährnis in ihr Leben und bereitete ihnen einen gewissen Nervenkitzel, ohne die Angst in ihnen auszulösen, die die üblichen Gespräche über den Krieg mit sich brachten. Denn auch mein Bruder Monty, der lange auf Kosten anderer Leute an Bord von Schiffen in England und Afrika weit über seine Verhältnisse gelebt hatte, war wieder beim Militär, und natürlich dachten wir alle oft und voller Sorge an ihn.

Aus großen Augen sahen die beiden mich erwartungsvoll an, und ich staunte, wie ähnlich sie sich sahen. *Hat das wohl mit dem Licht hier zu tun?,* fragte ich mich. Immerhin war Auntie-Grannie nicht Mummys leibliche Mutter, sondern nur ihre Tante. Auntie-Grannie hatte meine Mutter als kleines Mädchen adoptiert, als Mummys leibliche Mutter, Auntie-Grannies kleine Schwester, die wir Granny B nannten, in Schwierigkeiten geriet. Ihr Mann, ein Kapitän zur See, war gestorben und hatte ihr fünf Kinder hinterlassen, aber praktisch kein Vermögen. Auntie-Grannie, die einen wohlhabenden, etwas älteren Witwer mit Kindern geheiratet hatte, aber nie selbst Mutter geworden war, bot an, eins der Kinder ihrer Schwester zu adoptieren, und Granny B hatte sich für die einzige Tochter entschieden. Meine Mutter hat sich nie vollständig erholt von dem Gefühl, weggegeben worden zu sein. Das Gefühl des Verlassenseins wurde auch dann nicht gelindert, als sie Auntie-Grannies Stiefsohn, meinen Vater, heiratete und ein deutlich komfortableres Leben führte als ihre Brüder.

Mit großen Augen warteten meine Mutter und meine Großmutter auf die Einzelheiten meines Tages. Ich hatte die Arbeit als Hilfsschwester im Lazarett aufgegeben und die Stelle in der Krankenhausapotheke angetreten, nachdem ich aufgrund einer Grippeerkrankung im letzten Jahr eine ganze Weile das Lazarett nicht hatte betreten dürfen und zu Hause das Bett gehütet hatte. Als ich wieder gesund war, hörte ich, dass meine alte Freundin Eileen Morris die Apotheke führte, und sie wollte mich gerne einstellen – bei höherem Gehalt und besseren Arbeitszeiten, die es mir ermöglichten, zu Hause mit anzupacken. Das war ein wichtiger Punkt, da Auntie-Grannie vor einem guten Jahr bei uns in Ashfield eingezogen war. Ich trat die neue Arbeit in erster Linie aufgrund dieser Vorteile an, fand aber schnell heraus, dass ich es kaum besser hätte treffen können. Ich war fasziniert von der Wissenschaft – und der latenten Gefahr – in der Apotheke.

»Heute früh kam als Erstes die Anfrage eines Arztes, er brauchte Donovan-Lösung, um einen Soldaten zu behandeln, der auch an Diabetes leidet. Das Präparat enthält eine ordentliche Menge Arsen, und das ist, wie ihr wisst …«

»Hochgiftig«, unterbrach Mummy mich. »Ich will doch hoffen, dass du vorsichtig warst, Agatha.«

»Selbstverständlich«, versicherte ich ihr und tätschelte ihre Hand. »Als ich gerade damit fertig war, die Lösung zu mischen, fiel mir auf, dass unser Apotheker, der dieselbe Lösung für ein ganzes Tablett Zäpfchen mischte, sich bei der Menge des Hauptwirkstoffs um eine Dezimalstelle vertan hatte. Die Zäpfchen hätten großen Schaden anrichten können.«

Auntie-Grannie japste, und Mummy fragte: »Was hast du getan?«

»Nun, wenn ich dem Apotheker gegenüber direkt geäußert hätte, dass er etwas falsch gemacht hatte, dann hätte er alles abgestritten und eine Charge sehr gefährlicher Zäpfchen ausgeliefert. Darum tat ich, als würde ich stolpern, und riss das ganze Tablett zu Boden.«

»Brillant, Liebes.« Mummy klatschte in die Hände, und ich genoss diesen kleinen Tusch. Die Arbeit in der Apotheke war monoton, darum verstrich die Zeit meist langsam. Während wir stundenlang auf Bestellungen warteten, waren Zwischenfälle wie dieser und meine eigene Fantasie die einzigen Antidote gegen die tödliche Langeweile. Aber ich beklagte mich nicht über die Eintönigkeit, schließlich wusste ich nur zu gut, dass die meisten anderen Menschen in diesem Krieg unvorstellbaren Gefahren ausgesetzt waren.

Auch Auntie-Grannie klatschte. »Wie ist er eigentlich so, dieser kleine Apotheker?«, fragte sie.

»Genauso, wie du sagst: klein. Ein winziger Mann

mit dem Ego eines winzigen Mannes, der immer sofort in die Defensive geht. Aber er hat auch etwas Unkonventionelles, Abenteuerlustiges an sich, was ich für einen Apotheker ein wenig verstörend finde.«

»Was genau meinst du damit, Agatha?«, fragte Mummy ungeduldig.

»Nun, ich kannte ihn noch keine Woche, da erzählte er mir bereits, dass er stets einen Würfel Kurare in der Tasche habe, in einer tödlichen Dosis. Er erklärte, er trage ihn deshalb mit sich herum, weil es ihm ein Gefühl von Macht verleihe.«

Meine Mutter schauderte, meine Großmutter schnalzte missbilligend und sagte dann: »Ich glaube, ich werde mir meine Rezepte in Zukunft lieber von jemand anderem mischen lassen.«

Ich erfreute mich an meinem neu erworbenen – und hart erarbeiteten – Wissen über Arzneien und Gifte, das war einer der großen Vorteile an dieser Arbeit. Um mich für die Stelle in der Apotheke zu qualifizieren, hatte ich mich lange auf die anspruchsvolle Prüfung für Apothekenhelferinnen in London vorbereitet. Monatelang hatte ich die Wochenenden unter der Anleitung gewerbetreibender Apotheker verbracht, ganz zu schweigen davon, dass ich Pharmazeuten über die Schulter schaute, um Präparationstechniken zu lernen, und ganze Handbücher der Medizin und diverse Messsysteme auswendig lernte. Nie wäre ich so kühn gewesen, meine kleine

Ausbildung mit einem Studium der Pharmazie gleichzusetzen, aber ich wusste auf jeden Fall genug, um gefährlich zu sein.

Meine Mutter und meine Großmutter unterstützten und feierten mich bedingungslos, also wieso hielt ich mich damit zurück, ihnen zu erzählen, woran ich außerdem arbeitete, während wir in der Krankenhausapotheke Däumchen drehend auf Anweisungen von Ärzten und Krankenstationen warteten? Warum erzählte ich ihnen nicht, dass ich einen Roman geschrieben hatte? Und nicht irgendeinen Roman – ich hatte im Laufe der Jahre mehrere angefangen und einen fertiggeschrieben, und das wussten sie beide, und sie hatten es die ganze Zeit unterstützt. Doch dieses Mal hatte ich endlich einen Detektivroman geschrieben.

Hatte meine Zurückhaltung mit dem Ursprung dieses Buches zu tun? Ich wollte mir gerne einreden, dass die Inspiration dazu einzig den Reihen voller Gift in den Apothekenregalen und meinem Wissen darüber, wie man sie heimlich und tödlich einsetzen konnte, entstammte – aber der eigentliche Ursprung war die Wette mit Madge. Ich war fest entschlossen, meiner selbstbewussten Schwester zu zeigen, dass sie sich geirrt hatte, dass ich sehr wohl einen Krimi rund um einen scheinbar unlösbaren Fall schreiben konnte. Die eleganten Giftfläschchen, so verführerisch mit ihren runden Formen und den bunten Farben, hatten jenen Funken in mir lediglich entfacht. Sie dienten mir in der Herausforderung, vor die ich mich gestellt sah, als Waffen. Vielleicht scheute ich deshalb davor zurück, Mummy davon zu erzählen, weil ich nicht wollte, dass sie erfuhr, dass meine Beweggründe mit einer gewissen Rivalität mit meiner Schwester zu tun hatten. Mummy selbst hatte nie eine Schwester gehabt und wünschte sich darum umso mehr, dass Madge und ich ein gutes, liebevolles Verhältnis zueinander hatten.

»Solltest du nicht langsam ans Packen denken, Agatha?«, unterbrach Mummy mich in meinen Gedanken. »Du wolltest dich doch morgen früh mit Archie beim New Forest treffen, oder? Bitte sag jetzt nicht, sein Urlaub verschiebt sich wieder?«

Archies letzter Urlaub war einen Tag vorher gestrichen worden, und obwohl ich einerseits schrecklich enttäuscht gewesen war, meinen Mann nicht sehen zu können, war ich andererseits auch ein klein wenig erleichtert gewesen. Er war in seinen Briefen mit der Zeit immer deprimierter geworden, fast zornig, und obwohl ich natürlich verstand, wie belastend das Fliegen nervlich und körperlich sein musste – und noch dazu sah Archie ja auch viele seiner Pilotenkameraden sterben –, machte ich mir dennoch Sorgen um seinen Zustand. Ich schwankte zwischen dem Wunsch, sofort an seine Seite zu eilen, um ihn gesund zu pflegen, und dem Impuls, mich selbst vor seinem zunehmenden Zorn zu schützen.

»Nein, Mummy, alles wie geplant. Du hast ganz recht, ich muss packen.« Ich erhob mich, und bevor ich den Wintergarten verließ, betrachtete ich beide Frauen eingehend. Natürlich konnte ich es kaum erwarten, meinen Mann zu sehen, aber ich machte mir immer noch Sorgen um seinen Geisteszustand, und Mummy und Auntie-Grannie sahen ganz besonders zerbrechlich aus. Mir war nicht wohl dabei, sie allein zu lassen. Seit Lucy auf unsere treue Jane gefolgt war, hatten wir ständig wechselnde Hausmädchen gehabt. Eine nach der anderen verließ uns, um sich der Freiwilligenreserve der Frauen anzuschließen, und darüber konnten wir uns wohl kaum beschweren. Sie erfüllten ihre Kriegspflicht, so wie ich auch. Dann, endlich, fanden wir zwei ältere Damen, kurioserweise beide mit Namen Mary, die Mummy und Auntie-Grannie mit allem zur Hand gingen. Jetzt machte ich mir fast genauso viele Sorgen um die beiden Marys wie um meine Mutter und meine Großmutter. »Seid ihr sicher, dass ihr ein paar Tage ohne mich zurechtkommt? Ich mache mir Sorgen.«

»Sei nicht albern, Agatha. Wir kommen ja auch zurecht, solange du bei der Arbeit bist, oder etwa nicht?«

»Ja, aber das sind ja immer nur ein paar Stunden. Und ich bin nicht weit weg, falls ihr mich braucht.«

Meine Mutter erhob sich und sah mich durchdringend an. Für eine so liebenswerte Frau konnte sie manchmal ganz schön furchterregend auftreten. »Agatha. Wie oft muss ich es dir noch sagen? Du musst zu deinem Mann. Ein Gentleman darf nicht zu lange allein gelassen werden.«

Kapitel 16
Tag zwei nach dem Verschwinden

Sonntag, 5. Dezember 1926
Styles, Sunningdale, England

Archie marschiert in seinem Arbeitszimmer auf und ab. Immer wieder, quer über den roten türkischen Teppich, als wolle er ihn in zwei Hälften teilen. Er weiß, dass er sich nicht so aufregen sollte, aber was der Polizist gerade gesagt hat, bringt ihn einfach auf die Palme.

Kenward starrt ihn an. Nach außen wirkt der Ermittlungsleiter ernsthaft und besorgt – sehr professionell –, aber Archie wittert die Häme, die ganz sicher hinter der Fassade lauert. Bestimmt empfindet der Constable eine diebische Freude darüber, Macht zu haben über jemanden, der ihm gesellschaftlich höhergestellt ist, und nicht zuletzt darüber, wie Archie verärgert versucht, die Situation unter Kontrolle zu bringen.

»Ich habe Sie etwas gefragt, Deputy Chief Constable Kenward«, wiederholt Archie und reibt sich die rechte Schläfe. In seinem Kopf pocht es. »Warum um alles in der Welt schicken Sie ein Foto meiner Frau an sämtliche Polizeistationen und Zeitungen im ganzen Land? Wieso machen Sie aus einer Privatangelegenheit ein öffentliches Spektakel?«

»Ich dachte, ich warte erst einmal, bis Sie sich wieder beruhigt haben, bevor ich Ihnen antworte, Colonel.« Jetzt ist Archie sich ganz sicher, im Gesicht seines Gegenübers die Häme darüber zu sehen, dass seine Vorgehensweise Archie zutiefst zuwider ist. Seine vorgetäuschte Besorgnis löst sich in Luft auf.

»Viel ruhiger werde ich kaum werden«, zischt Archie, dessen Gefühle gerade genauso in Wallung geraten wie sonst nur gegenüber seiner Frau. Anfangs ist er immer nur leicht genervt von ihrem ständigen Gerede über Handlungsstränge und Figuren, dann wird er richtig wütend und bekommt hämmernde Kopfschmerzen, während sie weiter über ihre verrückten Einfälle schwadroniert und in unangemessener Weise über Gefühle redet, obwohl er doch einfach nur in Ruhe zu Abend essen, sich an einem ordentlichen Haus erfreuen und die Zeitung lesen will, bevor er das Wochenende ganz in der Nähe auf dem gepflegten Golfplatz in der Gesellschaft einer angenehmen Frau verbringt. Doch kaum kommen ihm die Worte über die Lippen, weiß er, dass er sie nicht hätte äußern dürfen. Er darf nicht zulassen, dass die Polizisten seinen wachsenden Zorn registrieren.

Aufbrausendes Verhalten entspricht nicht dem Bild, das er laut Anweisungen abgeben soll: Er ist ein zutiefst beunruhigter Ehemann.

»Gut, Colonel, dann spreche ich ganz offen und erkläre Ihnen, wieso wir die Angelegenheit nicht mehr als eine private behandeln können. Wir haben die Gegend rund um den Wagen Ihrer Frau weiträumig durchkämmt und nichts gefunden. Wir haben die Bahnhöfe und Städte der näheren Umgebung überprüft – kein einziger Hinweis auf Ihre Frau. Wir sind dem Hinweis aus Albury nachgegangen, wonach Ihre Frau dort gesehen worden sein soll, doch der Hinweis erwies sich als falsch. Wir müssen den Radius unserer Suche erweitern für den Fall, dass – wie unwahrscheinlich auch immer uns das erscheinen mag – Ihre Frau ihren Wagen stehen lassen und ihr Reiseziel geändert hat.«

Archie tut alles, um die in ihm aufsteigende Angst zu unterdrücken. Wenn die Polizei ihre Netze jetzt weiter auswirft, dann werden die Dinge, die er gerne verbergen möchte, sicher ans Licht kommen. Er muss jetzt seine Gefühle in den Griff bekommen, denn sonst kann Kenward ihm in die Karten schauen.

Er holt tief Luft und sagt: »Entschuldigen Sie bitte meinen ruppigen Ton, Deputy Chief Constable Kenward, ich bin wirklich sehr verwirrt. Warum verbreiten Sie das Foto und die Nachricht von ihrem Verschwinden im ganzen Land, wenn Sie nicht daran glauben, dass diese Maßnahme helfen wird?«

»Das habe ich nicht gesagt, Colonel.« Kenwards Stimme klingt kalt. Auch er hat es aufgegeben, Archie etwas vorzuspielen. »Das ist ganz gewöhnliches polizeiliches Vorgehen und könnte sehr wohl Hinweise zum Verbleib Ihrer Frau hervorbringen. Warum sträuben Sie sich so dagegen, diese Informationen zu verbreiten?«

Dieses Mal ist es an Archie, die Frage zu ignorieren. »Gibt es weitere Wege, die wir beschreiten könnten?«, fragt er stattdessen.

»Lediglich weitere Befragungen des Dienstpersonals.« Kenward hält inne, dann sagt er: »Wir haben die Liste fast ganz abgearbeitet. Eine Angestellte, die nur stundenweise hier ist und bisher nicht aufzufinden war, haben wir gestrichen. Die Gespräche sind insgesamt sehr aufschlussreich.«

Archies Zorn verpufft, stattdessen bangt er: Was haben die Dienstboten der Polizei erzählt? Archie wagt es nicht, etwas zu erwidern, er wagt es nicht, gegen Kenward anzukämpfen.

»Möchten Sie, dass ich Ihnen berichte, was wir erfahren haben?«, fragt Kenward. »Ich weiß ja, dass Sie alles tun würden, um Ihre verschwundene Frau zu finden.«

Archie schweigt weiter. Was weiß Kenward? Er ist starr vor Entsetzen.

»Ich fasse Ihr Schweigen als ein Ja auf, Colonel«, sagt Kenward mit einem selbstgefälligen Lächeln. »Ihr gemeinsames Frühstück am Freitagmorgen lassen wir mal einen Moment beiseite, stattdessen konzentrieren wir uns auf das, was Ihre Frau den Tag über tat, nachdem Sie zur Arbeit gefahren waren. Laut Aussage Ihres Hausmädchens Lilly, Ihrer Köchin, des Gärtners sowie der Sekretärin und Gouvernante Miss Charlotte Fisher –«

»Charlotte?«, rutscht es Archie unvermittelt heraus. Er war davon ausgegangen, dass die Frau, die als Rosalinds Gouvernante und als Privatsekretärin seiner Frau fungierte, im Rahmen einer polizeilichen Befragung schweigen würde. Sie war immer ausgesprochen loyal gewesen, und er hatte gehofft, die Anwesenheit ihrer Schwester würde sie ein wenig ablenken. Was um Himmels willen hatte sie ausgesagt, das Kenward derartig frohlocken ließ?

»Ja, Charlotte Fisher. Sie gehört doch zum hiesigen Personal, oder etwa nicht?«

»Doch, doch.«

»Auf Grundlage der Gespräche mit Ihrem Personal konnten wir den Tagesablauf Ihrer Frau am Freitag rekonstruieren. Das taten wir in der Hoffnung, es würde uns Aufschluss darüber geben, wo sie sich jetzt aufhalten könnte. Wie es aussieht, hat Ihre Frau nach Ihrem Gespräch beim Frühstück –« Kenward greift nach seinen Notizen, und Archie überlegt, ob er es sich nur einbildet oder ob der Constable das Wort »Gespräch« mit einem ironischen Unterton ausgesprochen hat.

Kenward wirft einen Blick in seine Notizen und fährt fort. »Ja, genau. Nach dem Frühstück hat sie eine Weile mit Ihrer Tochter Rosalind gespielt, bevor diese wie üblich von Miss Fisher zur Schule gebracht wurde. Dann hat sie das Haus verlassen und ist mit ihrem Morris Cowley weggefahren, vermutlich, um etwas zu erledigen. Sie war zum Lunch zurück. Danach fuhr Ihre Frau mit Rosalind nach Dorking zum Tee mit Ihrer Mutter, der sie erzählte, dass sie über das Wochenende nach Beverly fahren würde. Gegen fünf sind die beiden bei Ihrer Mutter aufgebrochen. Zurück in Styles spielte Ihre Frau abermals mit Rosalind, arbeitete ein wenig und setzte sich dann zum Abendessen an den gedeckten Tisch. Allein. Nach dem Abendessen erhielt sie einen Anruf, das muss so gegen neun oder zehn gewesen sein. Das Hausmädchen war sich nicht ganz sicher.«

»Das klingt alles völlig normal. Ich wüsste nicht, wie uns das Aufschluss darüber geben sollte, was am späteren Freitagabend mit ihr passiert ist.«

»Ich glaube, es gibt uns Aufschluss über ihren Geisteszustand, und das wiederum kann uns dabei helfen zu verstehen, was Freitagabend passiert ist.« Kenward holt tief Luft und bläht dabei seinen ohnehin großen Brustkorb auf. Er versucht erst gar nicht, seine Freude über die nächste Mitteilung zu verbergen. »Es ist sehr gut möglich, dass die Auseinandersetzung zwischen Ihnen und Ihrer Frau am Freitagmorgen das Fundament für alles Weitere bildete.«

Archie überlegt, die Auseinandersetzung zu leugnen, weiß aber, dass es zu nichts führen würde. Vermutlich hatten mehrere Angestellte die lauten Stimmen gehört und würden einander in ihren Aussagen bestätigen. Aber er könnte versuchen, den Schaden zu begrenzen. »Was wollen Sie damit sagen, Deputy Chief Constable Kenward?«, fragte er so ruhig wie möglich.

»Ich glaube, das wissen Sie ganz genau, Colonel Christie. Sie und Ihre Frau hatten am Freitagmorgen beim Frühstück einen heftigen Streit darüber, wo Sie, Colonel Christie, das Wochenende verbringen würden.«

»Sie irren sich. Ich weiß nicht, von wem Sie diese Informationen über unsere Meinungsverschiedenheit haben.«

»Von jedem einzelnen Mitglied Ihres Dienstpersonals. Sie haben uns alle exakt das Gleiche berichtet: Ihre Frau wollte, dass Sie sie nach Yorkshire begleiten, und Sie wollten ein Golfwochenende bei Ihren Freunden, den James, in Hurtmore Cottage verbringen. Das Personal weiß deshalb so genau über den Inhalt Ihres Streits Bescheid, weil Sie und Ihre Frau einander angeschrien haben. Sie waren im ganzen Haus gut zu verstehen.«

Gut, dass ich den Streit nicht geleugnet habe, denkt Archie. Jetzt weiß er, was Kenward weiß. »Ein Streit unter Eheleuten kommt in den besten Familien vor, wissen Sie.«

»Ihrem Personal zufolge war das die heftigste Auseinandersetzung zwischen Ihnen beiden, die es je mitbekommen hat.« Er wirft einen Blick in seine Notizen. »Abgesehen davon, dass Sie beide recht laut wurden – Ihr Hausmädchen Lilly bediente sich des Wortes ›brüllen‹ –, konnten auch alle hören, wie Glas und Porzellan zu Bruch gingen. Als das Hausmädchen von der Tür aus einen Blick ins Esszimmer warf, weil es aufräumen wollte, waren Sie nicht mehr da, aber Ihre Frau saß mit Schnittwunden an Händen und Beinen weinend auf dem Boden. Lilly war sich sicher, dass Mrs Christie es bevorzugen würde, wenn Miss Fisher ihr half, da die beiden eine recht enge Beziehung pflegten, und darum rief sie zunächst Miss Fisher herbei. Lilly kehrte ins Esszimmer zurück, als Miss Fisher Mrs Christie aufhalf, und machte sich daran, die Scherben aufzukehren.«

Archie versteift sich, als er hört, was sich nach seiner Abfahrt zugetragen hat. Es ist, als würde Kenward etwas erzählen, was jemand anderem zugestoßen ist. Das kann nicht sein Leben sein. Doch wenn er Kenwards Ausführungen in irgendeiner Weise abwehrt, verstößt das gegen die Anweisungen aus dem Brief, die von ihm verlangen, dass er den verzweifelten Ehemann mimt.

Archie will am liebsten gar nichts sagen, er will raus, raus aus diesem Zimmer und diesem Albtraum, er will sich in Nancys Arme flüchten. Nur dort kann er Trost finden. Aber er weiß, dass das nicht geht. Wenn er jetzt zu ihr fährt, ganz gleich, wie sehr er sich danach sehnt, dann wird er die Polizei auf direktem Weg zu ihr führen und Nancy so ins Zentrum der Ermittlungen rücken.

Aber er kann die Schilderung des Freitagmorgens nicht unkommentiert lassen. Selbst ein verzweifelter, besorgter Ehemann würde sich doch in gewissem Umfang rechtfertigen. Und so sagt er: »Das Dienstpersonal hat einen Hang zur Übertreibung, Deputy Chief Constable Kenward. Ich würde ihnen nicht alles glauben, was sie Ihnen über meinen Wortwechsel mit meiner Frau erzählen. So oder so besteht keinerlei Zusammenhang zwischen jenem Morgen und dem Verschwinden meiner Frau, und es klingt ganz so, als sollten Sie Rücksprache mit Ihrem Vorgesetzten halten, bevor Sie diese falsche Spur zu lange verfolgen.«

»Keine Sorge, Colonel Christie, ich halte laufend Rücksprache. Denn wissen Sie, da Styles so nah an der Grenze zweier Grafschaften liegt, wird dieser Fall nicht allein vom Leiter der Polizei in Berkshire beaufsichtigt. Nein, die Ermittlungen im Fall des

Verschwindens Ihrer Frau werden gleich von zwei Polizeidistrikten – und zwei Distriktleitern – geführt. Es wird darum reichlich Rücksprache gehalten, bevor wir irgendeine Spur zu lange verfolgen.«

Kapitel 17
Das Manuskript

18. Oktober 1916
New Forest, Hampshire, England

Archie zog mich zurück ins Bett. Die Matratze in diesem Gasthof war klumpig und unbequem, aber das war uns egal. Wir nutzten sie ohnehin kaum, um darauf zu schlafen.

Ich fühlte mich geborgen, wie Archie so in der Wärme unter der warmen Baumwolldecke die Arme um mich schlang. Fast genauso aufgehoben und sicher wie in den Sommern meiner Kindheit in Torquay, wo alle meine Lieben unter dem wunderbaren Dach von Ashfield versammelt waren. Ich kam mir töricht vor, je den Geisteszustand meines Mannes angezweifelt zu haben, und gab mich ganz seiner Umarmung und meinem Gefühl von Sicherheit hin, obwohl ich genau wusste, dass es nur vorübergehend war und sich wieder in Luft auflösen würde, sobald Archie an die Front zurückkehrte. Dass er bisher überlebt hatte, grenzte beinahe an ein Wunder, und ich hatte Angst, dass uns das Glück nicht länger hold sein würde.

»Ich muss dir etwas erzählen«, flüsterte er an meinem Hals, wo er sein Gesicht vergraben hatte. Mir lief ein Schauer über den Rücken. Nach dem sehr unbeholfenen, unruhigen Wiedersehen in seinem letzten Urlaub sowie den seltsamen Ausbrüchen in seinen Briefen seither hatten wir einen Bereich gefunden, in dem wir uns ganz hervorragend verstanden – im Bett.

»Hoffentlich etwas Schönes«, hauchte ich.

Er löste sich ein wenig von mir, und ich sah ihm an, dass es nicht um etwas Romantisches ging. Sein Ausdruck war ängstlich. Was wollte er mir wohl sagen?

»Du weißt, wie sehr meine Nebenhöhlen mir beim Fliegen immer wieder Probleme bereiten?«, sagte er und vergrub das Gesicht wieder an meinem Hals.

Archies Nebenhöhlen hatten ihm von Anbeginn seines Flugtrainings sehr zugesetzt. Seine Ohren glichen den Druck nie aus, wodurch seine Flüge schier unerträglich wurden – aber er wollte trotzdem weitermachen. Ich fand das stets wahnsinnig tapfer und stark von ihm, es erhöhte in meinen Augen seine Attraktivität, aber ich wusste auch, dass das Fliegen darum ganz besonders anstrengend für ihn war. »Natürlich. Du hast die Schmerzen die ganze Zeit tapfer ertragen, zum Wohle Englands.«

»Ich habe Flugverbot bekommen. Für immer.«

Ich begriff, dass er sein Gesicht an meinem Hals versteckt hatte, weil er mir nicht in die Augen sehen konnte. Er war am Boden zerstört, weil sein Beitrag zu diesem Krieg ein jähes Ende fand, und hatte Angst, in meiner Achtung zu sinken. Offenbar hielt er mich noch immer für die junge, unschuldige Frau, das Mädchen, das sich von dem jungen Piloten, der er einst war, maßlos beeindrucken ließ. Hatte er wirklich nicht begriffen, dass ich inzwischen eine andere war? Dass ich Leid und Tod gesehen hatte und ihn mir einfach nur in Sicherheit wünschte? Hatte diese Enthüllung bereits in ihm gebrodelt, als er mir reihenweise verstörende Briefe schrieb?

Ich wusste, was ich zu sagen hatte, und ich sagte es mit aller Aufrichtigkeit: »Gott sei Dank!«

Er stützte sich auf den Ellbogen und sah zu mir herab. »Ist das dein Ernst?«

»Natürlich. Das heißt, du bist in Sicherheit. Meine Gebete wurden erhört.«

»Und du bist nicht enttäuscht, wenn ich in diesem Krieg nicht mehr als Pilot diene?« Seine Stimme bebte.

»Wie kommst du denn nur auf so etwas, Archie? Zwei lange Jahre hast du als Pilot gedient und überlebt, was für ein Segen. Für mich und für unser Land. Aber jetzt ist es genug. Dieses Flugverbot ist ein Geschenk. Dein Leben bedeutet mir alles.«

»Und du bedeutest mir auch alles«, sagte er. Er küsste mich gleichermaßen leidenschaftlich wie erleichtert. Ich gestattete mir, mich ihm hinzugeben.

Später beschlossen wir, einen Spaziergang durch den New Forest zu machen, und rissen uns los von der Geborgenheit – und Leidenschaft – des Bettes. Archie war bereits in seiner Jugend ausgiebig in dieser Landschaft umhergestreift, die seit 1079 der Krone gehörte und wie ein Urwald wirkte. Hand in Hand und in seltenem, aber angenehmem Schweigen bewegten wir uns durch eine wundersame, in wilden Herbstfarben erstrahlende Mischung aus Weiden, Wald und Heide, blendeten jeden Gedanken an Vergangenheit und Zukunft aus und genossen den gemeinsamen Moment.

Nach etwa einer Stunde kamen wir an einen handbemalten Wegweiser, auf dem *Niemandsland* stand. Breit lächelnd drehte sich Archie zu mir um. »Den Weg wollte ich schon immer mal erkunden.«

Ich erwiderte sein Lächeln. »Dann lass ihn uns gemeinsam erkunden. Jetzt gleich.«

Zögerlich sah er mich an. »Sicher?«

»Absolut.«

Er riss mich eng an sich und sagte: »Gott, wie ich deine Spontaneität und deine Abenteuerlust liebe! Los geht's!«

Wir trotteten den Trampelpfad hinunter in Richtung des rätselhaften Niemandslandes. Irgendwann ließ das wilde Gewirr der Landschaft nach, alles wurde immer ordentlicher, und schließlich war klar, dass das Niemandsland ein reichlich vernachlässigter Apfelgarten war. Die blutroten Früchte glänzten, und wir hätten am liebsten sofort ein paar gepflückt, doch ich ermahnte Archie, wir müssten erst um Erlaubnis fragen. Kurz darauf sahen wir eine Frau.

»Guten Morgen, Madam. Können wir Ihnen ein paar Äpfel abkaufen?«, fragte er.

Die Frau, rotwangig von einem Leben an der frischen Luft, hätte dreißig oder ebenso gut fünfzig sein können. Sie lächelte uns an, bemerkte Archies Uniform und sagte: »Sie brauchen mir nichts zu bezahlen. Ich sehe Ihrer Uniform an, dass Sie bei der Air Force sind. Da war mein Sohn auch. Er ist umgekommen –«

Archie wurde aschfahl, und ich sagte schnell: »Oh, das tut mir wirklich leid, Madam.«

Sie hob die Hand, um weitere Beileidsbekundungen abzuwehren. »Er hat seinen Teil fürs Vaterland geleistet, genau wie Ihr Mann. Essen Sie sich satt, und nehmen Sie so viele mit, wie Sie tragen können. Das ist das Mindeste, was wir tun können«, sagte sie und wandte sich ab.

Wir nahmen sie beim Wort, obschon das, was sie uns erzählt hatte, einen bitteren Nachgeschmack hinterließ. Archie konnte erst mit dem Pflücken anfangen, nachdem er eine Zigarette geraucht hatte, eine neue Angewohnheit seit seinem letzten Urlaub. Eine Stunde später, die Bäuche so voll wie die Taschen, setzten wir uns übersatt auf einen Baumstumpf. Wir plauderten über dies und jenes – aber weder über meine Arbeit als Hilfsschwester oder in der Apotheke noch über seine Fliegerei –, bis ich beschloss, ihm nun meinerseits etwas Wichtiges zu erzählen. Hätte er mir nicht sein Flugverbot gebeichtet, hätte mir sicher der Mut dazu gefehlt.

»Ich muss dir etwas erzählen«, sagte ich.

»Ach ja?« Er sah mich gleichermaßen neugierig und erschrocken an.

»Ich habe ein Buch geschrieben.« Ich zwang mich, die Worte auszusprechen, die ich nicht einmal meiner Mutter gegenüber geäußert hatte.

Archie sah mich an, als hätte er sich verhört. »Ein Buch? Du hast ein Buch geschrieben?« Die Frage klang nicht urteilend, lediglich überrascht. Er wusste, dass ich in der Vergangenheit immer wieder Schreibversuche unternommen hatte – ich hatte ihm erklärt, dass ich, nachdem ich mit meinen Ambitionen bezüglich einer musikalischen Laufbahn gescheitert war, die Leerstelle in meinem Leben mit Schreiben füllte, das genau wie die Musik immer wieder anschwoll und abebbte –, aber ich hatte nun schon länger nicht mehr darüber gesprochen. Schreiben kam mir in Zeiten des Krieges sehr albern und belanglos vor.

Ich lächelte ihn verhalten an. »Du hattest ja gesagt, ich sollte nicht untätig sein, solange du weg bist.«

Er lachte. Es war ein lautes, ungestümes Lachen, wie ich es noch nie von ihm gehört hatte. »Hast du mir was zum Lesen mitgebracht?«

»Ja«, gestand ich. »Liegt im Hotel in meinem Koffer.« Ich erwähnte nicht, dass ich das Manuskript ganz unten in meinem Koffer versteckt hatte, weil ich mir lange unsicher gewesen war, ob ich es Archie zeigen wollte.

»Worum geht es?«

»Um einen Mord.«

»Du?« Wieder lachte er. »Meine liebe, süße Frau? Du hast eine Mördergeschichte geschrieben?«

»Ja. Es geht um eine reiche, ältere Frau, die in ihrem Herrenhaus vergiftet worden ist, während sie mehrere Hausgäste beherbergt, die allesamt potenziell als Täter infrage kommen. Einer von ihnen, ein sich vom Krieg erholender Soldat namens Arthur Hastings, bittet seinen Freund um Hilfe, einen belgischen Flüchtling namens Hercule Poirot.« Ich erklärte ihm, wie ich während der ruhigen Stunden in der Apotheke Handlung und Figuren entwickelt hatte, und insbesondere, wie ich durch meine Begegnung mit einer Gruppe von Belgiern, die eine grauenhafte Flucht vor den Deutschen hinter sich hatten und in unserer Gemeinde gelandet waren, auf die Idee mit dem belgischen Detektiv gekommen war. Doch kaum hatte die Idee von Hercule Poirot in mir gekeimt, war die Figur von Seite zu Seite immer mehr von selbst gewachsen, fast, als wäre sie ein richtiger Mensch.

»Das klingt auf jeden Fall sehr zeitgemäß und originell.« Er schüttelte den Kopf. »Aber ich kann immer noch nicht glauben, dass du einen Krimi geschrieben hast.«

Ich lachte mit ihm. »Das hört sich sicher sehr weit hergeholt an, aber Madge hat mit mir gewettet, dass ich es nicht schaffen würde, einen Krimi zu schreiben, dessen Lösung die Leser nicht erraten können.«

Archie hatte längst begriffen, welcher Natur mein Verhältnis zu meiner Schwester war. »Und die Wette wolltest du selbstverständlich auf keinen Fall verlieren.«

Ich dachte an die diversen Wetten, die Madge und ich über die Jahre abgeschlossen hatten. Für jede einzelne wurden sehr klare Regeln festgesetzt, und jede einzelne wurde mit Feuereifer ausgefochten. Unsere Backgammon-Spiele dauerten bis spät in die Nacht. Die Hindernisse, über die wir mit unseren Pferden sprangen, wurden immer höher. Die Stapel der gelesenen Bücher begannen bedrohlich zu schwanken. Im Rückblick kam es mir fast so vor, als hätte die elf Jahre ältere Madge versucht, mich ein wenig abzuhärten und stärker zu machen, da unsere Mutter mich ständig verhätschelte und in Watte packte. Wahrscheinlich sollte ich ihr dafür danken, aber das würde unser weiter anhaltendes Spielchen verderben und ihr zu Punkten verhelfen, die ich nicht bereit war, ihr zu geben.

»Selbstverständlich nicht.« Ich lächelte, dann zauderte ich. »Würdest du es lesen? Und mir sagen, ob es dir gefällt? Und ob du dahinterkommst, wer der Täter ist? Ich weiß, es stiehlt uns etwas von unserer gemeinsamen Zeit, aber –«

»Sehr gerne«, sagte er. »Wie heißt es denn?«

»*Das fehlende Glied in der Kette.*«

Kapitel 18

Tag drei nach dem Verschwinden

Montag, 6. Dezember 1926
Styles, Sunningdale, England

Nach einer schlaflosen Nacht setzt Archie sich an den Frühstückstisch. Die übliche Ordnung auf dem Tisch – Silber und Kristall hübsch arrangiert, dampfender Kaffee in der Tasse, Eier unter der Silberhaube, die das Hausmädchen anhebt, kaum dass er das Esszimmer betritt –, das alles empfindet er als äußerst beruhigend. Bis er zur Morgenzeitung greift. Auf der Titelseite prangt in großen Lettern genau die Schlagzeile, vor der er sich gefürchtet hatte, die, die ihn die ganze Nacht keinen Schlaf hat finden lassen: *Schriftstellerin verschwindet unter mysteriösen Umständen.* Der Artikel präsentiert zunächst Agathas Leistungen als Autorin – ihre drei Romane und die Fortsetzungsgeschichten, die ihr einen bescheidenen Erfolg, aber keinen echten Ruhm beschert haben – und erzählt dann in epischer Breite von ihrem Verschwinden.

Archie wird übel, er muss den Blick von seinem Frühstück abwenden – diese verfluchten weichen Eier –, um sich wieder zu sammeln. Wie sind die Reporter nur so schnell an diese Story gekommen? Als Kenward ihm gestern erzählte, er habe Fotos von Agatha verbreitet, nahm Archie an, ihm würden noch ein paar Tage bleiben, um die Situation in den Griff zu bekommen, bevor die Nachricht an die breite Öffentlichkeit gerät. Er hatte angenommen, die Information würde bis auf Weiteres in den Händen diverser Polizeibezirke bleiben. Das Tempo, mit dem die Presse sich auf die Geschichte gestürzt und ihre eigenen Nachforschungen angestellt hat, ist unerhört.

Was tun, was tun, grübelt er, *um das Unvermeidbare zu vermeiden? Halt!,* ermahnt er sich selbst. *Das alles kommt doch einzig und allein daher, dass Kenward mich ganz offenkundig nicht leiden kann.* Er darf nicht zulassen, dass die reißerische Schlagzeile einer einzigen Zeitung ihn so aus dem Konzept bringt.

Er kämpft dagegen an, und doch macht sich dieser ganz besondere, sehr vertraute Schmerz in ihm breit. Wie die wendigen Arme eines Kraken dringt er durch seine Schläfen, seine Stirn und schließlich in seine Nebenhöhlen. Mit dem fesselnden, lähmenden Schmerz kommt auch die Vergangenheit zu ihm. Auf einmal werden die sanften Geräusche von Rosalind und Charlotte sowie das Gemurmel der Polizisten in der Küche übertönt vom Dröhnen eines

Flugzeugmotors. Archie sieht nicht die schweren Seidenvorhänge und die gemusterten Tapeten seines Esszimmers, sondern wie durch eine enge Fliegerbrille die unendliche Weite des Himmels. Das Rattern von Geschützen setzt ein, bis ein lauter Rums seine eindringliche Erinnerung unterbricht. Archie sieht auf und erblickt nicht die Ränder seiner Pilotenbrille, sondern Lilly mit einer Kanne frischem Tee. Er kehrt in die Gegenwart zurück, doch der Kopfschmerz bleibt.

Mit zitternden Händen nimmt Archie sich eine Zigarette und faltet die Zeitung so, dass ihn seine Frau nicht von der Titelseite ansieht. Er macht sich daran, einen Artikel über die dreiundvierzigste Ratskonferenz des Völkerbundes zu lesen, die heute in Genf beginnt – Hauptsache, er kommt auf andere Gedanken. Er sinniert gerade über den wichtigsten Punkt der Konferenz – Deutschlands Bitte, der Völkerbund möge die Militärüberwachungskommission, ein Relikt des Großen Krieges, aufgeben –, als er in der Ferne das Telefon klingeln hört. Er schenkt dem keine weitere Beachtung, weil das Telefon seit Samstagvormittag praktisch ununterbrochen läutet und er weiß, dass Charlotte ihn rufen wird, falls es nötig ist. Binnen weniger als einer Minute weiß er, dass es nötig ist. Seine Mutter ist am Apparat.

»Hast du die Schlagzeilen gesehen, Archie?«, fragt sie anstelle einer Begrüßung. Er hat am Wochenende ausgiebig mit seiner Mutter gesprochen und sie über das Verschwinden und die Suchaktion informiert. Seine Mutter, die kein besonders großer Fan seiner Frau ist, hat ihre eigenen Theorien zu der ganzen Angelegenheit, aber Archie weigert sich, mit ihr darüber zu reden.

»Ja, Mutter, ich lese die *Times* jeden Morgen.« Sie schafft es immer wieder, ihm das Gefühl zu geben, nicht älter als zehn Jahre zu sein. Sie muss nur einen ganz bestimmten Ton anschlagen, und schon wird er zurückversetzt an seinen ersten Schultag an der Hillside Preparatory School in Godalming. Seine gesamte Kindheit hatte er in Indien verbracht, und England war eine fremde Welt für ihn gewesen. Als sein beim Indian Civil Service als Gerichtsanwalt tätiger Vater starb, mussten Archie, sein Bruder Campbell und seine Mutter nach England zurückkehren und nach einem kurzen Abstecher in die irische Heimat seiner Mutter ein neues Leben anfangen. Archie hatte nie das Gefühl gehabt, irgendwo dazuzugehören. Bis vor Kurzem.

»Ich spreche nicht nur von der *Times*. Ich meine auch die *Gazette* und den *Telegraph* und die *Post*. Allen Ernstes, Archie, die Liste ist noch viel länger, aber ich erspare sie dir. In manchen Zeitungen sind die Artikel klein und unscheinbar, in anderen stehen sie auf der ersten Seite, aber jeder einzelne berichtet vom Verschwinden deiner Frau.«

»Woher weißt du das?«

»Als wir heute Morgen unsere übliche Zeitung erhielten und die schreckliche Schlagzeile sahen, schickte ich deinen Stiefvater zum Kiosk. Er besorgte alle möglichen anderen Blätter, und auf jeder Titelseite fand sich etwas zu diesem Thema.«

»Mein Gott.« Archie begreift, dass Deputy Chief Constable Kenward den Reportern mehr zugespielt haben muss als nur ein Foto seiner vermissten Frau. Um ein derartiges Presseecho auszulösen, musste Kenward angedeutet haben, dass etwas an Agathas Verschwinden verdächtig war. Und dass Archie damit zu tun haben könnte. Dieser verdammte Hund ist dafür verantwortlich, dass sämtliche Zeitungen von Agathas Verschwinden berichten.

»Es ist entsetzlich, Archie. Dass dein Privatleben so öffentlich gemacht wird.« Sie hält inne und flüstert dann weiter: »Wer weiß, was noch alles ans Licht kommen könnte?«

»Ja, Mutter, diese Frage stelle ich mir wohl mehr als jeder andere.« Archie wünschte, die heutigen Zeitungsberichte wären das Ende der Geschichte, aber gleichzeitig ist ihm klar, dass sie nur der Anfang sind. Er kann es sich nicht leisten, dass diese Hyänen noch tiefer in seinem und Agathas Privatleben graben, denn dabei könnten sie Wind bekommen von seiner Beziehung zu Nancy. Das durfte nicht passieren.

Er hängt den Hörer auf und stößt im Flur fast

mit Charlotte und Rosalind zusammen. Sie hatten doch während seines Telefonats das Haus in Richtung Schule verlassen. Wieso waren sie schon zurück? Er hatte wirklich genug um die Ohren, als dass er sich jetzt auch noch darum kümmern konnte, dass seine Tochter regelmäßig den Unterricht besuchte. Das lag in Charlottes Verantwortungsbereich. Und auch ein wenig in dem seiner Frau.

Er versucht, den beiden auszuweichen, vergeblich. »Colonel Christie, Colonel Christie«, ruft Charlotte, obwohl er nur wenige Meter entfernt ist.

»Ich bin hier, Charlotte.« Er bemüht sich, nicht verärgert zu klingen. Sehr viel hängt von Charlottes Diskretion ab, und offenbar reicht die Beherbergung ihrer Schwester Mary dafür noch nicht ganz aus.

»Sir. Da draußen herrscht der reinste Zirkus. Es wäre unverantwortlich, Rosalind zur Schule zu bringen.«

Während Charlotte seiner Tochter aus dem Mantel hilft, fällt Archie auf, dass ihr Haar unter dem Topfhut zerzaust ist. Dabei ist die Erscheinung der Sekretärin und Gouvernante doch sonst immer tadellos. »Was meinen Sie damit?«

»Colonel, da draußen sind bestimmt fünfzehn –«

»Zwanzig, Papa«, meldet Rosalind sich zu Wort. »Ich habe zwanzig Reporter auf dem Rasen vor dem Haus gezählt. Manche mit Notizblöcken, manche mit Kameras. Die Blitzlichter waren so hell, dass es mir in den Augen wehgetan hat.«

Archie geht neben seiner Tochter in die Hocke. Das Kind ist deutlich gefasster als Charlotte. Eigentlich unglaublich, angesichts der Umstände. Er streicht seiner Tochter eine braune Locke aus dem Auge und unterdrückt die in ihm aufsteigende Wut darüber, dass das Kind in diese Sache hineingezogen wird. Sie darf auf keinen Fall merken, wie sehr er in Aufruhr ist, er muss in ihrer Gegenwart die Ruhe selbst bleiben. »Geht es dir gut, mein Schatz?«

»Ja, Papa. Das sind dumme Männer. Richtig blöde eigentlich. Haben immer wieder gefragt, wo Mama ist. Wissen die denn nicht, dass Mama in Ashfield ist und schreibt?«

»Offenbar nicht, mein Schatz.«

»Ich hätte es ihnen fast gesagt, aber Charlotte meinte, ich sollte nicht mit den Männern reden.«

»Da hat sie ganz recht, mein Schatz. Diese Männer sind Fremde, und wie du selbst eben sagtest, sie sind dumm.« Er richtet sich auf. »Ich wollte gerade rausgehen und ihnen sagen, dass sie sich verziehen sollen, damit sie dich nicht mehr belästigen.«

»Papa!«, quietscht Rosalind, als ihr Vater sich so grob ausdrückt. »Sich verziehen« dürfte sie jedenfalls niemals sagen.

Er drückt ihre kleine Hand, dann übergibt er seine Tochter Charlottes Obhut. Er strafft die Schultern und geht zur Haustür, um die Meute mit autoritärer Attitüde seines Grundstücks zu verweisen. Er wird sie vertreiben, ganz gleich, in welch unsäglicher Position er sich gerade befindet, gefangen zwischen den impliziten Beschuldigungen der Polizei, die einen Vermisstenfall untersucht, in dem sich immer mehr Indizien gegen ihn richten, und den expliziten Anweisungen aus dem Brief, von denen seine Zukunft abhängt. Doch als er die Tür öffnet und von unzähligen Blitzlichtern geblendet wird, begreift Archie, wie mächtig die Öffentlichkeit ist und dass nichts mehr so sein wird wie früher.

Kapitel 19
Das Manuskript

2. Februar 1919
London, England

Ich hatte angenommen, dass der Archie, der aus dem Krieg heimkehrte, derselbe Archie sein würde, der in den Krieg gezogen war. Oder zumindest derselbe Archie wie während seines letzten magischen Fronturlaubs vor über zwei Jahren. Doch der Archie, der heimkehrte, war ein völlig anderer Mann.

Die einst schneidige, schillernde Erscheinung war ruhelos und träge zugleich, unergründlich unglücklich und überhaupt nicht mehr romantisch. Jede noch so alltägliche Belastung verfinsterte sein Gemüt nur noch mehr, und manchmal konnte selbst das geringste Geräusch Kopfschmerzen und Wutanfälle auslösen. Nichts schien Archie zufriedenzustellen, schon gar nicht die zahllosen Zigaretten, die er rauchte, wenn er schlechte Laune bekam, und erst recht nicht seine Arbeit. Als er aus dem Krieg heimkehrte, trat er eine Stelle bei der Royal Air Force an. Immer wieder behauptete er, dort keine wirkliche Zukunft zu haben, was ich allerdings bezweifelte. Insgeheim vermutete ich, dass Archie in dem Augenblick, da seine Nebenhöhlen ihm das Fliegen unmöglich machten, die Lust daran vergangen war und dass es ihn schmerzte, weiter von Piloten und Flugzeugen umgeben zu sein. Nur ungern wollte ich denken, dass er womöglich an ähnlicher Schwermut litt wie einige der verwundeten Soldaten, die ich während des Krieges gepflegt hatte. Er hatte das Objekt seiner Liebe und Leidenschaft, die Fliegerei, verloren, und mir wollte nichts einfallen, das ihm als Ersatz hätte dienen können. Ich selbst konnte es offenbar nicht.

Tag und Nacht beschäftigten mich die Ratschläge, die meine Mutter mir bezüglich einer guten Ehe mit auf den Weg gegeben hatte: Ein Ehemann benötigt ständige Aufmerksamkeit und häusliche Führung. Und so dachte ich, wenn ich Archie ganz genau so umsorgte, wie er es gernhatte, dann würde er vielleicht wieder so werden wie früher. Wenn ich ihm perfektes Essen servierte, die Wohnung auf Hochglanz polierte, mich als interessante Gesprächspartnerin erwies, ihm eine hingebungsvolle Geliebte war, dass er dann zufrieden wäre. Ich glaubte, es sei meine Pflicht, ihn in jenen Zustand von vor dem Krieg zurückzuversetzen, und so wurde genau dieses Vorhaben in der Zeit direkt nach dem Kriegsende zu meinem erklärten Ziel. Es war das Mindeste, das ich für meinen Mann tun konnte, der zu den wenigen gehörte, die überhaupt lebend nach Hause zurückgekehrt waren.

So leise wie möglich stieg ich, den Einkaufskorb am Arm, die Stufen zu unserer Wohnung im dritten Stock an der Northwick Terrace hinauf, um möglichst nicht die Aufmerksamkeit unserer Hauswartin Mrs Woods zu erregen. Grundsätzlich war ich sehr dankbar für ihre Haushaltstipps und freundlichen Worte, aber sie traute mir offenbar nicht zu, auf dem Markt das richtige Gemüse und das beste Fleisch einzukaufen. Dass Lebensmittel so kurz nach dem Krieg generell knapp waren, ließ sie als Erklärung für meine Kaufentscheidungen so gut wie nie durchgehen.

»Mrs Christie«, erscholl Mrs Woods Stimme die zwei Stockwerke hinauf, die ich bereits erklommen hatte. Ich war offenbar nicht leise genug gewesen. Da es unhöflich gewesen wäre, sie zu ignorieren, ging ich wieder hinunter.

»Guten Tag, Mrs Woods«, sagte ich, bemüht, meinen Verdruss zu verbergen.

»Ich bin so froh, dass ich Sie erwische, Mrs Christie. Als ich heute Vormittag auf dem Markt war, gab es dort jede Menge Karotten, und ich war so frei, für Sie und Ihren Mann ein Bund mitzunehmen.«

»Wie freundlich.« Ich griff in die Tasche. »Wie viel schulde ich Ihnen?«

Sie winkte ab. »Gar nichts. Schenke ich Ihnen.« Sie warf einen Blick in meinen Korb. »War eine gute Idee, würde ich meinen. Ihr Gemüse hat ja schon bessere Zeiten gesehen.«

Ich dankte ihr abermals und trottete die Treppe zu unserer Zweiraumwohnung hinauf. Anfangs war ich sehr dankbar gewesen für ihre guten Ratschläge bezüglich der Kunst der Haushaltsführung, da meine Mutter mir lediglich beigebracht hatte, wie mit Dienstpersonal umzugehen sei, und über solches verfügte ich nicht mehr. In letzter Zeit allerdings hatte ich Mrs Woods' Ratschläge immer mehr als schwer auszuhaltende Einmischung empfunden.

Ich legte das Schweinefleisch, das Gemüse und die Kartoffeln im Spülstein ab, wusch alles und machte mich an die Zubereitung des Abendessens, wobei ich mich peinlich genau an das Rezept hielt. Kaum befand sich alles im Ofen, sah ich mich nach einer neuen Aufgabe um. Mummys Leitsatz bezüglich der Versorgung des Ehemannes stand für mich über allem, aber ich fragte mich doch, wie ich mich um meinen Mann kümmern sollte, wenn er bei der Arbeit war und ich alle Pflichten im Haushalt erledigt hatte. Stundenlang war ich auf mich allein gestellt, aber alles, was ich tat, sollte zu seinem Wohl sein. Wie sollte das gehen?

Ich war über eine Annonce für einen Kochkurs gestolpert und hatte gedacht, nun hätte ich gefunden, wonach ich suchte. Der Unterricht war zwar eine gute Beschäftigung für mich, nachdem ich die Wohnung aufgeräumt und eingekauft hatte und bevor Archie wieder nach Hause kam. Aber auch die Kochstunden füllten meinen Tag nicht vollständig aus, und da alle meine Freundinnen in Devon lebten – außer Nan Watts, die aber viel Vornehmeres gewohnt war und die ich unmöglich zu mir einladen konnte – und da ich in London noch keine neuen Kontakte geknüpft hatte, blieben mir immer noch zahlreiche Stunden übrig. Ich stürzte mich auf Kurse in Buchhaltung und Stenografie, doch auch sie füllten meine Tage immer noch nicht aus. Ich hätte dankbar sein sollen dafür, dass mein Mann den Krieg überlebt hatte und bei mir und in Sicherheit war, und doch fehlten mir die Gemeinschaft im Krankenhaus und in der Apotheke, die bekannten Torquayer Gesichter und insbesondere die Gesellschaft meiner Mutter und sogar meiner Großmutter, die beide weiterhin mit zusätzlichem Personal in Ashfield wohnten.

Hin und wieder, wenn ich mit den Vorbereitungen für das Abendessen fertig war und auf Archie wartete, dachte ich wieder an *Das fehlende Glied in der Kette*. Archie hatte den Roman gelesen und für »ziemlich gut« befunden, er war zu meiner großen Freude nicht von selbst darauf gekommen, wer der Täter war, weil die ausgeklügelte Verwendung verschiedener Gifte den Leser ratlos machte. Und er hatte vorgeschlagen, einen Verlag dafür zu suchen.

»Ist das nicht ein wenig frivol, während ein Krieg tobt?«, hatte ich gefragt.

Er hatte zum Zeichen seiner Unterstützung meine Hand gedrückt. »Die meisten Menschen brauchen gerade jetzt im Krieg ein wenig Ablenkung, Agatha. Oder sogar Frivolitäten. Mit diesem unlösbaren Fall wirst du die Leute eine ganze Weile ablenken können.«

Und so schickte ich, auf seine Veranlassung hin, das Manuskript an mehrere Verlage, unter anderem an Methuen sowie an Hodder & Stoughton, und alle lehnten sie es ab. Ich hatte nichts anderes erwartet, schließlich war ich lediglich eine Hausfrau ohne jegliche schriftstellerische Ausbildung. Aber die Ablehnung schmerzte dennoch, und ich hatte kein weiteres Romanprojekt begonnen, obwohl es mir nicht an Ideen mangelte. Auch darum hatte ich zu viele freie Stunden, in denen ich über meinen Mann nachdachte.

Mit anderen Worten, wenn ich nicht für Archie sauber machte oder für ihn einkaufte oder für ihn nähte oder für ihn kochte, dann dachte ich über ihn nach. Und meine Gedanken kreisten in der Hauptsache um diese eine Erkenntnis: dass er sich verändert hatte. Manchmal grübelte ich, ob ich es jetzt vielleicht mit dem eigentlichen, echten Archie zu tun hatte und dass ich ihn erst jetzt richtig kennenlernte.

Ich verbannte jeglichen sorgenvollen Gedanken,

denn heute Abend würde sich alles ändern. Seine Stimmung, unsere Ehe, unsere Zukunft.

»Schmeckt dir das Schweinefleisch?«, fragte ich mit einem aufgesetzten Lächeln. Archie hatte nach den ersten Bissen kurz das Gesicht verzogen, und ich konnte nie sicher sein, ob sich eine solche Reaktion auf meine Kochkunst bezog oder von seinem erstaunlich empfindlichen Magen herrührte. Die Familie Miller aus Torquay war bekannt für ihren gesunden Appetit und ihre Pferdemägen, darum war eine derartige Empfindlichkeit eine neue Erfahrung für mich.

»Ja, erstaunlicherweise schmeckt es mir ganz gut, aber wir werden sehen, wie ich es vertrage«, sagte er und rieb sich dabei kurz über den Bauch.

Es wurde wieder still am Tisch. Archie schien Stille grundsätzlich zu behagen, selbst bei der gemeinsamen Abendmahlzeit, bei der in Ashfield stets viel gelacht und die Familienbande gepflegt wurden. Doch bei Archies Mutter war das Abendessen immer eine recht steife Angelegenheit gewesen, darum hätte mich sein Schweigen eigentlich gar nicht überraschen sollen.

»Wie war dein T–« Ich unterbrach mich selbst. Hatte ich mir nicht vorgenommen, dass dies ein denkwürdiger Abend werden sollte, voller Freude und Jubel? Ein Gespräch über seine Arbeit beim Königlichen Fliegerkorps würde derartige Anwandlungen im Keim ersticken. Vielleicht sollte ich die

Taktik ändern und mit meiner Mitteilung nicht bis zum Ende der Mahlzeit warten … Ich hatte über eine Stunde geübt und dennoch nicht die perfekte Formulierung gefunden. Nichtsdestotrotz beschloss ich nun, es einfach zu wagen.

Ich holte tief Luft und platzte damit heraus: »Ich muss dir was sagen, Archie. Ich bin schwanger.« Ich konnte ein breites Grinsen nicht unterdrücken.

»Schwanger?« Sein Ton befremdete mich, und ich fragte mich, ob ich ihn falsch deutete. Archie klang überhaupt nicht erfreut, wie ich felsenfest angenommen hatte, sondern vielmehr wütend.

Als er weitersprach, wurde mir klar, dass ich seine Reaktion nicht im Geringsten falsch interpretiert hatte. »Du bist schwanger?«, fragte er in demselben irritierten Ton.

Ich war perplex. Wie konnte er denn bei einer derartigen Nachricht nur wütend sein? Ich hatte gedacht, mein Mann würde aufspringen und mich herumwirbeln, wenn er hörte, dass wir ein Baby bekommen. Zum ersten Mal verschlug mir das Verhalten meines Mannes vollkommen die Sprache.

Er erhob sich so ruckartig, dass sein Stuhl hintüberkippte. Er ging auf und ab, und mein sonst so stiller Gatte stieß eine ganze Reihe von Verwünschungen aus, von denen ich hoffte, sie niemals wieder hören zu müssen.

»Dir ist doch bewusst, dass das *alles* zwischen uns

ändern wird, Agatha? Ein Baby ändert immer alles«, herrschte er mich an.

Mir war klar, dass er hier nicht von positiven Veränderungen sprach, und doch bemühte ich mich, die Sache entsprechend zu wenden. »Ja, natürlich ändert ein Baby so einiges, Archie. Aber es werden ganz wunderbare Veränderungen sein.«

»Ganz sicher nicht«, schrie er. »Du wirst dich nur noch um das Baby kümmern und nicht mehr um mich. Du wirst mich vernachlässigen und vergessen.«

Mit einem Mal ging mir auf, dass dieses Baby uns womöglich nicht einander näherbringen und meinem ruhelosen Mann ein klein wenig Freude bescheren würde, sondern einen Keil zwischen uns treiben könnte. Das würde ich niemals zulassen. Niemals. Immerhin war es meine Aufgabe, mich um meinen Mann zu kümmern und ihn glücklich zu machen.

Ich erhob mich, ging auf Archie zu und legte beruhigend die Hand auf seine Schulter. »Ich verspreche dir, dass du bei mir immer an erster Stelle kommen wirst. Niemand anders als du. Nicht einmal dieses Baby.«

Kapitel 20
Tag drei nach dem Verschwinden

Montag, 6. Dezember 1926
New Scotland Yard, London, England

Archie durchschreitet das Eisentor von Scotland Yard und bleibt unvermittelt stehen. Macht er sich lächerlich, wenn er sich direkt in das Innerste der obersten Polizeibehörde begibt? Als er sich auf den Weg machte, in großer Rage über die Pressemeute, die den Rasen vor Styles belagerte, fand er das überhaupt nicht. Er wollte einfach nur sich selbst und diese verdammten Ermittlungen aus dem unbarmherzigen Licht der Öffentlichkeit entfernen – wozu ihm der Brief genau vorschreibt, wie er sich darin benehmen und was er darin sagen soll. Er will einfach nur, dass eine höhere polizeiliche Instanz die Untersuchung vom ganz offenkundig voreingenommenen Kenward übernimmt, der wild entschlossen ist, die Presse über jeden Schritt in dieser Angelegenheit zu informieren. Dann könnte er wenigstens Nancy abschirmen.

Selbst als er nach anderthalb Stunden Fahrt seinen Delage am Bordstein des Victoria Embankment parkte und zum Hauptquartier von Scotland Yard aufsah – einem festungsähnlichen Gebäude direkt an der Themse, das mit seinen Streifen aus roten und weißen Ziegeln eine gewisse Ähnlichkeit mit einem Sträflingsanzug hatte –, glaubte er immer noch an die Richtigkeit seiner Entscheidung. Jetzt allerdings, da er in dem an ein Zuchthaus erinnernden Gebäude steht, umgeben von vielen mit Helmen, Handschellen und Holzknüppeln ausgestatteten, eifrigen Polizisten, die jederzeit einen Verdächtigen überwältigen und festsetzen können, fragt er sich, ob er womöglich doch einen Fehler gemacht hatte.

»Ist alles in Ordnung, Colonel Christie?«, fragt sein Rechtsanwalt, William Perkins, indem er sich nach ihm umdreht. Er muss gehört haben, dass Archie stehen geblieben ist.

»Ja, sicher, alles gut. Nur … Also –«, stammelt er. Dann: »Beeindruckendes Gebäude.« *Dämliche Aussage,* denkt er. Aber immer noch besser, als zu sagen, was ihm wirklich gerade durch den Kopf geht.

»Ja, da kommt kein Zweifel auf, wofür es gedacht ist, was?«, sagt der Anwalt und macht damit beinahe so etwas wie einen Witz – etwas, das Archie aus seinem Mund noch nie gehört hat. Er setzt wieder sein Pokerface auf, und Perkins sagt: »Kommen Sie, gehen wir weiter. Wir wollen schließlich nicht zu spät kommen zu unserem Termin mit Commander

Reynolds. Der legt nämlich allergrößten Wert auf Pünktlichkeit.«

Mit großen Schritten marschiert Archie neben seinem Anwalt her. Er hatte ihn morgens angerufen und aufgefordert, einen Termin bei Scotland Yard zu machen, damit sie darauf hinwirken konnten, dass Kenward – und damit die Presse – von dem Fall abgezogen wurde. Perkins hatte auf dieses Ansinnen nicht weiter reagiert, aber Perkins ist auch ungewöhnlich dickfellig. In seiner Branche wahrscheinlich eine hervorragende Eigenschaft – wenn er nie zu viel verspricht und nie überreagiert, kann er auch nie jemanden enttäuschen.

Die Luft im Inneren des labyrinthischen Gebäudes riecht völlig anders als draußen. Hier steigt ihm nicht mehr der Gestank von verwesendem Fisch und Abfall in der Themse in die Nase, sondern der Geruch von ungewaschenen Polizisten, Zigarettenrauch und etwas, was Archie nicht recht definieren kann. Und er will auch gar nicht darüber nachdenken.

Sie kommen an uniformierten Polizisten und an Beamten in Zivil vorbei, die alle eifrig ihre überaus wichtige Arbeit für die Metropolitan Police leisten. Archie fällt ein Hinweisschild »Abteilung Fingerabdrücke« auf, in der eine neumodische Methode zur Identifizierung von Verbrechern angewandt wird, und als er einen Blick in den Raum wirft, ist dieser voller Männer in Anzügen und Uniformen. Bildet er sich das nur ein, oder sehen diese Männer ihn bedeutungsschwer an? Verurteilen sie ihn bereits?

Archie und sein Anwalt werden zu einem großzügigen Eckbüro im zweiten Stock geführt. Es ist dunkel in dem Zimmer, obwohl es noch nicht mal zwei Uhr ist. Hinter seinem Schreibtisch, in den tiefen Schatten seines Reiches, sitzt Commander Reynolds.

Archie sieht dem Commander in die Augen und weiß sofort, dass es ein Fehler war herzukommen. Wenn Archie nicht aufpasst, wird dieser Mann ihn sofort durchschauen. Ist ja schließlich sein Job, oder? Zu entscheiden, ob jemand schuldig oder unschuldig ist? Archie bekommt kaum noch Luft, doch er muss sich zusammenreißen und weitermachen.

»Tut mir sehr leid zu hören, dass Ihre Frau verschwunden ist, Colonel Christie.«

»Danke, Commander Reynolds. Und vielen Dank, dass Sie sich Zeit für mich nehmen.« Archie hofft, dass seine Stimme nicht zittert.

»Wie kann ich Ihnen helfen?« Der Blick des Commanders ist freundlich, aber sein Ton verrät eine gewisse Ungeduld. Er wäre seine Besucher gerne so schnell wie möglich wieder los.

»Es geht um die Ermittlungen.«

»Ja?«

»Ich mache mir Sorgen, dass Ihre etwas –« Er zaudert. »– Ihre etwas ländlicheren Polizeikräfte nicht über dieselben wichtigen Eigenschaften verfügen wie die Mitarbeiter von Scotland Yard – Eigenschaften, die nötig sein könnten, um meine Frau zu finden. Und darum haben sie jetzt Köder für die Presse ausgeworfen, damit diese möglichst breit berichtet.« Kaum hat er das ausgesprochen, kommt Archie in den Sinn, dass ein besorgter Ehemann durchaus an breiter Berichterstattung interessiert sein könnte, und ihm wird klar, dass er den Kurs ändern muss. »Ich mache mir Sorgen, dass sie aufgrund mangelnder Erfahrung mit komplizierteren Fällen nicht die gewünschten Resultate hervorbringen könnten.«

»Verstehe.« Der Commander formt die Hände zu einem Dreieck und richtet den Blick darauf, als würde er scharf nachdenken. Dann sieht er unvermittelt auf und sagt: »Aber Deputy Chief Constable Kenward hat doch die Ermittlungen im Fall Jean-Pierre Vaquier geleitet – dem französischen Mörder in Byfleet. Und er hat den Fall gelöst, oder etwa nicht?«

Archie hat keine Ahnung, wer dieser Mörder in Byfleet war und welche Rolle Kenward dabei gespielt hat, aber er weiß, welche Erwiderung von ihm erwartet wird. »Gewiss. Aber mein Eindruck ist, dass die Polizei in Surrey ein wenig beaufsichtigt werden sollte. Und ein bisschen gezügelt, wenn Sie so wollen.«

»Ach, *jetzt* verstehe ich.«

Reynolds erhebt sich, umrundet den Schreibtisch und lehnt sich dagegen, bevor er weiterspricht. »Colonel Christie, ich zweifle nicht daran, dass Sie ein wenig« – wieder formen seine Hände ein Dreieck, und er denkt nach, bevor er weiterspricht – »aufgewühlt sind durch das Verschwinden Ihrer Frau und die etwas überwältigenden Presseberichte. Aber Scotland Yard kann nicht in laufende Ermittlungen eingreifen, solange die zuständigen Bezirke Surrey oder Berkshire nicht ausdrücklich um Unterstützung bitten. So steht es im Gesetz.«

Perkins hatte Archie bereits zu verstehen gegeben, dass eine Einmischung seitens Scotland Yard eher unwahrscheinlich sei, aber er hatte nicht erwähnt, dass es sich dabei um einen Gesetzesverstoß handeln würde. Archie hatte angenommen, Scotland Yards Prinzip der Nichteinmischung sei eine ungeschriebene Regel, und darum hatte er weiter auf der Unterredung bestanden. Jetzt erkennt er, dass er seine Zeit verschwendet. Und viel zu viel aufs Spiel gesetzt hat. Warum hatte sein verfluchter Anwalt ihm das nicht genauer erklärt?

Der Commander fasst Archies Schweigen wohl als Enttäuschung auf, denn er schlägt vor: »Scotland Yard könnte das Verschwinden Ihrer Frau in der *Police Gazette* publik machen, dann wüssten sämtliche Polizeiwachen in ganz England Bescheid, wenn Sie möchten?«

»Besten Dank für Ihr Angebot, Commander Reynolds, aber ich habe den Eindruck, dass dank der Zeitungen ohnehin bereits sämtliche Polizeiwachen im Land Bescheid wissen, und auch die gesamte Bevölkerung.«

»Und vielleicht war genau das die Absicht, die Deputy Chief Constable Kenward und sein Kollege Superintendent Charles Goddard verfolgten?«

»Vielleicht«, gibt Archie zurück.

»Gibt es einen Grund dafür, dass Sie nicht wünschen, dass die Presse möglichst breit über das Verschwinden Ihrer Frau berichtet?« Reynolds verschränkt die Arme vor der Brust und zieht die Augenbrauen hoch. Archie ist jetzt überzeugt, dass er sich durch seinen Besuch hier direkt in die Schusslinie begeben hat. Sobald sie hier raus sind, wird er Perkins' Kopf dafür fordern, dass er ihn nicht davon abgehalten hat, um diese Unterredung zu bitten.

Dieses Mal kann Archie die Frage nicht ignorieren, nicht jetzt, da sie von diesem Mann ausgesprochen wird. Er wird ihr nicht ausweichen können, wie er es Kenward gegenüber getan hatte. Er sagt das Einzige, was ihm noch übrig bleibt. »Ich habe eine kleine Tochter, Sir. Und die ist reichlich verstört durch die Belagerung durch die Presse und das Gerede über ihre Mutter.«

»Dabei hätte ich gedacht, dass das Verschwinden ihrer Mutter sie viel mehr verstören würde, Mr Christie.« Es liegt auf der Hand, was er damit sagen will, und damit ist das Thema beendet.

Behände wie ein Vogel wendet Reynolds sich Perkins zu. »Ich glaube, Ihr Mandant ist bei Deputy Chief Constable Kenward in guten Händen. Ich bin überzeugt davon, dass er den Fall lösen wird.« Reynolds mustert Archie von Kopf bis Fuß. Dann sieht er ihm direkt in die Augen und sagt: »Ich werde Ihnen den Gefallen tun, bezüglich Ihres Besuchs bei mir Diskretion zu üben und weder Deputy Chief Constable Kenward noch Superintendent Charles Goddard darüber zu informieren. Ich glaube nicht, dass diese Information Ihnen im Rahmen der weiteren Ermittlungen zum Vorteil gereichen würde.«

Kapitel 21
Das Manuskript

August 1919 bis Januar 1920
London, England

Meine Schwangerschaft wurde von starker Übelkeit und Ängsten überschattet, und erleichtert schmiedete ich Pläne, für den letzten Monat und die Entbindung nach Ashfield zu reisen. *Mummy wird sich um alles kümmern,* ging es mir durch den Kopf, während Archie und ich gen Westen reisten. Meine Hoffnung erfüllte sich, als Mummy mich sofort in den Arm schloss und mich der Frau vorstellte, die sie für die Entbindung und die anschließende Versorgung des Kindes eingestellt hatte, der sehr angenehmen und effizienten Schwester Pemberton. Die beiden Frauen umsorgten mich liebevoll, während Auntie-Grannie im Hintergrund glücklich gluckste, und meine Angst wandelte sich in Vorfreude.

Ich brachte Rosalind unter den entsetzlichen Schmerzen zur Welt, vor denen mich Madge und meine Freundinnen bereits gewarnt hatten. Als mir die Schwester meine Tochter zum ersten Mal in den

Arm legte, war ich hingerissen von ihren winzigen Fingern und Zehen und rosa Lippen, aber gleichzeitig ermahnte ich mich, dass sie nicht an erster Stelle kommen dürfe. Ich durfte nicht zulassen, dass sie mich von meinem Mann, von meinem Polarstern, trennte. Und so überließ ich die Kleine der Pflege und Obhut von Schwester Pemberton und ließ mich von Mummy verwöhnen.

Erschöpft von der Geburt lag ich da und war kurz davor einzuschlafen. Mummy saß neben dem Bett in einem Sessel und hielt meine Hand. »Geh nicht weg, Mummy«, bat ich sie. »Vielleicht brauche ich dich heute Nacht …«

»Natürlich, Liebes. Ich bleibe hier an deiner Seite.«

Und das tat sie. Während der folgenden Wochen, in denen ich mich erholte, bildeten Mummy und ich fast schon so etwas wie einen Kokon um uns herum, beinahe wie in meiner Kindheit, und Rosalind kam uns hin und wieder besuchen. Wenn ich nachts aufwachte und mich danach sehnte, mein Baby in den Armen zu halten oder es gar in meinem Bett schlafen zu lassen, dann schärfte ich mir ein, dass dieser Abstand eine notwendige Übung war. Wie sonst sollte ich sicherstellen, dass Archie weiter im Zentrum meiner Zuneigung stand? Was würde er dazu sagen, wenn Rosalind sich angewöhnte, bei mir im Bett zu schlafen? Mit der Zeit fiel es mir immer leichter, und ich fühlte mich mehr selbst wie eine Tochter als wie die Mutter einer Tochter.

Ich hielt mein Versprechen Archie gegenüber. Rosalind änderte nichts an unserem Leben. Jedenfalls nichts, was Archie betraf.

Zurück in London, machte ich mich sofort daran, erst eine passende Wohnung für unsere kleine Familie zu finden und dann eine geeignete Kinderfrau. Das in Ashfield gefundene Gleichgewicht würde ich nur mithilfe einer bei uns wohnenden Amme sowie eines Stubenmädchens aufrechterhalten können. Nachdem ich eine Wohnung gefunden hatte – keine leichte Aufgabe in der turbulenten Nachkriegszeit –, mit diversen Ammen Gespräche geführt und einige Bewerberinnen abgewiesen hatte, fand ich schließlich Jessie Swannell, und ich machte mich daran, unser Leben so zu gestalten, wie ich glaubte, dass Archie es sich wünschte. Ich fand eine Vierraumwohnung, in der Rosalind und Jessie ausreichend eigenen Platz hatten und auf genügend Abstand zu Archie und mir waren. Ich mietete die Wohnung und richtete sie ein. Ich kochte Essen, von dem ich wusste, dass er es liebte, und wir aßen zu zweit zu Abend, wobei wir uns ausschließlich über seine neue Arbeit bei einem Financier in der City unterhielten. Hin und wieder folgten wir Einladungen oder luden unsererseits Gäste ein, obwohl Archie wenig Wert auf derartige Geselligkeit legte. Die meiste Zeit waren wir unter uns. Ich zügelte meinen angeborenen Überschwang und meine Redseligkeit, weil Archie beides als übersteigert und nervtötend empfand. Von außen betrachtet, hatte ich uns ein perfektes Leben geschneidert, ein Leben, für das meine Mutter mit all ihren Warnungen und Ratschlägen Beifall spenden würde. Zumindest für Archie war dieses Leben perfekt, und er schien sich hineinzufügen, als hätte sich sonst in unserem Dasein nichts verändert.

»Auf dem Tisch im Flur liegt ein offiziell aussehender Brief für Sie, Madam«, rief Jessie, kaum dass ich zusammen mit meiner dunkelhaarigen, dunkeläugigen Rosalind die Wohnung betreten hatte. Einmal in der Woche übernahm ich den nachmittäglichen Spaziergang mit dem Kinderwagen, damit Jessie die Wäsche machen konnte.

Ich war erschöpft von dem Marsch durch das kalte Kensington mit Rosalind in dem schweren Wagen, und ich übergab das Kind sogleich der Nanny, um mich der Post widmen zu können. Zuoberst auf dem Stapel von allesamt an Archie adressierten Briefen lag ein Umschlag für mich. Absender: Bodley Head Publishers.

Der Verlag Bodley Head? Hatte ich dort nicht vor Ewigkeiten mein Manuskript von *Das fehlende Glied in der Kette* angeboten? Warum schrieb man mir nach fast zwei Jahren?

Zitternd schlitzte ich den Umschlag auf. Ich entnahm ihm ein Schreiben des Verlegers John Lane. Ich hielt den Brief neben eine schwach leuchtende Gaslampe und las: »Betreffs Ihres Romans *Das fehlende Glied in der Kette* möchten wir Sie bitten, einen Gesprächstermin in unserem Büro zu vereinbaren.«

Bodley Head wollte mit mir über mein Buch reden? Das waren völlig unerwartete und schier unglaubliche Neuigkeiten. Am liebsten hätte ich einen Freudentanz aufgeführt, aber die ehrenwerte, disziplinierte Mrs Archibald Christie ließ sich nicht mehr zu den exaltierten Verhaltensweisen der Miss Agatha Miller hinreißen. Stattdessen setzte ich mich an meinen Schreibtisch und antwortete Mr John Lane, dass ich sein Büro am morgigen Nachmittag aufsuchen würde.

Als ich mich am nächsten Tag bei Bodley Head am Empfang anmeldete, hatte sich die ganze Aufregung und Zuversicht des Vorabends in Luft aufgelöst. Genau genommen war meine Stimmung immer mehr gesunken, seit ich alle meine Kostüme durchprobiert hatte und feststellen musste, dass mir nach Rosalinds Geburt nur noch ein einziges davon passte – was Archies permanente Behauptungen bestätigte, ich sei die Pfunde, die ich während der Schwangerschaft zugelegt hatte, noch nicht wieder losgeworden. Mein Überschwang hatte sich in Furcht verwandelt. Für wen hielt ich mich eigentlich, dass ich diesem Mr Lane einfach mal so mitteilte, ich würde um Punkt ein Uhr in seinem Büro vorstellig werden, als ob er nichts Besseres zu tun hätte, als sich mit einer Hausfrau zu treffen? Ich hatte beim Schreiben meiner Zeilen vollkommen vergessen, wer ich war, und jetzt würde ich die Abfuhr bekommen, die ich verdiente. *Gott sei Dank habe ich Archie noch nicht von dem Brief oder meinem Termin erzählt,* dachte ich, *denn das erspart mir die Demütigung, ihm heute Abend von meiner Ablehnung zu erzählen.* Der Gedanke stimmte mich kurz traurig, da ich dem früheren Archie liebend gerne von dieser vielversprechenden, unerwarteten Entwicklung berichtet hätte, statt die Neuigkeit aus Selbstschutz und Rücksicht für mich zu behalten. Aber ich hatte es inzwischen mit einem anderen Archie zu tun.

Ich saß auf der vorderen Stuhlkante im Empfangsbereich und überlegte, wie ich entkommen könnte, als mich eine Stimme erschrocken zusammenzucken ließ: »Mrs Christie?«

»Ja?«

Ein älterer Herr mit kurzem grauen Bart und lebhaften blauen Augen kam mit ausgestreckter Hand auf mich zu. »Ich bin Mr John Lane. Freut mich, Ihre Bekanntschaft zu machen.«

Wir gaben uns die Hand, dann führte er mich in sein Büro, in dem düstere Gemälde alter Meister an den Wänden hingen und es bis auf das Licht einer Schreibtischlampe mit grünem Schirm ziemlich dämmrig war. Ich vermutete, er brauchte diese Lichtquelle, um die Manuskripte zu lesen. Ich nahm gegenüber dem Schreibtisch Platz und wartete.

»Nun, Mrs Christie. Entschuldigen Sie bitte die Kehrtwende bezüglich Ihres Manuskripts.« Er nahm einen Stapel Papiere zur Hand, die ich wiedererkannte. »Ich hatte Ihr Werk zunächst abgelehnt, weil die ersten Seiten mich nicht recht überzeugen konnten. Aber letzte Woche hatte ich etwas Zeit weiterzulesen, und da dachte ich, es könnte durchaus sein – und betone: es *könnte* sein –, dass Ihr Buch Potenzial hat.«

»Tatsächlich?«, platzte es aus mir hervor, und sofort ärgerte ich mich über mich selbst. Ich sollte selbstbewusster auftreten und mich nicht so überrascht zeigen angesichts seines Kompliments.

»Ja, tatsächlich. Es müsste natürlich noch gründlich überarbeitet werden – beispielsweise müssten Sie die Szene im Gerichtssaal mit diesem Detektiv Poirot ganz zum Schluss streichen –, aber es ist durchaus vielversprechend. Ich glaube, mit den richtigen Änderungen könnten wir es veröffentlichen, wahrscheinlich sogar als Serie. Gift als Mordwaffe ist jedenfalls höchst originell.«

Atemlos antwortete ich: »Das sind ganz wunderbare Nachrichten, Mr Lane.«

»Trotz der Überarbeitungen?«

Wieder deutlich gefasster entgegnete ich: »Die

Überarbeitungen sind überhaupt kein Problem, Mr Lane. Offen gestanden habe ich selbst bereits darüber nachgedacht, die Szene im Gerichtssaal zu streichen.« Was überhaupt nicht stimmte.

Mr Lane lehnte sich zurück und klatschte in die Hände. »Hervorragend, Mrs Christie. Hervorragend.« Er wühlte sich durch die Papiere auf seinem Schreibtisch und suchte einen kleinen Stapel zusammen. Dann griff er nach einem Füllhalter und reichte mir alles.

»Ich bin zuversichtlich, dass wir *Das fehlende Glied in der Kette* gut voranbringen werden«, sagte er und nickte in Richtung der Papiere auf meinem Schoß.

»Und was ist das?«

»Ihr Vertrag mit Bodley Head natürlich. Alles völlig branchenüblich. Zehn Prozent von allen englischsprachigen Verkäufen ab zweitausend Exemplaren. Und das Vorkaufsrecht für Ihre nächsten fünf Romane.«

Mein Vertrag? Hatte er gerade mein Vertrag mit Bodley Head gesagt? Mein Herz raste, und ich überlegte, ob ich mich erst mit Archie beraten sollte. Aber was, wenn Mr Lane es sich in der Zwischenzeit anders überlegte? Und hatte Archie nicht gewissermaßen seine Zustimmung gegeben, als er anregte, ich solle mein Manuskript an Verlage schicken? Ich malte mir bereits aus, was wir mit dem zusätzlichen Geld alles machen könnten. Mit Archies Gehalt und meinem bescheidenen Einkommen aus dem Familienvermögen kamen wir im Alltag gut über die Runden, aber wenn wir je ein Eigenheim besitzen wollten, dann brauchten wir mehr. Und das hier würde uns vielleicht die nötigen Mittel verschaffen.

Ich tat, als würde ich den Vertrag überfliegen, aber in Wirklichkeit schwirrte mir der Kopf, und der Text verschwamm vor meinen Augen. Ich unterschrieb und reichte Papiere und Füllhalter zurück über den Schreibtisch.

»Herzlich willkommen in der Familie Bodley Head. Sie müssen wissen« – er legte eine kurze Pause ein und sah zur Decke –, »dass insbesondere Fortsetzungsromane in letzter Zeit stark nachgefragt werden. Sie scheinen mir ein Händchen genau dafür zu haben.«

Ich richtete mich ein wenig mehr auf – immerhin hatte ich jetzt einen Vertrag mit Bodley Head – und sagte: »Das will ich meinen.«

Kapitel 22
Tag drei nach dem Verschwinden

Montag, 6. Dezember 1926
Styles, Sunningdale, England

Wie lange Kenward wohl schon wartet?, fragt sich Archie, als er den Constable durch das Fenster der Eingangshalle auf und ab gehen sieht. Er lenkt den Delage über die Einfahrt, vorbei an den Reportern, die sich auf dem Rasen niedergelassen haben, und überlegt, ob Reynolds sein Versprechen wohl gehalten hat oder ob Kenward doch schon im Bilde ist, dass Archie sich hinter seinem Rücken mit Scotland Yard in Verbindung gesetzt hat. Archie wappnet sich mit einer ganzen Reihe plausibler Ausreden und ignoriert die Rufe der Reporter, als er die Haustür öffnet und eintritt.

»Colonel Christie«, begrüßt Kenward ihn mit einem merkwürdigen Lächeln. Links von ihm steht ein Mann in schwarzer Uniform, die allerdings nicht identisch ist mit der, die Kenwards Männer tragen.

»Ja, Deputy Chief Constable?«

»Es hat eine interessante Entwicklung gegeben. Doch bevor ich Ihnen davon berichte, möchte ich Ihnen meinen Kollegen vom Polizeibezirk Berkshire, Superintendent Charles Goddard, vorstellen. Ich hatte ja bereits erwähnt, dass er mich bei der Leitung der Ermittlungen in diesem Fall unterstützen würde.« Er zeigt auf den Mann in Schwarz. Nicht gerade herablassend, aber auch nicht besonders respektvoll. Kenward scheint sich selbst weiter für den verantwortlichen Leiter zu halten.

Archie schüttelt dem neuen Polizisten die Hand und ist in Gedanken ganz bei der von Kenward erwähnten »interessanten Entwicklung«. Was könnte das sein? Hat Kenward durch das ständige Ködern der Presse womöglich mehr über Archies Beziehung zu Nancy herausgefunden?

Archie fällt auf, dass Goddard tadellos gekleidet ist. Seine absolut knitterfreie Uniform mit den messerscharfen Bügelfalten ist eine willkommene Abwechslung zu Kenwards nachlässigem Kleidungsstil. Goddard zieht den Hut, und Archie fällt auf, dass auch das fast schwarze Haar des Polizisten akkurat sitzt. Dieser Mann legt offenbar – wie Archie – sehr großen Wert auf ein gepflegtes Äußeres, und das weckt in Archie die Hoffnung, dass er ihm eher gewogen sein könnte als Kenward. Dass er also vielleicht eher geneigt ist, an Archies Unschuld zu glauben.

»Von welcher Entwicklung sprechen Sie?« Er richtet die Frage an beide Männer und versucht, nicht zu beunruhigt, sondern im Gegenteil interessiert zu klingen. Vielleicht gibt es ja Neues hinsichtlich des Verbleibs seiner Ehefrau.

Goddard komplett ignorierend sagt Kenward: »Wie es aussieht, hat Ihr Bruder einen Brief von Ihrer Frau erhalten.«

Höchst sonderbar, denkt Archie. Die beiden haben sich immer gut verstanden, aber bestimmt hat er sich verhört. »Mein Bruder?«

Kenward wirft einen Blick in sein omnipräsentes Notizbuch. »Captain Campbell Christie, Ausbilder an der Royal Military Academy in Woolwich. Das ist doch Ihr Bruder, oder?«

»Ja, das ist er«, antwortet Archie vorsichtig.

»Sie scheinen sich nicht sonderlich über diese Nachricht zu freuen«, stellt Kenward fest.

»Es ist, also es ist nur –« Archie sucht nach einer Erklärung. »Ich bin überrascht. Das ist alles.«

»Hat Ihre Frau Ihrem Bruder nicht regelmäßig Briefe geschrieben? Sind Sie deshalb überrascht?« Kenward stellt Archie schon Fragen, bevor dieser sich nach dem Inhalt des Briefes erkundigen kann.

»Mir ist nicht bekannt, dass meine Frau mit meinem Bruder regelmäßig korrespondiert hätte. Abgesehen von einer gelegentlichen Einladung zum Abendessen oder Ähnlichem.«

»Hat sie derartige Mitteilungen an seine Arbeits- oder seine Privatadresse geschickt?«

»Das kann ich nicht sagen, da sie ja eben nicht regelmäßig mit ihm in Kontakt stand. Aber wenn ich raten sollte, dann würde ich tippen, dass sie derlei zu ihm nach Hause geschickt hätte.«

»Das heißt, dieser Brief von Ihrer Frau an Ihren Bruder – wenn es einen solchen denn tatsächlich gibt – wäre doppelt sonderbar: erstens, weil er überhaupt geschrieben wurde, und zweitens, weil Captain Christie uns berichtete, der Brief sei ihm in seinem Büro zugestellt worden. Oder sogar drittens, weil Ihre Frau den Brief an Ihren Bruder geschrieben hat und nicht an Sie, ihren Ehemann.«

Ganz kurz ist Archie erleichtert, denn Kenwards Worte verraten ihm, dass er noch nichts von dem Brief weiß, den Agatha für ihn hinterlassen hatte. Archie ist voll und ganz mit dieser Erkenntnis beschäftigt, bis Goddard sich räuspert. Das ist wahrscheinlich sein Kommentar zu der unangebrachten Äußerung von Kenward. Oder zu dessen unangebrachtem Ton? Dem Deputy Chief Constable scheinen diese Signale zu entgehen, denn er schwadroniert weiter.

»Captain Christie sagt, er wusste nichts vom Verschwinden Ihrer Frau, und darum hat er sich zunächst gar nicht weiter um den Brief gekümmert, der ihn gestern in seinem Büro erreichte. Aber als er heute die Zeitungen sah, meldete er sich bei Ihrer Mutter, Mrs Hemsley, und erzählte ihr davon. Kurios ...«, sagt er.

Es ärgert Archie, dass seine Mutter mit seinem Bruder über Archies persönliche Angelegenheiten redet, und dieser eigenartige Brief von Agatha an Campbell beunruhigt ihn. Warum hat sie ihm geschrieben? Sie haben nun wirklich kein besonders enges Verhältnis zueinander. Und worum geht es in diesem seltsamen Brief?

Etwas verwirrt angesichts dieser unerwarteten Entwicklung fragt Archie instinktiv: »Was ist kurios?«

»Dass Ihr Bruder sich nicht direkt bei Ihnen gemeldet hat, um Sie über den Brief zu informieren«, antwortet Kenward sichtlich erfreut darüber, dass sein kleiner Köder funktioniert und Archie angebissen hat.

Archie könnte sich ohrfeigen dafür, Kenward direkt in die Falle getappt zu sein. »Mein Bruder und ich pflegen keinen regen Kontakt, wohingegen er recht häufig mit meiner Mutter spricht. Ich nehme an, er wollte zunächst mit ihr darüber reden. Das ist ganz und gar nicht kurios.« Archie will das Gespräch in eine andere Richtung lenken und fragt: »Wie haben Sie das überhaupt herausgefunden? Ich habe heute früh mit meiner Mutter gesprochen, und da erwähnte sie nichts davon.«

»Mrs Hemsley rief am späten Vormittag in meinem Büro an, nachdem sie Sie nicht erreichen konnte. Sie waren wohl unterwegs?«, fragt er mit einer hochgezogenen Augenbraue.

Er weiß, dass ich bei Scotland Yard war, denkt Archie. Was Kenward von Archies Ausflug nach London hält, ist nicht zu übersehen, aber wie denkt der undurchschaubare Goddard darüber? Wird Archie dafür bestraft werden, dass er hinter dem Rücken der örtlichen Behörden bei Scotland Yard vorgesprochen hat?

»Was stand denn in dem Brief?« Archie stellt die Frage, die von ihm erwartet wird.

»Ihrem Bruder zufolge schrieb Ihre Frau, sie sei krank und werde darum ein Kurbad aufsuchen. Was allerdings seltsam ist …« Kenward legt eine längere Pause ein, doch Archie lässt sich nicht dazu hinreißen, weitere Fragen zu stellen. Also fährt Kenward fort. »Er hat den Brief weggeworfen, wir wissen also nicht, was sie tatsächlich geschrieben hat. Wir haben lediglich die Aussage Ihres Bruders dazu – die sich auf sein Gedächtnis stützt.«

»Da er nicht wusste, dass meine Frau verschwunden ist, ist wohl nichts dagegen zu sagen, dass er den Brief nicht aufbewahrt hat.«

»Wohl wahr. Wohingegen er aber den Umschlag, in dem der Brief ihn erreichte, sehr wohl aufbewahrt hat. Alles höchst sonderbar.« Er starrt Archie an. »Vielleicht war Ihr Streit am Freitagmorgen der Grund für die schlechte Verfassung Ihrer Frau?«

Archie beschließt, diese Frage als eine rhetorische aufzufassen. »Was sagt denn der Poststempel?«

»Dass der Brief Samstag um neun Uhr fünfundvierzig im Bezirk SW1 in London gestempelt wurde, was heißt, dass er am frühen Samstagmorgen eingeworfen wurde. Und das würde bedeuteten, dass Ihre Frau am Samstagmorgen am Leben und wohlauf war.«

Dass sein Bruder sich eingemischt hat, höchstwahrscheinlich auf Aufforderung seiner Mutter, fuchst Archie maßlos, doch er versucht, seinen Ärger zu bändigen. Eine Anweisung aus dem verdammten Brief, den seine Frau ihm hinterlassen hat, schießt ihm durch den Kopf, und er nimmt sich vor, sie zu befolgen: *Du wirst stark sein müssen, auch wenn der Weg sich als steinig erweist.* Archie versucht, den besorgten Ehemann zu mimen und gleichzeitig zu verhindern, dass Kenward beginnt, über die Existenz weiterer Briefe nachzudenken. »Aber das sind doch wunderbare Nachrichten, oder etwa nicht? Das heißt doch, dass es meiner Frau gut geht, dass sie vielleicht sogar in London ist. Dann können wir ja diese entsetzliche Suche in den Wäldern und auf den Feldern abblasen.« Außerdem denkt er – aber das behält er für sich –, dass diese Nachricht vielleicht auch die Reporter bremsen wird. Denn wenn die Aussicht auf eine entstellte Leiche irgendwo da draußen schwindet, schwindet vielleicht auch das Interesse an der ganzen Geschichte.

Kenward hebt zum Widerspruch an, doch Goddard schaltet sich noch vor ihm ein. Endlich. »Sie haben ganz recht, Colonel, das ist eine positive Entwicklung, und sie stellt sicher eine enorme Erleichterung für Sie dar. Aber wir haben den Brief selbst nicht gesehen, darum können wir nicht sicher sein, dass es tatsächlich Ihre Frau war, die ihn schrieb und aufgab, oder ob es jemand anders für sie tat.« Und direkt an Archie gerichtet: »Ich möchte Sie nicht beunruhigen, Sir, aber wir müssen das gründlich durchdenken. Wäre es nicht möglich, dass der Brief sehr viel früher als neun Uhr fünfundvierzig eingeworfen wurde? Und wäre es nicht ebenfalls möglich, dass Mrs Christie jemand anders damit beauftragt hatte, den Brief einzuwerfen? Ich war sehr froh, von diesem Brief zu erfahren, aber ich bezweifle, dass er uns Aufschluss geben kann über Uhrzeiten und Aufenthaltsorte. Solange wir keine weiteren Fakten dazu haben – und Ihre Frau finden –, werden wir die Suche fortsetzen müssen. Das ist die übliche Vorgehensweise.«

Zwar spricht Goddard die unangenehme Mitteilung aus, dass die Suche, die so viel Presseaufmerksamkeit erzeugt, nicht eingestellt wird, aber immerhin tut er das auf behutsamere Weise als Kenward. Als liege es seiner Ansicht nach weiter im Bereich des Möglichen, dass Agatha noch lebt. Als würde er im Gegensatz zu Kenward nicht längst davon ausgehen, dass Archie seine Frau ermordet hat.

Kapitel 23
Das Manuskript

18. Dezember 1921
Villa Ashfield, Torquay, England

»Wie schön, dass Archie nichts gegen dein Schreiben einzuwenden hat«, sagte meine Mutter. Sie nippte an ihrer dampfenden Tasse Tee und seufzte zufrieden. Ob das dem Tee oder meinem Schreiben galt, dessen war ich mir nicht ganz sicher.

Mummy, Madge und ich saßen um den alten Esstisch in Ashfield, einem Ort voller Erinnerungen. Madge hatte uns gedrängt, Weihnachten in ihrem an Dickens erinnernden Herrenhaus zu verbringen, und früher wäre die Aussicht auf einen Rückzug in die großen Säle, zahllosen Winkel und versteckten Treppen, zwischen die polierten Holzarbeiten und verstaubten Gobelins von Abney Hall höchst verlockend gewesen. Immerhin hatten Mummy und ich nach Papas Tod dort zahlreiche wunderbare Festtage mit der Familie Watts verbracht. Doch obwohl Madges Gatte und seine gesamte Familie – allen voran meine liebe Freundin Nan, zu der ich den Kontakt wiederhergestellt hatte – Archie mit offenen Armen bei sich aufnahmen, fühlte er sich auf Abney Hall nicht wohl. Archies eigener familiärer Hintergrund kontrastierte stark mit der altehrwürdigen Herkunft der Watts, überall witterte mein Mann Kränkungen, die er sich meiner Meinung nach nur einbildete. Das machte es schwierig für mich, ein paar entspannte Tage auf Abney Hall zu verbringen, und darum hatte ich Mummy gebeten, uns nach Ashfield einzuladen. Madge und ich waren etwas früher als der Rest eingetroffen, um unserer Mutter bei den Vorbereitungen zur Hand zu gehen.

Madge blies Zigarettenrauch aus und lehnte sich sehr lässig auf dem Sofa zurück, ganz die selbstbewusste große Schwester und älteste Tochter. »Ja, wer hätte das gedacht? Dass ausgerechnet Archie es seiner Frau gestatten würde zu arbeiten.«

Mir war klar, dass Madges Kommentar nicht als Kompliment gemeint war, sie versuchte ja nicht einmal, ihre Spitze gegen Archies Mangel an Kultiviertheit zu verbergen. Zum ersten Mal überlegte ich, ob Archies Gefühl, verspottet zu werden, vielleicht doch nicht gänzlich einer Paranoia entsprang. »Warum sollte Archie etwas dagegen haben, dass ich schreibe? Das hat doch keinerlei Einfluss auf seinen Alltag. Ich sorge immer noch dafür, dass jeden Abend Essen auf dem Tisch steht, und leiste ihm stets Gesellschaft bei den Mahlzeiten. Das Haus und seine Kleidung sind jederzeit sauber und gepflegt, und um Rosalind wird sich ganz wunderbar gekümmert. Mein Schreiben ist ein unsichtbarer Faden im Gewebe unseres Lebens.«

Ich rang mir ein zuversichtliches Lächeln ab und hoffte, das Thema damit beendet zu haben, weil ich genau wusste, dass es anderenfalls in einen Streit münden würde. Madges kümmerlich versteckte Kritik entsprang nichts anderem als Neid. Schließlich war sie die Erste gewesen, die großes Schreibtalent bewiesen hatte, deren Kurzgeschichten sogar in der *Vanity Fair* veröffentlicht wurden, und es ärgerte sie, dass auch ich nun mit Schreiben Erfolge erzielte. Wie gut der Titel jener frühen Erzählungen – *Geschichten über die Eitelkeit* – doch jetzt passte, dachte ich bei mir, und ich war kurz davor, damit zu prahlen, dass ich von der *Weekly Times* fünfzig Pfund für den Abdruck von *Das letzte Glied in der Kette* als Fortsetzungsroman erhalten würde. Sollte ich meine Familie nicht jederzeit an meinen kleinen Erfolgen teilhaben lassen können? Doch ich schluckte die Worte herunter im Wissen, dass sie die Situation nur noch verschärfen würden.

»Ich bezweifle nicht im Geringsten, dass Archie alles bekommt, was er braucht«, entgegnete Madge und machte sich nicht einmal die Mühe, ihr süffisantes Grinsen hinter der Zigarette zu verbergen.

Ich war bereit gewesen, ihre erste Spitze zu ignorieren. Nicht aber die zweite. Ich wollte es wissen. »Worauf willst du hinaus, Madge?«

»Archie bekommt, was er braucht – aber wie sieht es mit dir aus?« Sie zog ausgiebig an ihrer Zigarette. »Ich mache mir lediglich Sorgen um dich, kleine Schwester.«

Madges Versuch, so zu tun, als sei ihre Kritik nur gut gemeint, um mich zu schützen, war lächerlich. Eine Beleidigung. »Dein Ehemann hat dir erlaubt zu arbeiten, sollte die Gelegenheit sich bieten«, sagte ich. Und dann konnte ich nicht anders und fügte hinzu: »Und ich bin sicher, wenn dir ein Buchvertrag angeboten würde, würde er zu seinem Wort stehen.«

Sie kniff die Augen zusammen, als ihr die Bedeutung meiner Worte aufging. Wut blitzte in ihren Augen auf, und sofort schlug sie zurück. Dieses Mal setzte sie ihre finanzielle Überlegenheit als Waffe ein und sagte: »Das ist etwas völlig anderes, Agatha. Ich habe Personal.«

Da Mummy der schwesterliche Missklang nicht entging, warf sie ein: »Das Wichtigste ist, dass Archie das Gefühl hat, das Wichtigste in deinem Leben zu sein und stets an erster Stelle zu kommen. Liebe Madge, für mich klingt es ganz so, als würde Agatha ihm genau dieses Gefühl geben –« Sie bedachte ihre jüngste Tochter mit einem Lächeln. »– während sie gleichzeitig beruflich erfolgreich ist. Dass die *Weekly Times Das letzte Glied in der Kette* als Fortsetzungsroman abdrucken möchte, ist ein ziemlicher Coup, Agatha, und ich vermute, auch finanziell nicht zu deinem Schaden. Und für *Ein gefährlicher Gegner* gilt sicher dasselbe. Ach, wenn Auntie-Grannie das doch noch miterleben könnte.« Mutters Augen wurden feucht beim Gedanken an den Tod ihrer Mutter kurz nach Rosalinds Geburt. Mich überraschte diese Gefühlswallung, da ich die Beziehung zwischen den zwei Frauen zwar stets als herzlich, jedoch nicht als warmherzig wahrgenommen hatte.

»Wenigstens hat sie Rosalind noch kennengelernt«, sagte ich, erleichtert darüber, dass Mummy das Gespräch in etwas ruhigeres Fahrwasser gelenkt hatte.

»Ja, immerhin das.«

Doch Madge ignorierte Mummys Intervention, sie wollte mich dieses kleine Gefecht nicht gewinnen lassen. »Aber wir dürfen nicht die Augen davor verschließen, welche Bürde es für Agatha sein muss, tagtäglich all das zu leisten. Einen Haushalt zu führen, für Essen zu sorgen, den Ehemann zu unterhalten, das Kind zu beaufsichtigen – und nebenher heimlich Bücher zu schreiben. Mit praktisch keinem Personal.«

Es reicht, dachte ich. *Warum kann Madge mir nicht diesen einen kleinen Triumph gönnen? Warum darf ich das bisschen Erfolg, das mir meine beiden Romane und die Fortsetzungsgeschichten bescheren, nicht genießen?* Reichte es nicht, dass sie sehr reich geheiratet hatte und ein gesellschaftliches Ansehen genoss, das ich als

Mrs Christie nie erreichen würde? Die Wut drohte mich zu übermannen, als Madge weiter vorgab, sich um mein Wohl zu sorgen, und schließlich sagte ich: »Ich schreibe nicht heimlich, Madge. Ich genieße Archies volle Unterstützung. Und wieso machst du dich überhaupt zu meiner Fürsprecherin? Ich bin eine erwachsene Frau, und wenn ich dir sage, dass ich ein glückliches Gleichgewicht gefunden habe, dann ist das so.« Ich hoffte, komplett selbstsicher zu klingen, denn die Wahrheit war, dass mich das sogenannte Gleichgewicht enorm viel kostete. Natürlich hatte ich Archie nie etwas davon gesagt. Und Madge schon gar nicht. Der Rat könnte lauten, ich solle mit dem Schreiben aufhören, und das konnte ich nicht. Ich konnte meine Familie nicht im Stich lassen.

»Ich glaube, ich weiß das besser als –«, fuhr Madge fort.

»Nun hört schon auf, ihr Mädchen«, fiel Mummy ihr laut ins Wort. Es war das übliche Muster: Madge brach eine hitzige Debatte vom Zaun, und sobald ich mit meinen Antworten Öl ins Feuer goss, versuchte Mummy, es zu löschen. Sie konnte es einfach nicht haben, wenn zwischen ihren Töchtern Zwietracht herrschte.

Kaum schwiegen wir, nahm sie je eine unserer Hände und drückte sie. »Ich bin so stolz auf meine beiden Mädchen, und ich freue mich wie ein Kind, dass ihr über die Feiertage hier bei mir in Ashfield seid.

Dieses Haus wurde schon viel zu lange nicht mehr von Fröhlichkeit erfüllt.« Sie klatschte in die Hände und quietschte förmlich: »Ich weiß was! Wir spielen etwas! Wir haben noch ungefähr eine Stunde, bevor der Zug ankommt – und dann werden ganz bestimmt Rosalind und ihre Nanny im Mittelpunkt stehen.« Sie wackelte mit dem Zeigefinger in meine Richtung. »Pass auf, dass das Kind nicht zu sehr verwöhnt wird, Agatha. Du weißt ja, ein bisschen Vernachlässigung vollbringt wahre Wunder.«

Ich ignorierte ihre letzte Bemerkung. Ich hatte mir oft genug angehört, wie viel sie von freier Kindererziehung hielt, obwohl diese Einstellung seltsamerweise in klarem Gegensatz zu ihren eigenen Erziehungsmethoden stand. »Was wollen wir spielen?«, fragte ich.

»Ich weiß!«, rief Madge. »Wir spielen Geständnisse!«

Mummy klatschte vergnügt in die Hände. »Was für eine famose Idee, Madge! Das haben wir ewig nicht gespielt!«

Wir holten Papier und Bleistift, ich wurde zur Schreiberin ernannt, und Mummy und Madge begannen, mir die Kategorien zu diktieren, zu denen wir Geständnisse ablegen sollten. Lieblingstugend, Lieblingsfarbe, Lieblingsheldin, schlimmste Lüge, gegenwärtiger Geisteszustand, Perversion, wichtigste Charaktereigenschaft, Vorstellung von Glück – die

Ideen nahmen kein Ende. Lachend stellten wir unsere Liste zusammen und beschworen Erinnerungen an Zeiten hinauf, als wir dieses Spiel mit Vater spielten und mit Monty, der nächstes Jahr aus Afrika zurückkehren sollte, was auch immer er dort in letzter Zeit getrieben hatte. Mein Bruder war so häufig weg, dass er gar nicht richtig Teil meines Lebens war – oder wenn, dann in Form der Sorgen, die Mummy sich aufgrund seines Glücksspiels und seiner dubiosen Geschäfte machte.

Wir wollten gerade anfangen zu spielen, als eines der beiden verbliebenen Hausmädchen – eine der beiden Marys – anklopfte. »Mrs Christie«, rief sie durch den behutsam geöffneten Türspalt. »Mr Christie hat angerufen. Er ist bei der Arbeit aufgehalten worden, er wird erst mit dem Zug morgen früh anreisen statt heute Abend.«

»Danke, Mary«, antwortete ich. Ich war enttäuscht, aber was konnte ich schon ausrichten?

Mummy beäugte mich und sagte: »Pass auf, dass du ihn nicht zu lange alleine lässt, Agatha. Du musst dich um ihn kümmern.«

Die letzten Worte sprach ich mit. Ich hatte sie in den vergangenen Jahren so häufig gehört, dass ich sie auswendig konnte. »Ich habe keinen Einfluss auf seine Arbeitszeiten und beruflichen Verpflichtungen, Mummy. Du weißt, dass ich mich um ihn kümmere, wann immer es mir möglich ist.«

»Das will ich hoffen«, sagte sie. »Und ich hoffe, du schaffst selbst Gelegenheiten, dich um ihn zu kümmern, und wartest nicht nur darauf, dass er dir welche bietet.«

Madge, die bislang zu diesem Thema geschwiegen hatte, mischte sich nun doch ein: »Warum sagst du mir nie so etwas, Mummy? Dass ich mich um Jimmy kümmern muss? Dass ich ihn nicht zu lange allein lassen soll? Im Gegenteil, du ermunterst mich immer wieder, dich für längere Zeit in Ashfield zu besuchen, auch wenn du weißt, dass Jimmy mich nicht begleiten kann.«

»Liegt das denn nicht auf der Hand, Madge? Du brauchst meinen Rat nicht. Dein Mann ist weder außergewöhnlich empfindlich noch außergewöhnlich gut aussehend.«

Kapitel 24
Tag vier nach dem Verschwinden

Dienstag, 7. Dezember 1926
Styles, Sunningdale, England

Ein neuer Tag beginnt, und die Suche nach seiner Frau und die Gier der Presse nach weiteren Informationen halten unvermindert an. Beim Frühstück studiert Archie den Stapel regionaler und überregionaler Zeitungen, und er stellt fest, dass heute noch mehr nach Einzelheiten über seine Frau und ihr Verschwinden gelechzt wird. Man könnte meinen, für die Reporter drehe sich alles nur um die Suchaktion an sich, obwohl diese doch lediglich einen Schritt auf dem Weg zur Lösung des Falls darstellt.

Kopfschüttelnd sinniert Archie darüber, mit welcher Geschwindigkeit die Presse Informationen sammelt und sortiert, und ihm geht nicht zum ersten Mal durch den Kopf, dass einige der doch sehr privaten Informationen nur von Eingeweihten stammen können. Natürlich hat er keinen Beweis dafür – und er versteht auch gar nicht, warum das so ist –, aber

Archie vermutet, dass Kenward ihn von Anfang an auf dem Kieker gehabt und die Presse mit interessanten Details versorgt hat, womöglich in der Hoffnung, Archie so zu einer Reaktion zu bewegen. Doch Archie ist klar, dass es hier um mehr geht als um das Konkurrenzverhalten einiger weniger Reporter, die sich darum reißen, als Erste über Agathas Handtasche oder die Farbe ihres Pelzmantels zu berichten, denn das allein erklärt nicht die allgemeine Aufregung. Nein, hier geht es vielmehr darum, dass Schreiber wie Leser der Versuchung nicht widerstehen können, aus seiner verschwundenen Frau – jetzt mythologisiert zur wunderschönen, glücklich mit einem gut aussehenden Kriegsveteranen verheirateten Schriftstellerin – das Opfer in einem ihrer eigenen Kriminalromane zu machen.

Was soll er bloß tun? Wie soll er die Fassade des besorgten, liebenden Ehemanns noch länger aufrechterhalten? Wie kann er sicherstellen, dass seine Beziehung zu Nancy geheim bleibt? Styles ist zur Manege eines öffentlichen Zirkus geworden, und alle Blicke richten sich auf ihn, als sei er der Direktor. Und zwar ein fürsorglicher.

Archie reibt sich die pochenden Schläfen, hofft, so die innere Anspannung zu reduzieren und die Geräuschkulisse auszublenden, als mit einem Schlag die Esszimmertür auffliegt und ihm einen stechenden Schmerz hinter der Stirn beschert. Wer wagt es, an den vor der Tür postierten Wachen vorbei hier hereinzuplatzen? Kenward hat behauptet, die Wachen dienten zum Schutz von Archie und Rosalind vor der im Vorgarten herumlungernden Reportermeute – doch Archie vermutet, dass sie in erster Linie ein Auge auf ihn haben sollen.

Natürlich ist es Kenward. Er rauscht am Hausmädchen Lilly vorbei, das ihn ins Haus gelassen hat, und marschiert geradewegs auf Archie zu. In Kenwards Kielwasser schiebt sich auch Goddard herein, er lächelt entschuldigend.

»Kommen Sie zur Durchfischung? Wir müssen nämlich anfangen. Männer und Gerät stehen bereit, wir haben keine Zeit zu verplempern, Colonel«, bellt Kenward, und Goddard verzieht das Gesicht. »Wir stehen da rum und warten nur auf Sie.«

»Durchfischung?« Archie ist verwirrt. Wovon redet Kenward? »Ich verstehe nicht ganz.«

»Ich weiß genau, dass ich Ihnen davon erzählt habe. Wie konnten Sie das vergessen?« Kenward verdreht die Augen. »Wir haben vor, heute große Netze durch den Silent Pond und den Mühlenteich von Albury zu ziehen. Für den Fall, dass Mrs Christie nach dem Unfall das Auto verlassen und in eines der Gewässer gefallen ist.« Entweder ist Kenward nicht bewusst, was für ein entsetzliches Szenario er da gerade entwirft, oder aber es ist seine volle Absicht, genau dieses in Archies Kopf zu pflanzen.

Wie auch immer, selbst Goddard scheint das nicht zu behagen. »Deputy Chief Constable Kenward, meinen Sie nicht, dass das ein bisschen viel ist? Vielleicht könnte Colonel Christie dieses Mal zu Hause bleiben. Immerhin geht es um seine Frau.«

Kenward sieht zu Goddard, als habe er seine Anwesenheit bisher gar nicht bemerkt. »Aber Colonel Christie könnte doch behilflich sein bei der Identifikation der Lei–« Goddard sieht ihn scharf an, und Kenward überlegt es sich anders. »Ach ja. Verstehe. Vielleicht gar keine schlechte Idee, wenn er zu Hause bleibt.«

»Ich hätte da eine Idee, Deputy Chief Constable Kenward. Wie wäre es, wenn ich Colonel Christie in der Zwischenzeit Gesellschaft leistete? Die Durchfischung ist bei Ihnen in den besten Händen, und Mr Christie und ich hatten noch gar keine Gelegenheit, unter vier Augen über die Ermittlungen und die Ereignisse vor dem Verschwinden von Mrs Christie zu reden.« Goddard wendet sich Archie zu. »Wären Sie damit einverstanden, Colonel?«

Wenn ich den Vormittag denn unbedingt mit einem Polizisten verbringen muss, denkt Archie, als er zustimmend nickt, *dann doch lieber mit einem, der nicht schon davon überzeugt ist, dass ich ein Mörder bin.*

Kenward und seine Männer ziehen ab, Lilly schenkt frischen, dampfenden Tee in die Porzellantassen, und Archie macht es sich auf dem Stuhl hinter seinem Schreibtisch bequem, um eine weitere Vernehmungsrunde über sich ergehen zu lassen. Sicher wird sie sich ähnlich gestalten wie alle bisherigen: Ein Sperrfeuer aus Fragen dazu, wo er und seine Frau sich wann aufgehalten haben am Tag ihres Verschwindens – ein lahmer Versuch, den exakten Verlauf jenes schicksalhaften Freitagabends nachzuvollziehen. Offenbar ist die Polizei überzeugt, nur so herausfinden zu können, was mit seiner Frau passiert ist. Doch Goddard ist anders als seine Kollegen, wie Archie nun erfährt.

»Wie würden Sie Ihre Frau beschreiben, Colonel Christie?«

»Rötliche Haare mit ersten grauen Strähnen –«

Goddard unterbricht ihn. »Entschuldigung, Sir, mein Fehler, die Frage war nicht präzise genug. Wie würden Sie die Persönlichkeit Ihrer Frau beschreiben?«

»Hm.« Diese Frage überrascht Archie, es war das erste Mal, dass sie ihm gestellt wurde. »Ich vermute, in mancher Hinsicht ist sie wie jede Ehefrau und Mutter.«

»Und sonst?«

»Sie hat ein künstlerisches Naturell, würde ich sagen. Hegt kreative Interessen. Sie ist ja Schriftstellerin.«

»Ich weiß. Und ich frage mich, ob sie womöglich ähnlich hitzköpfig sein kann wie andere Künstler, von denen man so hört.« Goddard lächelt, als er das sagt, als würde er einen guten Witz machen.

»Ich würde nicht sagen, dass sie hitzköpfig ist. Aber sie ist eine nervöse Natur und neigt dazu, anderen von ihren Gedanken und Gefühlen zu erzählen, manchmal mit großer Vehemenz. Wie Sie bereits andeuteten, Künstler sind nicht gerade für ihre Zurückhaltung bekannt.«

Goddard lehnt sich Archie entgegen, als würden sie ein wichtiges Geheimnis teilen. »Je mehr Zeugen ich befrage, desto mehr unterstützen Ihre Beschreibung von Mrs Christies Wesen. In den vielen Jahren, die ich bereits als Polizist arbeite, sind mir viele Menschen begegnet, die ähnlich nervös waren wie Ihre Frau, und die Erfahrung sagt mir, dass diese Menschen, wenn sie aus welchem Grund auch immer unter zu großem Druck stehen, dazu neigen, die Flucht zu ergreifen.«

Archie hält die Luft an. Bietet dieser Polizist ihm tatsächlich gerade eine völlig neue Hypothese zum Verschwinden seiner Frau an? Eine, die nicht von einer kriminellen Handlung durch Archie ausgeht, die Kenward ja offenbar unterstellt?

»Rein hypothetisch gesprochen natürlich«, fügt Goddard hinzu.

Archie weiß, dass er sich auf einem schmalen Grat bewegt. Er setzt so etwas wie eine hoffnungsvolle Miene auf und sagt: »Wissen Sie, Superintendent

Goddard, ich glaube, Sie sind der erste mit diesem Fall befasste Polizist, der die Sache so sieht. Ich glaube –«

Die Tür zum Arbeitszimmer erzittert unter einem kräftigen Klopfen. »Colonel Christie, Sir, hier sind zwei Polizisten, die sagen, sie müssen mit Superintendent Goddard sprechen«, ruft Lilly.

»Lassen Sie sie herein«, erwidert Archie.

Zwei von Goddards Männern, wie unverkennbar an ihren Uniformen abzulesen ist, treten ein. »Wir müssen uns auf einen Sturm vorbereiten, Sir«, sagt der älter aussehende Uniformierte.

»Sie unterbrechen meine Unterredung mit Colonel Christie aufgrund schlechter Wetteraussichten?«, fragt Goddard mit kaum verhohlenem Ärger. Diese Seite am bisher immer so freundlich agierenden Superintendent ist Archie neu.

»Entschuldigen Sie, Sir, das war missverständlich formuliert. Ich rede von einer anderen Sorte Sturm. Jim Barnes berichtet in der *Daily Mail* über Mrs Christies Verschwinden, und er hat jetzt eine Belohnung von hundert Pfund ausgesetzt für Hinweise, die zum Auffinden von Colonel Christies Frau führen.«

»Verstehe.«

»In den zwei Stunden, seit dieser Aufruf veröffentlicht wurde, sind bereits fast ein Dutzend Hinweise bei uns eingegangen von Leuten, die meinen, Mrs Christie gesehen zu haben.« Der Polizist sieht in seinem Notizblock nach. »Da wäre ein Ralph Brown aus Battersea, der sagt, er habe Mrs Christie am Samstagvormittag orientierungslos durch die Heide bei Albury laufen sehen. Und eine Mrs Kitchings aus Little London – das ist in der Nähe von Newlands Corner – berichtet, sie habe eine Frau, die der Frau auf den Fotos von Mrs Christie in den Zeitungen sehr ähnlich sah, Samstagmittag auf der Straße gesehen. Ein Kofferträger namens Mr Fuett behauptet, er sei am Sonntag am Bahnhof in Milton von einer Frau angesprochen worden, auf die die Beschreibung von Mrs Christie passt. Ich könnte die Liste fortsetzen, Sir.«

»Sieht ganz so aus, als hätten wir alle Hände voll zu tun, um alle diese Hinweise zu überprüfen und so hoffentlich Ihre Frau ausfindig zu machen, Colonel Christie. Entschuldigen Sie bitte, aber wir müssen unser Gespräch hier beenden.« Superintendent Goddard erhebt sich. Dann legt er kurz die Hand auf Archies Schulter und sagt: »Ich bin sicher, wir werden sie finden.«

Kapitel 25
Das Manuskript

15. Februar 1922
Mount Nelson Hotel, Kapstadt, Südafrika

»Ach, Sie mischen die Karten immer so gut, Mrs Christie. Wollen Sie sich nicht zu uns setzen und geben?«, sagte Mrs Hiam. Was wie eine Frage formuliert war, entsprach in Wirklichkeit eher einer Anordnung. Und da Archie wieder mal wegen einer Unpässlichkeit – vermutlich sein Magen – auf unbestimmte Zeit im Hotelzimmer lag, hatte ich keine Wahl. Wenigstens eine Hälfte des Ehepaares Christie musste die ihr zugeteilte Pflicht erfüllen, wenn wir nicht riskieren wollten, Sanktionen durch unseren launenhaften Reiseleiter Major Belcher ausgesetzt zu werden.

Ich hatte diese kleine Lücke in unserem Programmablauf nutzen wollen, um meine Kurzgeschichte fertigzuschreiben. Bisher war es mir gelungen, auf dieser Reise durchs Empire – von Südafrika nach Australien über Neuseeland und Hawaii bis nach Kanada – trotz des prall gefüllten Zeitplans alle meine Deadlines für das Magazin *Sketch* einzuhalten.

Aber die nächste Abgabefrist stand vor der Tür, und ich hatte noch viel zu tun. Mein Redakteur wollte zwölf Hercule-Poirot-Geschichten von mir, und mir machte es Spaß, diesen sonderbaren kleinen Detektiv weiterzuentwickeln, der meiner Fantasie entsprungen war wie Athena dem Schädel des Zeus: ausgewachsen und zum Kampf bereit. Oder zumindest bereit, einen Kriminalfall zu lösen.

Und auch die Idee für mein neues Buch verlangte nach Zuwendung. Bereits die Reise auf der RMS *Kildoman Castle* von England nach Südafrika, wo wir die Empire-Tour begannen, hatte unzählige Notizen für einen neuen Roman generiert, genau wie die atemberaubenden Landschaften, die wir seit Erreichen Südafrikas erblickten. Doch der größte Quell der Inspiration war der Leiter der Reise, Major Belcher. Was ihm an Führungsqualitäten und Organisationstalent fehlte, machte er mit seinen schrulligen Verschrobenheiten mehr als wett, und diese waren mir für die Figurenzeichnung äußerst dienlich.

Ich konnte es kaum abwarten, weiterzuschreiben. Wenn ich auf Reisen war, fühlte ich mich wie ein anderer Mensch. Frei von den Verpflichtungen des Alltags – Rechnungen bezahlen, Hausarbeit erledigen, Briefe schreiben, das absolute Personalminimum, nämlich eine Kinderschwester und ein Hausmädchen, instruieren, auf dem Markt einkaufen, Kleidung reparieren und, ganz wichtig, mich um Rosalind kümmern – fühlte ich mich ganz leicht und voller Energie für kreative Abenteuer. Komplette Szenen kamen mir in den Sinn und trieben mich in Richtung Hotelzimmer und Schreibmaschine … Wie gerne hätte ich Mrs Hiam ihre Bitte abgeschlagen.

Und doch tat ich es nicht. Ich widersprach nicht. Stattdessen tat und sagte ich, was von mir erwartet wurde – wie immer. Selbst meine beruflichen Verpflichtungen zählten nicht so viel wie die Verpflichtungen, die die Position meines Mannes mit sich brachte. Ich unterdrückte meine Verärgerung ob dieser Ungleichheit und wandte mich den Damen mit einem Lächeln zu.

»Selbstverständlich, Mrs Hiam. Mit dem größten Vergnügen assistiere ich Ihnen und den anderen Damen«, sagte ich. Ich war mir nicht sicher, ob ich einen weiteren schwülheißen Nachmittag in der Gesellschaft dieser dumpfen, aufgeblasenen Ladys aushalten würde, die sich ständig über irgendetwas beklagten, statt die großartige Landschaft zu bewundern. Mrs Hiams Lieblingsthemen waren – in keiner bestimmten Reihenfolge – die drückende Hitze, der omnipräsente Staub, die ständig drohende Infektion mit Malaria oder der Schlafkrankheit, der abscheuliche holländische Stil der südafrikanischen Gebäude, das ungenießbare Essen und das nicht enden wollende Summen der Mücken. Immer wieder kehrte sie zu diesen Themen zurück, jeden Tag. Vermutlich hielt sie es zu Hause mit dem ständigen Regen und der Tuberkulose nicht anders, und doch fragte ich mich, wieso sie überhaupt die Strapazen einer solchen Reise auf sich nahm, wenn sie doch sowieso viel lieber in England gewesen wäre.

Ich hob ab und mischte die Karten und plauderte dabei mit Mrs Hiam, zwei weiteren Damen, die ebenfalls im Hotel wohnten und deren Namen mir entfallen waren, sowie Mrs Belcher, die gewissermaßen meine Vorgesetzte war. Ihr Mann, Major Belcher, war der stellvertretende Geschäftsführer der Empire-Ausstellung 1924, und diese Reise stellte eine Art Werbeveranstaltung dar, mit der die Spitzenpolitiker und wichtigsten Geschäftsmänner in den Herrschaftsgebieten des britischen Weltreiches für die Ausstellung gewonnen werden sollten. Als Archie im Dezember mit der Neuigkeit nach Hause kam, dass sein früherer Ausbilder in Clifton, Major Belcher, ihn eingeladen hatte, die Empire-Tour als finanzieller Berater zu begleiten, geriet ich ganz aus dem Häuschen. Das heißt, nachdem ich erfahren hatte, dass auch ich eingeladen war und dass die eintausend Pfund, die Archie dafür bekommen würde, die Reisekosten für mich decken konnten. Ich träumte davon, dass diese Expedition Archie neuen Auftrieb geben würde – er war schon längere Zeit stets bedrückt aufgrund seiner beruflichen Zukunft bei Goldstein einerseits und der moralischen Fragwürdigkeit einiger durch das Unternehmen getätigter Transaktionen andererseits – und dass wir endlich zu der Leidenschaft zurückfinden würden, die wir am Anfang unserer Beziehung erlebt hatten. Und vielleicht, dachte ich, wäre ja sogar Zeit und Muße, meine kreativen Bestrebungen erblühen zu lassen. Zu dem Zeitpunkt war mir nicht klar gewesen, dass unsere Hauptaufgabe auf dieser Empire-Tour darin bestehen würde, Kindermädchen zu spielen für den kapriziösen, häufig aufbrausenden Major Belcher – und stets in seinem Kielwasser die Wogen wieder zu glätten. Immer häufiger fragte ich mich, welchen Preis wir da eigentlich bezahlten für das Privileg, auf dieser Reise dabei zu sein.

Und kaum dachte ich an die Kosten, dachte ich automatisch an Rosalind. Sie hatte so viel jünger ausgesehen als zwei Jahre, als ich ihr zum Abschied an jenem bitterkalten Januarmorgen von der Reling der *RMS* Kildonan Castle zuwinkte, und es hatte mich unbeschreiblich geschmerzt, zu sehen, wie sie vom Dock aus die Ärmchen nach mir ausstreckte. Doch dann hatte Archie die Arme um mich geschlungen, wie um mich daran zu erinnern, dass er stets an erster Stelle zu stehen hatte, und da wusste ich, dass ich die richtige Entscheidung getroffen hatte. Fast konnte ich Mummys Stimme hören, wie sie auf meine Bitte um Rat zu dieser Reise noch entschiedener als sonst geantwortet hatte: *Die Pflicht einer Ehefrau besteht darin, an der Seite ihres Mannes zu sein, denn ihr*

Mann muss stets an erster Stelle stehen, noch vor den Kindern. Wenn eine Frau ihren Mann zu lange allein lässt, wird sie ihn verlieren. Doch obwohl ich wusste, dass Madge und Mummy sich hervorragend um Rosalind kümmern würden, fragte ich mich beständig, ob es wirklich richtig gewesen war, mein Kind ein ganzes Jahr lang zurückzulassen.

»Mrs Christie?«

Wie aus der Ferne hörte ich meinen Namen, während ich vollkommen in Gedanken versunken immer weiter die Karten mischte.

»Mrs Christie«, wiederholte Mrs Hiam und schrie dabei dieses Mal fast. Sie war Mrs Belchers engste Freundin und betrachtete sich daher ebenfalls gewissermaßen als meine Vorgesetzte. Entsprechend genoss sie es, sich im Umgang mit mir so einiges herauszunehmen. »Ich glaube, die Karten sind nun hinreichend gemischt. Sie können damit aufhören und geben.«

»Entschuldigen Sie bitte, meine Damen«, sagte ich breit lächelnd. »Ich war in Gedanken ganz bei der großartigen Ausstellung heute Nachmittag im Cape Town Museum. Fanden Sie den Vortrag über die Höhlenmalereien und die Evolution der Schädel nicht auch faszinierend?« Ich war vollkommen gefesselt gewesen von der Sammlung alter Schädel, angefangen beim *Pithecanthropus,* die so schön aufzeigte, wie die Schädelformen sich im Laufe der

Zeiten verändert hatten, insbesondere im Bereich des Kiefers. Mit Entsetzen hatte ich zur Kenntnis genommen, dass bei frühen Ausgrabungen wichtige Teile der Schädel verloren gegangen waren, weil man die Funde schnellstmöglich dem Erdreich entreißen wollte. Es war einer der aufschlussreichsten Nachmittage meines Lebens gewesen, der mir vor Augen führte, dass die Evolution des Menschen eben nicht linear verlief, wie wir einst angenommen hatten, sondern über viele Umwege. Vielleicht war genau das das Schicksal der Menschen: zu lernen, dass keiner unserer Wege so gerade verlief, wie wir uns immer einbildeten.

Zwar antworteten sie alle mit einem »Oh, ja«, aber mein Versuch, die Damen in ein Gespräch über Kultur zu verwickeln, missglückte. Nicht dass die Teilnehmerinnen an dieser Reise für den Glanz antiker Artefakte oder die Einzigartigkeit kultureller Praktiken vollkommen unempfänglich gewesen wären – aber kaum kehrten sie zurück in die vertraute Umgebung des Hotels oder des Schiffs, schlüpften sie auch wieder in ihre vertrauten Rollen und kehrten zurück zu den üblichen Gesprächsthemen. Manchmal konnte man meinen, sie hätten England gar nicht verlassen.

Zum zehnten Mal an diesem Nachmittag heuchelte ich Interesse, obwohl ich kurz davor war, vor Hitze und Erschöpfung in Ohnmacht zu fallen. Das Programm des Tages an sich war schon anstrengend genug gewesen: Abends zuvor war ich noch spät gebeten worden, mich um Belchers entzündeten Fuß zu kümmern – schließlich hatte ich im Krieg als Krankenschwester gedient –, und nach einem zeitigen Frühstück besichtigten wir eine Obstplantage. Danach gab es einen Lunch mit einem Kolonialbeamten, woran sich der Museumsbesuch anschloss und ein Spaziergang durch die nahe gelegenen Gärten. Jetzt hatten wir eine kleine Pause, bevor es mit einer Party im Garten der Residenz des Erzbischofs weiterging. Der Überschwang, den Archie mich in letzter Zeit immer häufiger gebeten hatte zu dämpfen, kam ihm nun zupass, wenn es darum ging, uns beide durch diese vielen Ereignisse zu navigieren. Jedoch war es gar nicht das Programm, das mich so erschöpfte – es war die erbarmungslose Banalität unserer Reisegesellschaft. Aus demselben Grund traf ich mich auch in London nicht mit anderen Müttern und Ehefrauen aus der Nachbarschaft, sondern blieb lieber für mich und schrieb Geschichten.

Mir wurden die Lider schwer, und ich wäre um ein Haar eingenickt, als ich Archie die Lobby betreten sah. Mein gut aussehender Gatte steuerte auf mich zu, und sofort besserte sich meine Laune. Er hob halbwegs winkend die Hand, und ich überlegte umgehend, ob wir vielleicht ein bisschen surfen gehen konnten.

Wir hatten diesen Sport, bei dem man auf Brettern

auf den Wellen ritt, gerade erst kennengelernt und waren ganz begeistert davon. Archie und ich hatten in Muizenberg damit angefangen, einer idyllischen Bucht umgeben von steil ins Meer abfallenden Bergen, die von unserem Hotel aus gut und schnell mit der Eisenbahn zu erreichen war. Als ich das Surfbrett zum ersten Mal in den Händen hielt, kam mir das dünne Holz sehr fragil vor, und ich fragte mich, wie es mich wohl darauf liegend tragen sollte – oder gar stehend. Aber ich versuchte es immer wieder, schürfte mir dabei mehrfach im Sand die Haut an Armen und Beinen auf und lernte es peu à peu, schneller sogar als Archie. Am Ende unseres ersten Surfnachmittags ritt ich bereits relativ souverän auf den Wellen an Land. Ich weiß noch, wie ich Archie zugrinste, wie mir das Wasser aus den Haaren tropfte, vom Gesicht und aus dem Badeanzug, wie lebendig ich mich fühlte und wie glücklich mit diesem Sport – und wie Archie mein Lächeln erwiderte. Die Verbundenheit, nach der ich mich so sehnte, schien in jenem goldenen Augenblick möglich.

Ich begegnete Archies Blick quer durch die Lobby und bedeutete ihm lautlos: »Surfen?« Seine Miene hellte sich auf, er nickte. Ich entschuldigte mich bei den Damen und wollte mich vom Spieltisch erheben, als ich Belcher direkt auf meinen Mann zuhalten sah. Ich hielt die Luft an, während der wankelmütige Major – der einen jederzeit mit einem hitzigen Wutausbruch oder einem formvollendeten Kompliment überraschen konnte – wild gestikulierend auf Archie einredete. Es fiel meinem Mann schwer, keine Regung zu zeigen, und ich dachte, ich könnte ihn erretten, wenn ich sofort einschritt.

Ich erhob mich und wandte mich vom Spieltisch ab, als ich hörte, wie mich jemand ansprach. Mrs Hiam mal wieder.

»Ach, Mrs Christie, mein elfenbeinfarbenes Abendkleid muss vor dem Dinner dringend gebügelt werden. Wirklich schrecklich, diese Hitze tut meinen Seidenkleidern einfach nicht gut!«, verkündete sie und sah sich dann effektheischend am Tisch um. »Sie sind doch sicher so freundlich, mir dabei behilflich zu sein, oder?«

Kapitel 26

Tag fünf nach dem Verschwinden

Mittwoch, 8. Dezember 1926
Styles, Sunningdale, England, und Unternehmenssitz von Rio Tinto, London, England

Der Dienstagabend hatte es nicht gut gemeint mit Archie. Erst las er in vertraulichen Polizeiberichten und öffentlichen Zeitungsartikeln von den vielen Augenzeugen, die die Verschwundene gesehen haben wollten. Sicher war die ausgesetzte Belohnung der Grund für die meisten dieser Meldungen – ob sie nun stimmten oder nicht –, aber wie sich herausstellte, hatten tatsächlich auch einige Reporter ein paar Pfund springen lassen, damit frei erfundene Meldungen erstattet wurden, über die die Presse dann brühwarm berichten konnte. Das erstaunte selbst die durchaus abgehärtete Polizei. Später am Abend folgten Zeitungsmeldungen mit Einzelheiten zu dem Brief, den Archies Frau seinem Bruder geschickt hatte, wobei das Hauptaugenmerk auf Agathas Aussage lag, sie sei krank: Was, fragten die Reporter, oder wer konnte der Grund dafür sein, dass es Mrs Christie so schlecht ging, dass sie von zu Hause floh? Archie fürchtet, diese Art von Fragen könnten letztlich zu ihm führen.

Und seine Befürchtung bewahrheitet sich. Presse und Leser spekulieren über den Auslöser von Agathas Erkrankung, und Mittwochmorgen richten sie den Blick auf Archie. Er ist sicher, dass Kenward diese Spekulationen mit seinen Andeutungen und Unterstellungen der Presse gegenüber angefacht hat. Über Nacht hat Archie sich von einem gut aussehenden, glücklich verheirateten Kriegsveteranen verwandelt in jemanden, der verdächtigt wird, für das Verschwinden seiner Frau verantwortlich zu sein.

Kenward und Goddard sind überwältigt von den vielen Zeugen, die sich melden, und setzen Mitarbeiter aus beiden Polizeibezirken ein, sie zu befragen. Die offizielle Suchaktion der Polizei ruht darum heute – aber einige Zivilisten hält das nicht davon ab, auf eigene Faust die Felder und Wälder zu durchstreifen. Einerseits ist Archie erleichtert über diese Planänderung, andererseits fühlt er sich etwas verloren, nachdem Charlotte und die Polizei mit Rosalind das Haus verlassen haben, um das Kind zur Schule zu begleiten. Er beschließt, sich etwas Normalität zuzugestehen, setzt sich in seinen Delage und fährt zur Arbeit.

Auf dem Weg nach London ist er versucht, einen

Abstecher zu Sam James oder Nancy zu machen – um sie ein wenig aufzubauen, wie er sich selbst erklärt. Doch dann wird ihm klar, dass es ihm wohl eher um seine eigenen Bedürfnisse geht: Er will sich beruhigen – unter anderem, indem er herausfindet, was die beiden der Polizei gesagt haben. Sie waren sich alle einig gewesen, den Kontakt zueinander vorübergehend einzustellen, und doch steuert er die Abzweigung zu Hurtmore Cottage und Nancys Elternhaus an. Kurz bevor er tatsächlich abbiegt, reißt er das Steuer wieder herum.

Wenige Minuten später, als Archie bemerkt, dass ihm ein unauffälliger grauer Morris folgt, beglückwünscht er sich selbst, die richtige Entscheidung getroffen zu haben. War der Wagen die ganze Zeit schon hinter ihm und er nur zu sehr mit seinen eigenen Gedanken beschäftigt gewesen? Oder wurde er jetzt paranoid? Er nimmt eine Ausfahrt früher als üblich nach London, nur um zu sehen, ob der Morris sein schnelles Manöver nachmacht. Tut er. Während Archie den Delage immer neu in den Verkehr einfädelt und sich über Seitenstraßen seinem Büro nähert, verliert der Morris ihn nie aus den Augen. Archie will sich gerade schon wieder über Kenward aufregen, der diese Beschattung angeordnet haben muss, doch dann ruft er sich in Erinnerung, dass die Vorschriften das wohl ohnehin verlangt hätten, ganz gleich, was der Constable von ihm hält.

Statt darüber nachzudenken, was Kenward wohl von ihm halten mag, gibt er sich ganz und gar der Stadt hin, dem Londoner Verkehr aus Autos, Lastwagen und hastenden Fußgängern. Der Lärm und das Gewusel geben ihm Auftrieb. In London dreht sich nicht alles um das Verschwinden seiner Frau. In der Hauptstadt geht das Leben weiter. Er will in sie eintauchen. In der Menge verschwinden.

Er ist schon fast ganz wieder er selbst, als er den Wagen in der Broad Street parkt. Zu Fuß geht er zum Unternehmensgebäude von Rio Tinto, in dem sich sein Büro befindet, als ihm auffällt, dass seine Verfolger ihren Wagen verlassen und sich ihm an die Fersen geheftet haben. Offenbar wollen die Filzhut tragenden Herren ihn bei der Arbeit im Auge behalten. *Sollen sie doch,* denkt er. *Sie können gerne draußen in der Kälte herumstehen, ich werde in aller Ruhe meine Arbeit erledigen.* Es wird nichts zu sehen geben, nur ganz alltägliche Arbeitsabläufe.

Lässig betritt er die Lobby, wie sonst auch immer. Während er auf den Aufzug wartet, stellt er sich den produktiven Tag vor, der vor ihm liegt. Er ist Mitglied des Aufsichtsrats bei Austral Limited und schon ganz aufgeregt angesichts der Erledigung routinemäßigen Papierkrams und einiger Bürobesprechungen. Ein ganz normaler, in geordneten Bahnen verlaufender Tag.

Ein helles Glöckchen ertönt und verkündet die

Ankunft des Aufzugs. Archie will gerade die Gittertür aufschieben, als er hinter sich einen Mann bemerkt. Archie betritt den Aufzug, drückt auf die Sechs und bewegt sich dann ganz nach hinten, um dem Mann Platz zu machen. Erst als er ihm ins Gesicht sieht, erkennt er seinen Büronachbarn Sebastian Earl.

»Morgen, Sebastian«, grüßt Archie ihn wie üblich.

»Morgen, Archie.« Sebastian verstummt und zögert. Im Käfig des Aufzugs herrscht betretenes Schweigen. »Es tut mir so leid, dass … Sie wissen schon.«

Wie sollte Archie darauf reagieren? Er hatte überhaupt nicht darüber nachgedacht, wie er bei der Arbeit mit der Sache mit Agatha umgehen sollte, und war gänzlich unvorbereitet. Aber es ist ja auch nicht so, als sei über Agathas *Tod* berichtet worden, also wieso drückt ihm dieser Kollege sein Mitgefühl aus? Sicher meint Sebastian es nur gut, darum entgegnet Archie ein schlichtes »Danke«.

Sebastian fährt fort. »Ich muss schon sagen, es überrascht mich, Sie hier zu sehen.«

Das verblüfft Archie. Er hatte nicht damit gerechnet, dass irgendjemand ihn so direkt auf das Verschwinden seiner Frau und seine Rolle bei der Suche nach ihr ansprechen würde. Verstohlene Blicke und Flüstern hinter vorgehaltener Hand, ja, aber diese Direktheit erstaunt ihn doch. »Verstehe«, sagt er, weil ihm nichts Besseres einfällt.

»Ich meine, Ihre Frau ist vermisst. Ich dachte, Sie

würden zusammen mit der Polizei und den vielen Freiwilligen, von denen ich in der Zeitung las, nach ihr suchen. Das ist alles«, erklärt Sebastian, damit seine Äußerung nicht als Angriff aufgefasst wird.

Archie sieht auf zu dem sich langsam von Ziffer zu Ziffer bewegenden Metallzeiger, der die Etage anzeigt. Bis in den sechsten Stock kann es gar nicht schnell genug gehen. Diese Fragen sind unerträglich, und Archie hat das Gefühl, in diesem winzigen Aufzug kaum noch Luft zu bekommen. »Genau das habe ich das ganze Wochenende getan.«

»Aber sie wurde noch nicht gefunden. Ihre Arbeit bei Austral kann doch bestimmt warten, oder? Das würde Ihnen sicher niemand verübeln.«

Warum bohrt Sebastian immer weiter? Archie will doch einfach nur einen normalen Tag im Büro verbringen, abseits der Suchaktion und aller Spekulationen über Agathas Verschwinden. Der Brief, der ihm Verhaltensmaßregeln auferlegt, verbietet das nicht. Wut und Angst steigen zu gleichen Teilen in ihm auf, und es platzt aus ihm hervor: »Ich glaube nicht, dass die Polizei mich wirklich dabeihaben will.«

»Aber wieso das denn?«, fragt Sebastian ahnungslos, obwohl Archie den Verdacht hat, dass seine vielen Fragen mit der Berichterstattung in den heutigen Ausgaben der äußerst suspekten *Mail* und des *Express* zu tun haben.

»Die glauben, dass ich meine Frau umgebracht

habe. Was natürlich nicht stimmt«, fügt Archie noch rasch hinzu.

»Natürlich«, entgegnet Sebastian schnell.

Endlich hält der Aufzug im sechsten Stock. Archie stürzt sich auf die Tür, schiebt sie auf und verlässt den Käfig ohne ein weiteres Wort zu seinem Kollegen. Die kurze Hochstimmung, die er in der Lobby empfunden hatte, ist verpufft, mit großen Schritten durchmisst er den Flur bis zu seinem Büro und hofft, auf dem Weg dorthin niemandem mehr zu begegnen. Dort angekommen, schließt er umgehend die Tür hinter sich. Ein Moment der Ruhe.

Aber wie lange wird er andauern?

»Hast du das gesehen?«, fragt ihn Clive Baillieu, sein Freund und Vorgesetzter, nachdem Archie drei herrliche Stunden fast vollkommen ungestört mit seiner ganz normalen Arbeit verbracht hat. Wer hätte gedacht, dass die Erledigung von Papierkram so erfüllend sein konnte? Clive pfeffert eine Zeitung auf Archies Schreibtisch.

»Nein.« Archie rettet die Nachmittagsausgabe der *Daily Mail* davor, vom Tisch zu rutschen. Clive ist der einzige Mensch bei Austral, mit dem Archie heute gesprochen hat, und da Clive Archies Wunsch nach Normalität erspürt, hat er dessen Frau mit keiner Silbe erwähnt und sich stattdessen ganz auf geschäftliche Angelegenheiten konzentriert. »Was gibt's?«

Ein Blick auf die Schlagzeilen ist Antwort genug: *Ehemann der vermissten Schriftstellerin am Schicksalsabend zum Golfen auf Hurtmore Cottage.* Allmächtiger. Er hatte doch gebetet, dass genau diese Information nicht an die Öffentlichkeit gelangen würde. Offenbar wurden seine Gebete nicht erhört. Zumindest nicht alle.

Wie viel wussten die Reporter? Er überfliegt den Artikel. Im ersten Absatz werden die James erwähnt, Sam wird zitiert. Er ist ein anständiger Kerl und nimmt Archie entschieden in Schutz. Er erzählt von ihrem »unschuldigen« Golf-Vierer. Als Archie genauer liest, bemerkt er, dass dieses Zitat von heute ist – was bedeutet, dass die Pressemeute bereits über Hurtmore Cottage hergefallen ist. Gott sei Dank hat er sich den Abstecher auf dem Weg zur Arbeit verkniffen, er kann sich lebhaft vorstellen, was die Reporter daraus gemacht hätten. Er steht tief in der Schuld der James.

Zwei Absätze weiter sieht er dann auch Nancys Namen. Archie erstarrt. Er muss sich zwingen, weiterzulesen: *Die rätselhafte Vierte an diesem Golfwochenende war Miss Nancy Neele. Die für die Imperial Continental Gas Association als Sekretärin tätige Neele stammt aus Rickmansworth in Hertfordshire, wo sie bei ihren Eltern lebt. Sie stand nicht für einen Kommentar zur Verfügung.* Archie liest die Sätze noch einmal und findet sie eigentlich weniger verurteilend, als er angenommen hatte. Doch dann fällt sein Blick auf den letzten Satz des Artikels, mit dem auf den rätselhaften Brief seiner Frau an seinen Bruder Campbell verwiesen wird: *Ist Miss Neele die »Erkrankung«, die Mrs Christie zu ihrer Flucht – oder Schlimmerem? – veranlasste?*

Archie erhebt sich so abrupt, dass sein Bürostuhl mit Getöse umfällt. Mein Gott, was soll er jetzt tun? Sein größter Albtraum war wahr geworden.

»Tut mir leid, Archie, ich dachte, du würdest es vielleicht lieber von mir hören als von irgendjemandem auf der Straße«, sagt Clive. »Und ich möchte wirklich nicht auch noch Salz in die Wunde streuen, aber ich halte es für das Beste, wenn du zu Hause bleibst, bis die Sache sich beruhigt hat. Sonst lungern hier ständig Reporter und Polizisten vor dem Gebäude herum, und das kann ja keiner wollen, oder was meinst du?«

Archie nickt, er hört Clive nur mit halbem Ohr zu. An jedem anderen Tag hätte es ihn sehr geschmerzt, aus seinem Büro verbannt zu werden, aber in diesem Moment ist es ihm fast egal. Wenn Polizei und Öffentlichkeit weiter daran glauben, dass er Schuld hat am Verschwinden seiner Frau, dann stehen sein gesamter Ruf und seine Existenz auf dem Spiel. Ganz zu schweigen von Nancys Ruf und Existenz.

Wortlos macht er sich daran, seine Tasche zu packen. Clive fragt: »Alles in Ordnung, Kumpel? Du bist doch nicht sauer? Das richtet sich nicht gegen dich persönlich, das ist eine ganz sachliche Maßnahme.«

»Nein, ich bin nicht sauer. Ich verstehe das«, sagt Archie, als er sein Büro verlässt, und er meint es sogar. Er hätte an Clives Stelle dasselbe getan.

Jetzt steht ihm eine äußerst heikle Aufgabe bevor: Er muss sich der Öffentlichkeit stellen und seine Version der Geschichte erzählen – sonst ist sein guter Ruf für immer perdu. Dasselbe wird passieren, wenn er gegen die Vorschriften aus dem Brief verstößt. Jeder kleinste Fehltritt wird ihn weiter in die Verdammnis führen.

Kapitel 27
Das Manuskript

20. Mai 1923
London, England

»Rosalind! Komm her zu deiner Mama!«, rief ich, als ich aus meinem Arbeitszimmer in den Garten trat.

Es war ein sonniger Tag, der Himmel strahlte fast schon unwirklich blau. Man hätte meinen können, das Wetter sei des Englischseins müde und würde sich jetzt mal italienisch geben. Oder australisch. Ich blinzelte in die Sonne. Die letzten Stunden hatte ich, wie immer in den letzten Monaten, an meiner Schreibmaschine verbracht, um immer wieder aufs Neue einzutauchen in die Welt meines neuen Buches, *Der Mann im braunen Anzug.* Die Reise durchs Empire hatte mich zum Setting und zu den Figuren für diesen Kriminalroman inspiriert, und seit wir an Bord des Schiffes nach Südafrika gegangen waren, hatte es mich in den Fingern gejuckt, die Geschichte aufzuschreiben. Je tiefer ich in die Geschichte einstieg, desto mehr Spaß machte es mir, eine Kriminalgeschichte zu entwickeln, die sich aus vielen meiner jüngsten Erlebnisse speiste – die lange Reise von England nach Südafrika, einschließlich meiner Seekrankheit und der Spiele an Deck, als die Übelkeit überwunden war, die Landschaft und Kultur Südafrikas, der Anblick des Tafelbergs in Kapstadt, nachdem wir an Land gegangen waren, die Persönlichkeit von Major Belcher und seinem Sekretär Mr Bates, die ich in den Figuren Sir Eustace Pedler und seinem Sekretär Guy Pagett verewigte, ja, selbst der Name des Schiffes, mit dem meine Figuren durch den Roman reisten, die *Kilmorden Castle,* war eine Anspielung auf unser Schiff, die *Kildonan Castle.* Am meisten Spaß hatte es mir wohl bereitet, mich in der Hauptfigur zu verlieren, der unerschrockenen Anne Beddingfield, jener Sorte junger Frau, die ich hätte sein können, von Natur aus tapfer und abenteuerlustig. Allerdings entwickelte sie sich gegen Ende dann doch eher wie ich selbst in eine Frau, die Opfer bringt für den Mann, den sie liebt.

Als meine Augen sich an das helle Licht gewöhnt hatten, erfassten sie wieder den winzigen grünen Raum, den der Garten hinter unserer Londoner Wohnung bildete. Rosalind saß mit ihrem neuen Kindermädchen Cuckoo auf dem Rasen, sie rollten einen roten Ball zwischen sich hin und her. Wir nannten das neue Mädchen unseren Kuckuck, weil Mummy während unserer Abwesenheit gezwungen gewesen war, diese völlig unqualifizierte Kraft einzustellen, nachdem sie sich mit deren Vorgängerin, der unbezwinglichen Jessie Swanwell, überworfen hatte. Zwar hatte meine Mutter inzwischen wohl hundertmal ihre Version der Geschichte erzählt, aber ich konnte mir immer noch nicht recht vorstellen, was Jessie getan haben konnte, um Mummy derart gegen sich aufzubringen. Ich schrieb die ganze Angelegenheit dem Umstand zu, dass Mummys Nerven aufgrund ihrer Sorge um meinen Bruder blank lagen. Als Monty nach England zurückkehrte, fiel er sofort in seine alten Verhaltensmuster zurück – er intrigierte und gab zu viel Geld aus.

Die Sonne verfing sich in Rosalinds Haar, und obwohl es doch ungewöhnlich dunkel und glatt war, leuchteten einige Strähnen unerwartet auf. *Wenn doch nur ein Fotograf hier wäre,* dachte ich. *Das wäre ein ganz wunderbares Bild.* Ich fühlte mich zu meiner Tochter hingezogen, doch statt zu ihr zu gehen, rief ich sie abermals zu mir. Ich musste sehen, wie sie reagieren würde.

Rosalind rührte sich nicht. Cuckoo sah zu mir und flüsterte meiner Tochter etwas ins Ohr. Ich sah, wie Rosalind energisch den Kopf schüttelte, und begriff, dass meine Tochter sich Cuckoos Aufforderung verweigerte. Und ich wusste genau, wie diese Aufforderung gelautet hatte: »Nun geh schon hin zu deiner Mutter.«

Ein halbes Jahr war seit unserer Rückkehr von der

Empire-Tour vergangen, und meine Tochter hatte mir immer noch nicht verziehen.

Tränen stiegen mir in die Augen, ich wandte mich ab. Sosehr Cuckoo mir auch hin und wieder auf die Nerven ging – wenn sie beispielsweise direkt vor der Tür zu meinem Arbeitszimmer in völlig normaler Lautstärke mit Rosalind über Dinge sprach, die sie sich nicht traute, mir direkt zu sagen –, sosehr schätzte ich ihre Versuche, das Band zwischen meiner Tochter und mir wiederherzustellen. Aber ich durfte nicht riskieren, ihr gegenüber an Autorität zu verlieren, indem sie mich weinen sah.

Ich ging zurück ins Arbeitszimmer und hörte Schritte im Flur. Schnell wischte ich mir die Träne weg, kniff mir in die Wangen und biss mir auf die Lippen, um sie zu röten. Ich setzte ein strahlendes Lächeln auf, um Archie zu begrüßen.

Hinter mir quietschte es laut, und noch bevor ich den Flur erreichte, raste Rosalind bereits an mir vorbei auf ihren Vater zu. »Papa, Papa!«, rief sie.

Ich erstarrte. Warum hatte sie ihm unsere lange Abwesenheit verziehen, aber mir nicht?

Ich hörte zu, wie Vater und Tochter sich voller Wiedersehensfreude begrüßten. *Sonderbar,* dachte ich. *Archie hatte dieses Kind eigentlich gar nicht haben wollen, und doch ist die Verbindung zwischen ihnen beiden intensiver als zwischen Rosalind und mir.* Sie waren so voneinander eingenommen, dass meine

Anwesenheit gar nicht weiter auffiel. Ich war eine Außenseiterin in meinem eigenen Haus, und niemand kam darauf, mich einzuladen.

Ich wollte nicht länger darüber grübeln, wie ausgeschlossen ich mich fühlte, und erkannte, dass ich mich von selbst in ihr Gespräch einschalten musste, ob ich nun dazu eingeladen wurde oder nicht. »Wie war dein Tag, Darling?«, begrüßte ich meinen Mann und nahm ihn herzlich in den Arm, als wäre nichts geschehen. Heute galt es, sich ganz und gar auf Archies Triumph zu konzentrieren: seine neue Stelle.

Rosalind ließ seine Hand los, und das Strahlen wich aus Archies schönem Gesicht. Er runzelte die Stirn, bis ein Schatten über seinen Augen lag. Er seufzte anstelle einer Antwort, und Rosalind lief schnell weg, zurück in den Garten zu Cuckoo.

»Ich hole dir einen Drink«, plapperte ich in die Stille hinein. Ich rannte fast in den Salon, schnappte mir ein Glas und schenkte Archie einen kleinen Whisky ein. Dann eilte ich zu ihm zurück und sagte: »Hier, das hilft.«

»Ist es wirklich so schlimm?« Er schüttelte den Kopf angesichts meiner Bemühungen. »Sehe ich so verzweifelt aus?«

»Nein, nein«, versicherte ich schnell, obwohl er in der Tat schrecklich aussah. »Das meinte ich nicht. Aber es war doch dein erster Tag in deinem neuen Job, und, und …« Fieberhaft suchte ich nach einem anderen Grund für meine Reaktion. »Ich dachte, wir könnten auf deine neue Arbeit anstoßen.«

Er kippte den Whisky herunter, ohne vorher mit mir angestoßen zu haben. »Ich bin mir nicht sicher, ob es darauf etwas anzustoßen gibt, Agatha«, sagte er schließlich.

Oh, nein, dachte ich. Mir sank das Herz. Seine neue Stelle hatte doch die Probleme lösen sollen, die uns seit unserer Rückkehr von der Empire-Tour plagten. Archie war völlig überrascht gewesen, als er erfuhr, dass Goldstein keine Verwendung mehr für ihn hatte – schließlich war die Reise ein Regierungsprojekt gewesen, und wir hatten angenommen, dass Goldstein Archie darum freundlich behandeln würde. Ein halbes Jahr lang quälte sich mein Mann von einem entwürdigenden Bewerbungsgespräch zum anderen, er wurde immer deprimierter und zorniger, und ich hatte so sehr gehofft, dass diese neue Arbeit ihn besänftigen und froher stimmen würde. Seine Verstimmungen hatte er nämlich üblicherweise an mir ausgelassen. Wie viele Nächte hatte ich mich geweigert, von seiner Seite zu weichen, wenn er niedergeschlagen im Bett oder auf dem Sofa lag und immer wieder brummte, ich könne ihm sowieso nicht helfen? Und währenddessen fragte ich mich ein ums andere Mal, wo nur der Mann geblieben war, den ich geheiratet hatte – der Mann, der auf der Empire-Tour kurz wieder zum Vorschein gekommen war.

Und was war mit seinen Gefühlen für mich passiert? Je deprimierter er war, desto mehr schien ich ihm auf die Nerven zu gehen, anstatt ihm Trost zu spenden. Was ich sagte, wie ich es sagte, meine Art, meine Erscheinung, mein Gewicht – alles schien nur dem einen Zweck zu dienen: Archie zu ärgern. Ich staunte, wie er sich jetzt über Eigenschaften, die ihn einst an mir fasziniert hatten, aufregen konnte, und mich beschlich der Verdacht, dass seine Irritation nichts mit Abneigung zu tun hatte, sondern damit, dass ich ihn am Boden sah, sowohl emotional als auch finanziell. *Kein Mann will im Moment größter Schwäche gesehen werden,* wie Mummy immer sagte. Ich handelte nach der Devise: im Zweifel für den Angeklagten. So machten gute Ehefrauen das doch, oder?

»Was willst du damit sagen, Schatz?« Ich schlug einen möglichst unbeschwerten Ton an.

»Ich fürchte, die Geschäfte des Konzerns sind nicht alle ganz legal«, sagte er und fuhr sich mit den Fingern durchs Haar. »Streng genommen.«

»Bist du sicher?«, fragte ich und schenkte ihm Whisky nach. Ich tat alles, um zu verhindern, dass seine Laune sich weiter verschlechterte.

Er kippte den Drink herunter, ging zum Fenster und antwortete nicht. *Wie hatten sich die Dinge nur so entwickelt?,* fragte ich mich. Waren Archie und ich wirklich vor Kurzem noch auf Surfbrettern über den türkisfarbenen Pazifik bis an die Sandstrände von Hawaii geglitten? Waren wir uns wirklich in die Arme gefallen vor lauter Freude darüber, es geschafft zu haben, während uns das Wasser aus den Badesachen troff und die heiße Sonne uns in die bereits verbrannten Gesichter knallte? Es mochte mir unmöglich sein, jene kostbaren Momente wieder heraufzubeschwören, aber ich musste tun, was ich konnte, um weiteres Unheil abzuwenden.

»Vielleicht wirst du im Laufe der Zeit dahinterkommen, dass die Geschäfte doch legaler sind, als es dir an deinem ersten Tag vorgekommen ist«, sagte ich in die Gesprächslücke hinein. Er antwortete nicht, und ich erwartete auch gar keine Antwort.

Ich überließ ihn seinen Grübeleien und einem weiteren Whisky und eilte in die Küche, um letzte Hand ans Abendessen zu legen. Wir konnten uns kein Personal über Cuckoo hinaus mehr leisten, und das Kindermädchen konnte ich schon deshalb nicht entlassen, weil ich damit jede Hoffnung auf ein ernst zu nehmendes Einkommen durch mein Schreiben aufgeben würde. Also putzte ich, kochte, kaufte ein und besorgte die Wäsche. Ich hatte auf Ashfield und von Mummy herzlich wenig über diese Tätigkeiten gelernt und betete jeden Abend, es möge keine Katastrophe eintreten. Ordnung, perfekte Ordnung und nichts anderes konnte vielleicht dazu beitragen, Archies Stimmung zu heben, und es war meine Aufgabe, für diese Ordnung zu sorgen.

Porzellan auf Leinen, im schwachen Kerzenlicht glänzendes Silber, ein ansehnliches Brathähnchen auf dem Tisch. Ich saß Archie gegenüber und war für den Moment sehr zufrieden mit meiner Leistung. Ob dieses Abendessen wohl gut genug war? Das war die Frage, die ich mir jeden Abend stellte, seit wir wieder in London waren. Gespannt beobachtete ich Archie dabei, wie er sich ein Stück von seinem Huhn abschnitt und die Gabel zum Mund führte. Er begann, das Fleisch zu kauen, immer langsamer, und mir wurde klar, dass ich wieder versagt hatte.

»Und wie sind deine neuen Kollegen?«, fragte ich in der Hoffnung, ihn so zum Reden zu bringen. Wenn er schon nicht über die Arbeit an sich sprechen wollte, dann vielleicht über die Menschen dort. Vielleicht war über sie Positiveres zu berichten als über die Tätigkeiten.

»Keine Verbesserung«, antwortete er knapp und machte damit klar, dass er keine weiteren Fragen zum Thema wünschte. Dann schwieg er. Allein sein Silberbesteck kratzte über das Porzellan, und er kaute hörbar.

Ich wollte keine weitere Mahlzeit schweigend einnehmen, das war seit unserem Einzug in diese Wohnung, die wir nach der Empire-Tour in London gefunden hatten, schon viel zu häufig vorgekommen. Da ich schlecht auf dem Esstisch tanzen konnte und mir ansonsten die Ideen ausgegangen waren, wie die Stille zu überbrücken wäre, beschloss ich, es zu wagen und ein Thema anzusprechen, das Archie normalerweise nicht begrüßte: mein Schreiben. Manchmal, wenn ich den Eindruck hatte, Archie könnte empfänglich dafür sein, sprach ich beim Abendessen über mein neuestes Buch und die damit zusammenhängenden geschäftlichen Aspekte. Aber ich war mir nie richtig sicher, ob er wirklich zuhörte und sich merkte, was ich sagte.

»Bei mir gab es heute gute Neuigkeiten«, verkündete ich, achtete aber darauf, nicht zu laut zu sprechen. Archie war sehr lärmempfindlich.

Archie sah kurz von seinem Teller auf, das war alles. Ich legte das als eine Aufforderung aus weiterzusprechen und fuhr fort: »Nach einiger schriftlicher Korrespondenz und zwei Gesprächsterminen hat Mr Edmund Cork von der Agentur Hughes Massie Anfang der Woche zugestimmt, mich in Zukunft zu vertreten.« Als Archie nicht reagierte, wollte ich ihm eine Antwort entlocken. Ich wollte, dass er die Bedeutung dieser Nachricht erfasste. »Weißt du noch, dass ich dir vor einigen Wochen mal von Mr Cork erzählte?«

Archie nickte verhalten, das war immerhin mehr als sonst, und ich beschloss, das so zu verstehen, dass er sich an das Gespräch erinnerte. Ich fuhr fort: »Mr Cork ist direkt als mein Agent in Aktion getreten und hat dafür gesorgt, dass ich aus meinem lästigen

Vertrag mit Bodley Head entlassen werde. In dieser einen Woche hat er mehrere Briefe an den Verlag geschrieben und erreicht, dass mein Vertrag nicht erst nach drei weiteren Büchern erfüllt ist, sondern schon nach einem. Ist das nicht wunderbar?«

Ich wartete nicht auf eine Antwort von Archie. Mehr als ein Grunzen konnte ich ohnehin nicht erwarten. Aber ich hatte schon auf etwas mehr Anerkennung für diese positive Entwicklung gehofft. »Und das ist noch nicht alles, Archie. Da Mr Cork mit Bodley Head ein konkretes Datum aushandeln konnte, an dem mein Vertrag endet, war er auch in der Lage, mein aktuelles Projekt, *Der Mann im braunen Anzug*, bereits informell anzubieten. Du weißt schon, der Roman, der auf unserer Reise basiert?«

Ein weiteres verhaltenes Nicken. Ich hatte ihm den Plot und das Setting des Romans lang und breit erklärt. »Na ja«, sagte ich und legte eine kurze Kunstpause ein. »Die *Evening News* hat heute ein nicht zu verachtendes Angebot für den Abdruck von *Der Mann im braunen Anzug* als Fortsetzungsroman vorgelegt. Fünfhundert Pfund, ist das nicht unglaublich? Ich glaube, das Geld können wir ganz gut gebrauchen.« Ich konnte meine Freude darüber, etwas zu unseren schwindenden Mitteln bei gleichzeitig steigenden Haushaltsausgaben beizutragen, kaum verbergen. Die jüngsten Entwicklungen hatten mich immerhin von der Sorge entbunden, dass wir genauso mittellos enden würden wie meine Mutter, nachdem mein Vater das einst üppige Vermögen der Familie Miller verprasst hatte, und ich ging davon aus, dass auch Archie erleichtert sein würde. Ich hoffte, ihm zumindest ein wenig von der Last auf seinen Schultern zu nehmen.

Mit der folgenden Reaktion hatte ich nicht gerechnet.

»Du meinst, weil ich in letzter Zeit nicht viel zu den Finanzen beigetragen habe?«, fragte er rhetorisch, und dabei schwang keinerlei Humor oder Freude in seiner Stimme mit, sie war eiskalt. Er war enorm empfindlich, was dieses Thema betraf, obwohl ich mit keiner Silbe die Monate erwähnte, in denen er nicht gearbeitet hatte, und auch nicht die finanzielle Belastung, der wir zurzeit ausgesetzt waren. Und doch hörte er aus meinen Neuigkeiten nichts als Vorwürfe heraus.

Ich hätte vorsichtiger sein sollen. Ich hätte das Geld einfach stillschweigend auf unser Konto einzahlen sollen. Wie hatte ich bloß annehmen können, dass er sich geändert haben könnte?

»Das meinte ich ganz und gar nicht, Archie. Ich habe mich lediglich seit unserer Rückkehr sehr unnütz gefühlt, und ich wollte dir etwas von dem Druck nehmen«, beeilte ich mich zu erklären.

»Glaubst du wirklich, ein Buch – eine einmalige Zahlung – kann auf Dauer unsere finanzielle Lage wiederherstellen, Agatha? Unseren einjährigen Urlaub kompensieren? Es liegt noch ein weiter Weg vor uns, bis die Folgen deiner Vergnügungssucht wieder ausgeglichen sind.«

Kapitel 28
Tag sechs nach dem Verschwinden

Donnerstag, 9. Dezember 1926
In einem Pub in der Nähe von Styles, Sunningdale, England

»Würden Sie das bitte noch einmal wiederholen, Colonel Christie? Ich möchte sicherstellen, dass ich Sie Wort für Wort richtig wiedergebe.«

»Selbstverständlich, gerne«, antwortet Archie dem Reporter.

Der junge Mann von der *Daily Mail,* Jim Barnes, ist ganz anders, als Archie erwartet hatte. Er wollte ein sehr vorsichtiges Gespräch mit dem Reporter führen – natürlich ohne das Wissen der Polizei – und so dafür sorgen, dass sein Standpunkt ein für alle Mal Eingang in die Zeitungen findet. Er dachte, er könnte seine ganz allgemeinen Ansichten zu den Ereignissen loswerden, um so der Öffentlichkeit klarzumachen, was für ein vernünftiger Mensch er ist, und vielleicht sogar anzudeuten, dass ganz gleich, was die Polizei behauptete, Agathas Verschwinden zumindest teilweise ihre eigene Entscheidung war. Auf diese Weise hofft er die öffentliche Wahrnehmung seiner Person ein wenig positiv zu beeinflussen, ohne dabei gegen die klaren Ansagen des Briefes zu verstoßen. Wenn er seine Position nur in Form einer Rechtfertigung hervorbringen kann und sich dabei gleichzeitig vor hinterlistigen Fallstricken hüten muss – was angesichts des bisherigen Umgangs der Presse mit ihm durchaus denkbar ist –, dann ist das eben so.

Doch als er auf den freundlichen, zivilisierten Mitarbeiter der *Daily Mail* trifft, entpuppt dieser sich als ein ganz anderer Typ als das Gesindel, das Tag und Nacht sein Haus belagert. Der eloquente und tadellos gekleidete Mann kommt ihm irgendwie bekannt vor, er könnte glatt Mitglied im Sunningdale Golfklub sein. Archie findet den Burschen auf Anhieb sympathisch, als sie in dem kleinen, abgeschiedenen Pub Platz nehmen. Endlich jemand, der mir Verständnis entgegenbringt, denkt er. Und lässt alle Vorsicht fahren.

»Selbstverständlich.« Archie wirft einen Blick auf den Briefbogen, auf dem er ein offizielles Statement für die Presse notiert hat, und trägt es vor: dass er sich große Sorgen um seine Frau mache, dass sie in letzter Zeit mit nervösen Zuständen zu kämpfen hatte, dass sie häufig die Wochenenden getrennt verbrachten, um unterschiedliche Interessen zu verfolgen, zu deren Natur er sich aber nicht weiter äußern wollte, und dass er alles in seiner Macht Stehende tue, um die Polizei bei ihren Ermittlungen zu unterstützen.

»Danke, Colonel Christie. Sehr schön gesagt.« Jim notiert sich alles. »Sind Sie bereit für ein paar Fragen?«

»Natürlich. Die Zeitungen haben leider verdammt viel Unschönes über mich und meine Freunde berichtet, und ich freue mich, jetzt die Gelegenheit zu bekommen, meine Wahrheit zu präsentieren.«

»Wunderbar. Dann kann es ja losgehen.« Der junge Mann lächelt und wirft einen prüfenden Blick in seine Notizen. »Welche möglichen Erklärungen gibt es Ihrer Meinung und der Meinung der Polizei nach für das Verschwinden Ihrer Frau?«

»Es gibt drei Möglichkeiten für ihr Verschwinden: Entweder ist sie aus freien Stücken verschwunden oder weil sie das Gedächtnis verloren hat oder – aber das hoffen wir selbstverständlich alle nicht – weil sie sich das Leben genommen hat. Mein Bauchgefühl sagt mir, dass es eine der ersten beiden Möglichkeiten ist. Ich glaube auf gar keinen Fall an einen Selbstmord. Soweit ich weiß, drohen Menschen, die sich das Leben nehmen wollen, früher oder später ihrem Umfeld gegenüber genau damit – aber das hat meine Frau nie getan. Und würde jemand, der sich umbringen möchte, erst einmal mehrere Meilen fahren, sich eines schweren Mantels entledigen und dann einfach so ins Blaue spazieren, bevor er sich das Leben nimmt? Ich glaube kaum, das ergibt doch gar keinen Sinn. Und hätte meine Frau je über Selbstmord nachgedacht, dann bin ich sicher, sie hätte ihn mit Gift geplant. Sie hat ja im Krieg als Krankenschwester gedient und in einer Apotheke gearbeitet, darum kennt sie sich mit Gift sehr gut aus und setzt es in ihren Kriminalgeschichten sehr häufig ein. Das wäre also die Methode gewesen, ganz bestimmt nicht irgendein rätselhafter Selbstmord in einem entlegenen Waldstück, aber wie gesagt, ich glaube ohnehin nicht, dass das der Fall ist.« Er gerät ein bisschen ins Schwafeln, aber sei's drum.

»Sie glauben also eher, dass Mrs Christies Verschwinden ein Akt freiwilligen Handelns ist oder das Resultat eines Gedächtnisverlusts?«

Archie denkt an den Brief und antwortet: »Wenn Sie mich so fragen, glaube ich am ehesten an die Sache mit dem Gedächtnisverlust.«

»Können Sie mir noch ein wenig über den Tag ihres Verschwindens erzählen?«

»Ich bin das inzwischen wohl x-mal mit der Polizei durchgegangen, aber Ihnen zuliebe tue ich es gerne ein weiteres Mal. Ich verließ um Viertel nach neun wie üblich das Haus, und da sah ich meine Frau zum letzten Mal. Ich wusste, dass sie übers Wochenende nach Yorkshire fahren wollte, mehr wusste ich nicht über ihre Pläne, als ich am Freitag zur Arbeit fuhr. Seither habe ich erfahren, dass sie vormittags eine

Spritztour machte und allein zu Mittag aß. Nachmittags besuchte sie mit unserer Tochter meine Mutter in Dorking. Sie waren rechtzeitig zum Abendessen zurück, das meine Frau allein einnahm.« Archie verstummt. Soll er sich auch noch zum Rest des Tages äußern?

»Wissen Sie, was dann passierte?«

Archie ist sich unsicher, wie er sich am besten ausdrücken soll. »Ich weiß nicht mit Sicherheit, was dann passierte, da wir nicht am selben Ort waren. Ich kann nur vermuten, dass sie in eine immer schlechtere nervliche Verfassung geriet – warum, weiß ich nicht – und sich nicht ausreichend beruhigen konnte, um zu lesen oder zu schreiben. Mir ist so etwas auch schon öfter passiert, und ich unternehme dann in der Regel einen Spaziergang, um einen klaren Kopf zu bekommen und meine Nerven zu beruhigen. Aber meine Frau geht nicht gerne spazieren. Wenn sie einen klaren Kopf bekommen möchte, setzt sie sich in ihren Wagen und fährt umher.«

»Und warum hatte sie dann einen Koffer dabei?«

»Nun, sie wollte ja übers Wochenende nach Yorkshire, vielleicht wollte sie gleich im Anschluss dorthin weiterfahren.« Archie weiß, dass dieser Punkt nicht sehr plausibel klingt, aber etwas Besseres fällt ihm nicht ein.

»Hat sie Geld mitgenommen? Das könnte ja ein Hinweis darauf sein, ob ihr Verschwinden geplant war oder ob es die Folge einer Verletzung oder eines Gedächtnisverlusts ist.«

»Meine Frau hat zwei Bankkonten – ein Haushaltskonto in Sunningdale und eins für private Ausgaben in Dorking –, und von keinem der beiden wurde vor oder nach ihrem Verschwinden Geld abgehoben, was darauf hindeutet, dass es nicht geplant war. Sogar beide Scheckhefte befinden sich noch in Styles.«

»Aus Ihrer Sicht deuten die Umstände also auf eine freiwillige Abreise oder auf Gedächtnisverlust hin?«

»Ich glaube, ich habe deutlich gemacht, dass ich von einem Gedächtnisverlust ausgehe.«

»Nur mal so als Gedankenspiel: Wenn es sich nun doch so verhielte, dass Ihre Frau aus freien Stücken verschwunden ist – hätten Sie eine Vorstellung, was der Auslöser dafür hätte sein können?« Sein Blick ist fest auf seine handschriftliche Liste mit Möglichkeiten gerichtet, nicht auf Archie.

Der ist fassungslos. Darauf wollte der Bursche also die ganze Zeit hinaus. Wie dumm von ihm anzunehmen, dass dieser Reporter Sympathien für ihn hegen könnte. Diese Schreiberlinge sind eben doch alle gleich in ihrer Sensationsgier. Doch Archie unterdrückt den in ihm aufsteigenden Ärger und hält an seinem Kurs fest.

Darauf bedacht, einen festen, ruhigen Ton anzuschlagen, sagt Archie: »Ich habe keine Ahnung, was der Auslöser für ein freiwilliges Verschwinden hätte sein können. Im Gegensatz zu dem, was die Zeitungen berichteten, haben wir uns am Freitagmorgen vor ihrem Verschwinden nicht gestritten oder gezankt oder was auch immer, und in den letzten Monaten ging es ihr hervorragend, obwohl sie natürlich neulich den Tod ihrer geliebten Mutter verschmerzen musste. Die Presse verbreitet außerdem einige frivole Gerüchte, zu denen ich sagen kann, dass meine Frau wusste, wo und mit wem ich das Wochenende verbringen würde. Sie kannte und mochte alle meine Freunde und hat zu keinem Zeitpunkt ihr Missfallen ausgedrückt. Der Klatsch, der in den Zeitungen so breitgetreten wird, ist höchst verwerflich und keine große Hilfe dabei, meine Frau zu finden. Was selbstverständlich mein höchstes Ziel ist.«

»Noch eine Gedankenspielfrage: Sollte Ihre Frau sich aus freien Stücken abgesetzt haben, wo könnte sie sich Ihrer Meinung nach jetzt aufhalten?«

»Wenn ich das wüsste, wäre ich bereits vor Tagen längst sofort dorthin geeilt. Ich weiß es aber nicht. Der einzige Hinweis, den wir haben, stammt aus einem sonderbaren Brief, den sie meinem Bruder geschickt hat und in dem sie schreibt, sie würde sich in ein Kurbad zurückziehen. Soweit ich weiß, sind Ihre Pressekollegen sofort ausgeschwärmt, um sämtliche Kurbäder und Hotels in Yorkshire zu überprüfen, ohne Ergebnis.« Und er schließt mit: »Sie sehen also, ihr Verschwinden bleibt weiter rätselhaft. Aber ich werde alles tun, um sie zu finden.«

Kapitel 29
Das Manuskript

20. März 1924 bis 10. Dezember 1925
London, England, und Surrey, England

Ich nahm Archie beim Wort. Wenn mehr gearbeitet werden musste, um das eine Jahr unserer selbstsüchtigen Weltreise auszugleichen, dann würde ich diese zusätzliche Arbeit eben leisten. Ich beendete *Der Mann im braunen Anzug* und lieferte es an den Verlag. Ich unterschrieb einen Drei-Buch-Vertrag mit Collins, der einen Vorschuss von zweihundert Pfund pro Buch vorsah sowie verbesserte Beteiligungen. Ich lieferte Bodley Head einen letzten Roman, *Die Memoiren des Grafen.* Ich schrieb diverse lukrative Geschichten für verschiedene Zeitschriften: *Sketch, Grand, Novel, Flynn's Weekly* und *Royal.* Ich war entschlossen, meine Familie zu versorgen, unseren Haushalt effizient zu führen, unsere gesellschaftlichen Verpflichtungen zu reduzieren, damit Archie die Ruhephasen bekam, die er benötigte, sowie für eine gute Betreuung für Rosalind zu sorgen. Ganz gleich, welches Rezept Archies Meinung nach für das Gelingen unserer Ehe nötig war, ganz gleich, wie ich mein Verhalten ändern sollte und welches Elixier mir den Archie wiederbringen würde, den ich einst gekannt hatte – den Mann, den ich mitten im Krieg geheiratet hatte, den Mann, der auf unserer Weltreise immer wieder kurz zum Vorschein gekommen war –, ich war zu allem bereit. Selbstverständlich genoss ich den zunehmenden Erfolg, den mir meine Bücher und Kurzgeschichten bereiteten, aber mein Hauptaugenmerk beim Schreiben lag stets darauf, meinen Mann und meine Tochter glücklich zu machen.

Das war es, was ich mir immer wieder sagte, während ich eine Geschichte nach der anderen austüftelte und aufschrieb und gleichzeitig die Mahlzeiten und Einkäufe organisierte, mit der Haushälterin, die wir uns endlich leisten konnten, alles besprach, Cuckoos Arbeitsaufgaben und Rosalinds Unterricht überwachte. Aber war es denn gelogen? Dass ich alles, was ich tat, für Archie tat? Denn in Wirklichkeit hatte ich immer nur dann das Gefühl, vollkommen ich selbst zu sein, wenn ich schrieb. Ganz gleich, wie sehr ich mich bemühte, seine Bedürfnisse vorauszuahnen, ich konnte es Archie nicht recht machen, und alles, was er früher an mir bewundert hatte – meine Spontaneität, meinen Hang zur Dramatik, meine Abenteuerlust und meinen Wunsch, alles mit ihm zu besprechen, Erlebnisse genauso wie Gefühle –, ging ihm nun auf die Nerven. Aber warum war Archie so häufig frustriert? Weil meine Aufmerksamkeit für ihn doch nicht ganz ungeteilt war? Weil ich eine eigene berufliche Laufbahn verfolgte? Dass ich das für unsere Familie tat, schien keine Rolle zu spielen. Meine Bemühungen, eine enge Beziehung zu Rosalind aufzubauen, scheiterten nicht nur, sie brachten Archie nur zusätzlich gegen mich auf – weil das die Zeit, die ich ihm zuwenden konnte, beschnitt. Aber wenn ich die Tür zu meinem Arbeitszimmer schloss und in meine Schreibwelt abtauchte, wo ich alles komplett unter Kontrolle hatte und mir genau die geheimnisvollen Geschichten ausdachte, die kein Leser durchschaute und zu denen Madge mich einst herausforderte, dann ging ich vollkommen auf in den Strukturen, die ich erschuf, und labte mich am Rausch der Macht, die ich ausübte. Und plötzlich verstand ich das Bedürfnis meines Mannes nach Ordnung und Kontrolle.

Doch alles Verständnis dieser Welt und aller harter Arbeitseinsatz meinerseits brachten uns einander nicht näher. Eines Tages, als ich in meinem grauen Morris Cowley – den ich mir von dem Geld für mein erstes Buch, *Das fehlende Glied in der Kette,* gegönnt hatte – über Land fuhr, hatte ich eine Eingebung. Was Archie und ich brauchten, war eine gemeinsame Aktivität, ein schönes Hobby, so wie das Surfen auf der Empire-Tour. Ich war nicht sonderlich sportlich, das begrenzte die Möglichkeiten, doch dann fiel mir wieder ein, wie wir früher in Torquay im Sommer mit Reggie Golf gespielt hatten, und auch am Anfang unserer Ehe hatten wir hin und wieder Golfwochenenden in East Croydon verbracht. *Natürlich! Golf! Das war die Lösung!*

*

»Und, wie gefällt dir das Haus?«, fragte ich, drehte mich um die eigene Achse und ließ dabei den Mantelsaum ein bisschen auffliegen. Hatte ich da gerade den Anflug eines Lächelns auf seinem Gesicht gesehen? *Wie lange war es her, seit er mich attraktiv gefunden hatte?*, fragte ich mich. In den letzten Monaten hatten wir, sooft es freie Abschlagzeiten gab, auf allen möglichen Golfplätzen rund um London gespielt, und das war für mich, die ich keine geborene Sportlerin bin, eine ziemliche Herausforderung gewesen. Dennoch hatte ich jeden Augenblick genossen, den ich mit meinem Mann verbrachte – während ich mir aber nicht sicher war, ob es ihm umgekehrt genauso ging. Stundenlang über hügelige Rasenflächen hinweg einem kleinen weißen Ball hinterherzulaufen – beziehungsweise, wenn es um meinen Ball ging, durchaus auch mal durch ungemähte Wiesen –, hatte nicht dasselbe Vergnügen gezeitigt wie das Surfen, und doch waren die Partien zu einem festen Bestandteil unserer Wochenenden geworden, auf den wir uns beide freuten. Und zwar so sehr, dass Archie nun vorgeschlagen hatte, aus London wegzuziehen und ein Haus zu suchen, von dem aus er ins Zentrum pendeln konnte und das in der Nähe seines Lieblingsgolfplatzes Sunningdale lag. Wir hatten einige Wochenenden damit verbracht, uns verschiedene Mietobjekte anzusehen. Auf mich übte die Gegend an der Grenze zwischen Surrey und Berkshire nicht dieselbe Faszination aus wie das glitzernde Devon meiner Jugend – mir kam hier alles so künstlich vor und voller Geschäftsleute, die nichts anderes im Sinn hatten, als dem Geld hinterherzujagen –, aber natürlich war es besser mit Archies Arbeit vereinbar.

Wir spazierten an den perfekt getrimmten Eibenhecken entlang und passierten zwei künstlich angelegte Teiche, bis wir schließlich zwei großzügige, akkurat gestaltete, wenn auch derzeit im Winterschlaf befindliche Blumenbeete erreichten. Diese äußerst gepflegten Gärten gehörten zu einem im Neo-Tudorstil errichteten Anwesen mit kleinen Giebeln, die in alle Richtungen abstanden wie die Haare eines ungekämmten Kindes, und mit Bleifenstern so klein und dunkel, dass sie fast aussahen wie zusammengekniffene Augen. Das Haus und die Außenanlagen waren relativ jung, aber im alten Stil errichtet, als hätte sich hier ein neu zu Reichtum gekommener Stadtmensch seine Vorstellung von einem altehrwürdigen Landsitz erfüllt. Nun war ich aber in einer Umgebung aufgewachsen, die authentisch ländlich gewesen war, wo die Häuser und ihre Gartenanlagen sich organisch in die Hügellandschaft Devons fügten. Ich empfand dieses Haus und das Leben rund um den Golfklub als gekünstelt, ja, verlogen, und das dunkle Innere des Hauses spiegelte die Düsternis dieser scheinbar strahlenden Gemeinschaft wider. Aber ich wusste, dass es Archie ganz anders ging. Für ihn bedeutete das hier den Eintritt in eine Welt, nach der er sich immer gesehnt hatte, den Eintritt, der ihm stets verwehrt geblieben war. Und sein Glück stand über allem.

»Es liegt so wunderbar nah beim Golfklub.« Seine Miene hellte sich kurz auf – und war das ein Funkeln in seinen Augen? »Viel näher als die anderen Häuser, die wir uns angesehen haben. Wir könnten zu Fuß mit unseren Schlägern rübergehen.«

Ich lächelte ihn von unter der Krempe meines Hutes an, und er packte mich bei den Schultern und zog mich an sich. Ich bekam Herzklopfen angesichts dieser ungewöhnlich gefühlsbetonten Geste.

»Ich glaube, das ist es«, flüsterte er mir ins Ohr. »Hier könnten wir ein richtig schönes Leben haben, Agatha.«

»Wirklich?« Ich sah zu ihm auf. Hatte ich endlich mal etwas richtig gemacht? Ich schickte ein Stoßgebet gen Himmel, dass dieser Umzug und die langen Golfwochenenden mir meinen ursprünglichen Archie wiederbringen mögen. Seine Laune hatte sich ohnehin etwas gebessert, seit Archie dank der Hilfe seines Freundes Clive Baillieu kürzlich bei der etwas seriöseren Firma Austral Limited eine neue Stelle angetreten hatte, aber diese depressiven Verstimmungen hatte er immer noch regelmäßig.

»Wirklich«, versicherte er mir. Dann machte sich zu meinem großen Erstaunen ein verschlagenes Grinsen auf seinem Gesicht breit, eine Miene der Unbesonnenheit, wie ich sie nicht mehr bei ihm gesehen hatte, seit er aus dem Krieg heimgekehrt war. »Ich bräuchte dann auch ein Auto.«

»Was für eine glänzende Idee, Archie. Du weißt ja, wie gerne ich mit meinem Morris Cowley herumfahre. Ich liebe es, wenn der Wind mir die Haare zerzaust – und das Gefühl, sich völlig frei bewegen zu können, ist einfach unschlagbar.« Ich erinnerte mich noch sehr gut an den Moment, als ich mich zum ersten Mal ans Steuer meines Wagens setzte und begriff, dass ich nicht mehr auf Busfahrpläne angewiesen war, wenn mein Ziel zu weit entfernt lag, um zu Fuß hinzukommen. »Hast du dir schon Gedanken gemacht, welches Modell dir gefallen könnte?«

»Ich dachte da an einen kleinen Sportwagen. Einen Delage.«

»Prima Idee, Archie.«

Er drückte meine Hand. »Soll ich ein Angebot machen für das Haus? Wir müssten ihm aber einen anderen Namen geben. Yew Lodge klingt schrecklich. Wie eine Krankheit.«

Ich kicherte. Ich konnte mich nicht erinnern, wann

Archie zuletzt einen Witz gemacht hatte. »Ich habe eine verrückte Idee.«

»Nämlich?«

»Wie wäre es, wenn wir es nach dem Landhaus in meinem ersten Buch benennen? Styles.«

Er schwieg, und einen Moment lang fürchtete ich, alles ruiniert zu haben, indem ich auf meine Arbeit verwies. Doch dann lächelte er. Er beugte sich zu mir herunter und küsste mich auf die Wange. Mein Herz ging auf.

Dann, endlich, antwortete er. »Abgemacht. Styles.«

Kapitel 30
Tag sechs nach dem Verschwinden

Donnerstag, 9. Dezember 1926
Styles, Sunningdale, England

Der Tag verstreicht quälend langsam. Polizisten geben sich die Klinke seiner Arbeitszimmertür in die Hand und berichten von Augenzeugen. Wenn man den Meldungen Glauben schenken darf, hat Agatha sich einmal quer durch England bewegt und ist in fast jedem Dorf entlang der Eisenbahnlinie zumindest kurz ausgestiegen. Doch obwohl sie angeblich so oft gesehen wurde, ist sie nirgendwo zu finden.

Archie wird von zwei jungen Polizisten observiert, jeder seiner Schritte in Styles wird von ihnen registriert, selbst wenn er austreten geht. Er kann sich nicht länger vormachen, dass er in diesem Fall nicht einer der Hauptverdächtigen ist, wenn nicht gar *der* Hauptverdächtige. Er kann dankbar sein, dass es ihm gelungen ist, das Interview mit der *Daily Mail* zu führen, ohne dass seine ständigen Beobachter ihm da reingefunkt haben. Vielleicht wird es sowohl die öffentliche als auch die private Meinung beeinflussen.

Er ist rast- und ratlos. Vielleicht sollte er Agathas Schwester Madge anrufen und auf den neuesten Stand bringen, das hat er ihr versprochen. Aber allein die Vorstellung, mit der herablassenden Madge zu reden, die ihn noch nie leiden konnte, bereitet ihm Übelkeit, und ihm schaudert beim Gedanken daran, wie er sich verplappern könnte, falls er sich zu sehr ärgert. *Nein,* denkt er. *Ich warte, bis sie anruft, und halte dann ihre Wut aus.*

Er beobachtet die langsam vorwärtstickenden Zeiger der Uhr auf dem Kaminsims und raucht eine Zigarette nach der anderen, bis das Knallen der Haustür ihn aus seinen Gedanken reißt. Er hört Charlotte und Rosalind im Flur und beschließt, sie in Empfang zu nehmen. Er kann etwas Aufmunterung gebrauchen, und seine Tochter bringt ihn eigentlich immer zum Lächeln. Sie haben beide den gleichen stillen, trockenen Humor und unterscheiden sich damit von der überschwänglichen, übermäßig emotionalen Agatha.

Als er sich nähert, steht Rosalind mit dem Rücken zu ihm. Charlotte hat die Arme um sein kleines Mädchen geschlungen und flüstert seiner Tochter etwas ins Ohr. Er hört ein Schniefen.

»Ist alles in Ordnung, Rosalind?«, ruft er. Sie drehen sich beide gleichzeitig zu ihm um, sichtlich überrascht. Rosalinds Wangen sind tränennass, und er fragt: »Was ist denn, mein Schatz?«

Normalerweise überlässt Charlotte es der wortgewandten Rosalind, selbst zu antworten, im Gegensatz zu vielen Kindermädchen, die ihren Schützlingen in der Gegenwart ihrer Eltern das Wort verbieten. Heute aber antwortet Charlotte für Rosalind. »Gar nichts, Sir. Nur ein bisschen kindischer Unfug in der Schule.« Ihr schottischer Akzent ist stark zu hören, was immer dann der Fall ist, wenn Charlotte unter Druck steht.

Was verbirgt sie vor ihm? Was weiß sie?

»Die anderen haben gesagt, Mama ist tot«, platzt es aus Rosalind hervor.

»Tot?« Er könnte schreien: Spekulieren nun selbst Schulkinder über das Schicksal seiner Frau? Doch stattdessen schüttelt er den Kopf, als sei das vollkommen lächerlich. »Na, aber du und ich, wir wissen doch, dass das absurd ist, nicht wahr?«

Sie schnieft wieder und sieht ihm forschend in die Augen. »Tun wir das?«

Rosalinds Blick macht ihm Sorge, und er fragt sich, ob Charlotte ihr etwas erzählt hat. Er hat sich seit Beginn der unerbittlichen polizeilichen Ermittlungen auf Charlottes Diskretion verlassen, aber kann sie, die sie ja von Agathas Brief weiß, weiter schweigen? Das kann er sie natürlich nicht fragen. Auf jeden Fall hat der Besuch ihrer Schwester Mary ihr gutgetan, er hat ihr wie Rosalind als Ablenkung gedient, wie Archie es sich erhofft hatte, aber wie lange kann das anhalten?

Er kommt zurück auf Rosalinds Frage. »Aber natürlich, mein Schatz. Mama hat sich zurückgezogen, um an einem ihrer Bücher zu arbeiten. Nur hat sie leider vergessen, uns zu sagen, wohin sie sich zurückgezogen hat. Und darum wuselt die Polizei hier herum. Sie alle wollen uns dabei helfen, Mama zu finden.«

Mit der nackten Hand wischt sich das Kind Tränen und Rotz aus dem Gesicht. Ekelhaft. Wieso reicht Charlotte ihr kein Taschentuch? Wieso weist sie sie nicht zurecht? Ist das nicht ihre Aufgabe, das Kind zu erziehen? Archie holt bereits Luft, um das Kindermädchen zu kritisieren, überlegt es sich dann aber doch anders. Er ist auf Charlottes Loyalität angewiesen.

»Du hast Mama also nicht umgebracht?« Rosalind durchbohrt ihn mit ihren blauen Augen.

Charlotte schlägt sich die Hand vor den Mund, und Archie wird schwindelig. Ehe er sich versieht, schreit er zornig: »Wo hast du denn bloß solchen Unfug aufgeschnappt?« Sofort ärgert er sich, dass er sich nicht besser unter Kontrolle hat. Wie wird Charlotte auf seinen Wutausbruch reagieren? Ist die ganze Situation nicht schon schwer genug für seine Tochter, auch ohne dass andere Leute derlei Dinge zu ihr sagen? Wird sie in den nächsten Tagen nicht noch mehr ertragen müssen? Eigentlich ist es völlig irrelevant, wo sie diesen Quatsch gehört hat, es kann überall gewesen sein.

Verängstigt versteckt Rosalind sich hinter Charlotte. »In der Schule, Papa. Die anderen Kinder haben das im Chor gesagt. Immer wieder«, piepst sie und vergräbt das Gesicht am Rücken des Kindermädchens. Charlottes Miene spiegelt zur Hälfte Schuldbewusstsein und zur anderen Hälfte Entsetzen.

Keiner spricht. Nicht einmal Rosalind, die vor lauter Angst nicht einmal weinen kann. Archie weiß, dass er seine Tochter in den Arm nehmen und trösten sollte, aber er kann nicht. Ihm ist, als sei eine unsichtbare Schwelle übertreten worden und als befänden sie sich jetzt auf unbekanntem Terrain.

Um Archie schwankt alles. So, als sei er gerade nach einer langen, unruhigen Seereise von Bord gegangen. Er stützt sich an der Wand ab und geht zurück in sein Arbeitszimmer, seinen einzigen Zufluchtsort. Zumindest dachte er das bisher. Styles ist nicht mehr sein Zuhause – ist nicht mehr der geordnete Raum, in dessen Frieden er sich nach einem turbulenten Tag in der unberechenbaren Geschäftswelt zurückziehen kann. Styles hat sich in ein Gefängnis verwandelt, aus dem es kein Entrinnen gibt.

Kapitel 31
Das Manuskript

5. April 1926
Styles, Sunningdale, England

»Carlo!« Ich rief nach Charlotte Fisher, die wir als Kindermädchen für Rosalind eingestellt hatten – und als Sekretärin für mich. Da Rosalind nun in Sunningdale zur Schule ging, funktionierte diese Kombination sehr gut. Carlo, wie Rosalind Charlotte nannte, hatte den Großteil des Tages frei und konnte mir assistieren. Wenn Rosalind aus der Schule nach Hause kam, kümmerte sich Carlo um sie, und ich konnte noch etwas arbeiten und mich auf Archie konzentrieren. Charlottes direkte schottische Art und ihr Scharfsinn, gepaart mit großer Geduld und feinem Humor, qualifizierten sie hervorragend für beide Aufgabenbereiche, viel besser als die nervige Cuckoo, die ich gar nicht früh genug loswerden konnte.

Ohne ihre Antwort abzuwarten, wandte ich mich wieder meiner Schreibmaschine zu. Ich steckte mitten im letzten Korrekturgang meines neuesten Buches, das im Mai erscheinen sollte, und ich war restlos zufrieden mit dem Kunstgriff, dessen ich mich für *Alibi* bedient hatte. Die Wette mit Madge, eine Kriminalgeschichte zu schreiben, bei der niemand die Auflösung erriet, hatte ich inzwischen mehrfach gewonnen. Bei diesem Buch strebte ich nach weiterer Perfektion, und der Pfiff lag in einer unvorhersehbaren Wendung: Der Mörder war der bescheidene Arzt, der mir den ganzen Roman hindurch als Erzähler diente. Kaum hatte ich mich für diesen höchst ungewöhnlichen Einsatz eines unzuverlässigen Erzählers entschieden, floss mir die Geschichte nur so aus der Feder, und zwar in einer schlichten Sprache, die es dem Leser erlauben würde, sich ganz und gar auf die durchaus verworrene Handlung zu konzentrieren. Es war das erste Buch, das ich für Collins schrieb, und ich wollte, dass es etwas ganz Besonderes wurde. Als ich es ein letztes Mal durchlas, ging mir durch den Kopf, dass wir doch im Grunde alle unzuverlässige Erzähler unseres eigenen Lebens waren, da wir uns Geschichten über uns selbst zurechtlegten, die unbequeme Wahrheiten ausließen und uns im besten Licht darstellten.

Am Ende der letzten Seite angekommen, ließ ich den Blick durchs Arbeitszimmer schweifen, einen holzvertäfelten Raum, in dem es genauso dunkel war wie im Rest des Hauses, aber immerhin gab es hier mehr als genug Bücherregale. *Was für ein schönes Leben wir doch haben,* dachte ich. Archie war mit seiner durchaus einträglichen Arbeit bei Austral Limited unter einem Vorgesetzten, den er inzwischen zu seinen Freunden zählte, sehr zufrieden, und ich erzielte mit meinem Schreiben so unerwartete Erfolge, dass ich damit nicht nur zur Versorgung der Familie beitrug, sondern auch geistige und kreative Erfüllung fand. Rosalind war ein ausgeglichenes kleines Energiebündel, manchmal jedoch etwas zu ernst und dickköpfig. Unsere Wochenenden standen nun komplett im Zeichen des Golfs: Archie spielte Samstag und Sonntag je zwei Runden à achtzehn Löcher. Allerdings meist zusammen mit ein paar Freunden aus dem Klub, denn ich war nur noch selten dabei, wenn ich beispielsweise meine alte Freundin Nan Watts und ihren Gatten einlud und wir einen Vierer spielten. Aber Archie schien glücklich zu sein, und war das nicht Sinn und Zweck unseres Umzugs nach Sunningdale gewesen? Ja, zwischen uns brannte nicht mehr dasselbe Feuer wie zu unseren Anfangszeiten, aber war das nicht ganz natürlich? Zum ersten Mal in unserer Ehe war ich frei von Sorgen und Zweifeln.

Plötzlich dachte ich wieder an Charlotte und überlegte, wie lange es wohl her war, seit ich sie gerufen hatte. Fünfzehn Minuten? Eine Stunde? Mir kam es sehr lang vor, aber ich verlor beim Schreiben stets jedes Zeitgefühl. Ich sah zur Uhr und schätzte, dass ich vor einer Dreiviertelstunde nach ihr gerufen hatte.

»Charlotte!«, rief ich abermals. Vielleicht war sie ja in Rosalinds Zimmer, wo sie stets aufräumte und sich um die Wäsche meiner Tochter kümmerte, solange sie nichts für mich tun musste. Charlotte wollte Rosalinds feine Sachen nicht unserem Hausmädchen Lilly anvertrauen.

Die Schuhe meiner Sekretärin klackerten laut hallend über die Holzdielen. Offenbar hatte sie mich nun doch endlich gehört. Mit einem Quietschen öffnete sich die Tür, und ich dachte bei mir, ich muss Lilly bitten, sie zu ölen.

»Sie haben gerufen, Mrs Christie?«

Ich hielt das Manuskript in die Höhe wie eine Trophäe und sagte: »Ich bin so weit. Sie können die Endfassung von *Alibi* zur Post bringen.«

Auf Charlottes Gesicht machte sich ein Grinsen breit. Sie wusste, wie intensiv ich an diesem Kriminalroman gearbeitet hatte – nicht nur, weil er eine ganz besondere Herausforderung war, sondern auch, weil ich wollte, dass er ganz besonders perfekt wurde. »Herzlichen Glückwunsch, Madam. Das muss eine große Erleichterung sein, den letzten Punkt gesetzt zu haben.«

»In der Tat, Carlo.« Meine Sekretärin zuckte leicht zusammen, als ich sie mit ihrem Spitznamen ansprach, aber ich konnte einfach nicht anders. Rosalind hatte sie an ihrem allerersten Tag »Carlo« getauft, und irgendwie wurde sie das jetzt nicht wieder los.

»Wollen wir mit einem kleinen Sherry darauf anstoßen?«, fragte ich.

Ich wollte diesen kleinen Sieg feiern, und ich wusste, dass Archie nicht der Richtige dafür war. Abgesehen davon, dass er sich auf Geschäftsreise in Spanien befand. Mein Schreiben war ihm zunehmend lästig, was meiner Meinung nach damit zu tun hatte, dass er bei Austral berufliche Erfolge erzielte und bereits eine Gehaltserhöhung bekommen hatte. Solange wir das Geld gebraucht hatten, konnte er meine Tätigkeit hinnehmen, aber jetzt, da wir wieder ein finanzielles Polster hatten, stellte sie ein Ärgernis für ihn dar. Darum sprach ich so wenig wie möglich darüber.

Charlotte zögerte. »In einer Stunde muss ich Miss Rosalind abholen, Mrs Christie. Ich möchte ihrer Lehrerin gegenüber keinen schlechten Eindruck machen.«

»Ich glaube kaum, dass ein kleiner Sherry zur Folge haben wird, dass Sie einen schlechten Eindruck hinterlassen, Charlotte.« Ich zwang mich, sie mit ihrem richtigen Namen anzusprechen. Es würde sich nicht wie eine Feier anfühlen, wenn ich den Sherry allein trinken müsste.

Sie nickte, und ich füllte zwei kleine Kristallgläser mit Sherry. Wir stießen an und nippten.

»Ach, fast hätte ich es vergessen. Für Sie ist ein Brief gekommen«, sagte Charlotte.

»Von meiner Mutter?« Im Februar hatte ich einen

mit zittriger Hand verfassten, besorgniserregenden Brief von Mummy erhalten, den ich zum Anlass nahm, nach Ashfield zu fahren. Dort lag meine Mutter mit einer viralen Bronchitis im Bett, die ihr ohnehin schon schwaches Herz belastete. Sie bewohnte nur noch zwei der vielen Zimmer der Villa, weil sie kaum noch gehen konnte, und ihre Habseligkeiten stapelten sich im Raum, damit sie leicht an ihre Kleider und Bücher herankam. Von den beiden Marys war ihr nur noch ein in die Jahre gekommenes Hausmädchen geblieben, das ihr zur Hand ging. Zwei Wochen lang fütterte ich meine Mutter mit kräftigenden Suppen und sorgte dafür, dass sie sich schonte, damit sie wieder zu Kräften kam. Ich putzte derweil die leer stehenden Zimmer, schnitt an der frischen Seeluft die Hecken, füllte die Vorratskammer auf und beauftragte einen Gärtner, sich im Frühjahr um die schwereren Arbeiten zu kümmern. Ich war nur deshalb wieder abgereist, weil Mummy darauf bestanden hatte, und im Zug hatte ich bitterlich geweint, weil ich so gerne länger geblieben wäre und mich um meine liebe, dahinschwindende Mutter gekümmert hätte.

Charlottes Blick verdüsterte sich. »Dann hätte ich ihn Ihnen selbstverständlich sofort gebracht, Mrs Christie. Ich hoffe, das wissen Sie?«

»Natürlich, Charlotte. Entschuldigen Sie.« Wie hatte ich nur annehmen können, dass Charlotte mir einen Brief meiner Mutter nicht umgehend überreicht hätte? Sie wusste genau, dass ich mir große Sorgen um sie und ihren Gesundheitszustand machte. Hätte Mummy mich nicht ermahnt, an Archies Seite zurückzukehren, hätte sie mich bei meinem letzten Besuch nicht quasi nach Styles zurückgeschickt, dann wäre ich jetzt immer noch in Ashfield. Stattdessen hatte Madge unsere Mutter zu sich nach Abney Hall geholt, wo sie sich um sie kümmern wollte.

Ich betrachtete den Umschlag. Der Absender war Abney Hall. Ich hätte Charlotte instruieren sollen, Briefe mit diesem Absender mit derselben Dringlichkeit zu behandeln wie die von meiner Mutter, zumal unser Telefon in letzter Zeit nicht zuverlässig funktionierte. Einen Brief von Madge mit Verzögerung zu lesen, konnte katastrophale Folgen haben, aber natürlich verband Charlotte einen Brief von Abney Hall nicht notwendigerweise mit meiner Mutter. Obwohl ihr doch hätte auffallen können, dass dieser Brief mit Sonderboten zugestellt worden war.

Ich schlitzte den Umschlag auf und zog ein Blatt Papier hervor, auf dem in Madges Handschrift nur zwei kurze Sätze standen. *Komm sofort her, Agatha. Mummy liegt im Sterben.*

Kapitel 32
Tag sechs nach dem Verschwinden

Donnerstag, 9. Dezember 1926
Styles, Sunningdale, England

»Was hast du dir nur dabei gedacht?«, fragt seine Mutter, als er nach dem Abendessen ans Telefon geht. Ihre Stimme klingt leise und gepresst, gar nicht laut und herrisch, wie er sie aus seiner Kindheit und Jugend in Erinnerung hat.

Mit dieser Frage hatte er nicht gerechnet. Jedenfalls nicht von ihr. Von der Polizei vielleicht, aber nicht von seiner eigenen Mutter. Darum fällt ihm keine Antwort ein.

»Bist du dran, Archie? Ich habe doch gehört, wie du den Hörer abgenommen hast.«

»Ja, Mutter, ich bin dran.«

»Warum antwortest du dann nicht? Wieso hast du diesem unsäglichen Interview mit der *Daily Mail* zugestimmt?«

Die körperliche Starre, die ihre Frage zunächst in ihm ausgelöst hatte, lässt nach. *Ach, sie meint bloß den Artikel,* denkt er. Sonst nichts. Auf jeden Fall nicht Nancy. Kaum denkt er den Namen seiner Geliebten, überlegt er auch schon, wie es ihr wohl geht. »Ich wollte meine Sicht der Dinge schildern, Mutter. Die Presse hatte mich in einem sehr ungünstigen Licht dargestellt, und ich hatte gehofft, da etwas geraderücken zu können.«

»Ach ja? Das war dein Ziel? Nun, dann hast du die Sache aber höchst eigentümlich angepackt.« Jetzt klingt sie wieder wie die Mutter aus seiner Kindheit.

»Was willst du damit sagen?« Wieso redet seine Mutter um den heißen Brei? Ihm schwirrt ohnehin schon der Kopf von seiner Begegnung mit Rosalind, und viel mehr kann er heute nicht ertragen.

»Dachtest du wirklich, du würdest das Bild einer guten Ehe zeichnen, als du der Zeitung erzähltest, dass ihr die Wochenenden für gewöhnlich getrennt verbringt, Archie?« Sie wartet seine Antwort nicht ab, sondern wettert sofort weiter: »Und dachtest du wirklich, du würdest in der Gunst der Leser steigen, wenn du dich negativ auslässt über die Presse und die vielen – ich zitiere – ›unerbittlichen‹ Anrufe, die du erhältst?«

»Ja?«, entgegnet er verunsichert. Hoffnungsvoll.

»Siehst du denn nicht, wie herzlos und gefühlskalt du dadurch dastehst? Ein Mann, der sich Sorgen um seine verschwundene Frau macht, würde *jeden* Anruf und *jeden* Hinweis dankbarst entgegennehmen. Verstehst du das denn nicht?« Seine Mutter holt sehr tief Luft, wie um aufsteigende Tränen zu unterdrücken. »Und wie konntest du so verflucht dumm sein, dich überhaupt auch nur auf den Klatsch zu beziehen, der in den Zeitungen über angebliche Streitigkeiten zwischen dir und Agatha verbreitet wird? Damit werden die Gerüchte über den Zustand eurer Ehe nur noch befeuert. Wenn dir der Klatsch egal wäre, hättest du ihn gar nicht erwähnt.«

So hat er seine Mutter noch nie reden hören. Er weiß nicht, was er tun soll – sich entschuldigen? Sein Verhalten erklären? Sie anschreien? –, darum sagt er: »Das war nicht meine Absicht.«

Sie, die sonst unablässig meinungsstarke Frau, schweigt. Nach einer langen Pause stellt sie fest: »Sollte irgendjemand sich noch nicht ganz sicher gewesen sein, ob du mit dem Verschwinden deiner Frau etwas zu tun haben könntest, Archie, dann hast du ihn jetzt mithilfe der *Daily Mail* davon überzeugt.«

Diese scharfen Worte sind das Letzte, woran er sich erinnert. Er muss das Gespräch mit seiner Mutter irgendwann beendet haben, denn als Kenward und Goddard plötzlich neben ihm stehen, sitzt er mit dem Hörer in der Hand vor dem Telefon, und die Verbindung ist tot. Ein Blick auf die Uhr verrät ihm, dass eine Stunde vergangen ist, doch er hat keine Ahnung, was er in der Zeit gemacht hat.

»Colonel Christie?«, spricht Goddard ihn leicht besorgt an.

»Ja?«

Kenward übernimmt die Gesprächsführung, er klingt keineswegs besorgt. »Wir hätten da ein paar Fragen an Sie.«

»In meinem Arbeitszimmer«, schlägt Archie vor und erhebt sich. Er ist erschöpft.

»Nein, ich glaube, dieses Gespräch führen wir besser in der Küche«, sagt Kenward.

Warum in der Küche?, fragt Archie sich selbst, aber nicht die anderen. Kenwards Auftreten signalisiert ihm, dass er jetzt besser keine kritischen Fragen stellen sollte.

Auf dem Weg zur Küche kommen sie an der in ein Flüstergespräch mit ihrer Schwester Mary vertieften Charlotte vorbei. Beide Frauen tragen diesen unvorteilhaften Bob, was Charlotte wenigstens mit ihren strahlenden Augen ausgleicht, während Mary stets niedergeschlagen dreinblickt. Kaum bemerken sie Archie, stellen sie ihr Flüstern ein, und Archie schnappt nur noch das Ende eines Satzes auf: »ihnen sagen.« Worüber reden sie bloß?

Sie erreichen die Küche, wo niemand ist – die Polizei muss das Personal gebeten haben, sich zu entfernen. Sie nehmen auf drei bunt zusammengestellten Stühlen rund um den schlichten Holztisch Platz, an dem das Personal sonst seine Mahlzeiten einnimmt, und Kenward sagt: »Ihr Artikel in der *Daily Mail* war eine ganz schöne Überraschung.«

»Das ist mir bereits zu Ohren gekommen, ja«, seufzt Archie.

Goddard zieht eine Augenbraue hoch, doch Kenward prescht weiter voran. »Ihnen ist schon klar, in welchem Licht Sie dieser Beitrag dastehen lässt, ja?« Er kann sich ein gemeines Lächeln nicht verkneifen.

Archie schweigt. Weder möchte er Kenwards Frage in irgendeiner Weise würdigen, noch möchte er weitere Fragen dieser Art provozieren. Er hat von seiner Mutter bereits genug Vorhaltungen zu dem Thema gehört, er hat begriffen, dass er einen sehr großen Fehler begangen hat.

»Mit Ihren Aussagen haben Sie offenbar unsere stillen Gebete erhört, Colonel Christie. Das freut uns natürlich sehr, aber ich glaube kaum, dass das in Ihrer Absicht lag«, sagt Goddard und überrascht Archie damit. Er war davon ausgegangen, dass diese Unterredung Kenwards Idee gewesen war und also von ihm angeführt werden würde. Doch Goddard schien seinem Kollegen in nichts nachzustehen.

»Nein, tat es nicht.«

Goddard zieht einen Schreibblock aus der Tasche und vertieft sich einen Moment in seine Notizen. »Eins der Hausmädchen der James in Hurtmore Cottage hat das Interview mit Ihnen in der *Daily Mail* gelesen und sich bei uns gemeldet. Sie sagt –

und ich zitiere –, dass sie nicht länger umhinkönne, Ihre Lügen endlich aufzudecken.« Er sieht zu Archie, der ein perplexes Gesicht macht. Was hat er gesagt oder getan, als er bei den James war, für das er jetzt zur Rechenschaft gezogen werden sollte? Er wühlt in seinem Gedächtnis auf der Suche nach etwas, was das Personal in Hurtmore Cottage am Wochenende möglicherweise gehört oder gesehen haben könnte. Er konnte sich an kein Hausmädchen erinnern, aber wieso sollte er auch? Dienstpersonal hatte sich schließlich stets unauffällig zu verhalten.

Kenward schaltet sich wieder ein. Er ist ganz aufgeregt. »Wissen Sie, was sie uns erzählt hat?«

Archie schweigt. Er hat Angst, etwas zu sagen.

»Nein? Sie hat uns etwas erzählt, was wir schon lange vermutet haben, wofür wir aber keine Beweise hatten. Bis jetzt. Und sie hat uns einen formidablen Beweis geliefert!« Er und Goddard sehen einander an, für Archie scheinen diese Blicke zu fragen: *Willst du es ihm sagen oder soll ich?*

Letztendlich kann Kenward sich nicht beherrschen, es platzt aus ihm hervor: »Das Dienstmädchen hat uns erzählt, dass Ihr Wochenende in Hurtmore Cottage kein gewöhnliches Golfwochenende war. Der primäre Anlass für die Zusammenkunft sei gewesen, Ihre Verlobung mit Ihrer Geliebten zu feiern, mit Miss Nancy Neele.«

Archie wird schwindelig, ihm ist, als würde er aus

großer Höhe ins Bodenlose fallen, obwohl er doch auf dem Küchenstuhl sitzt. Erinnerungen an den Abend in Hurtmore Cottage schießen ihm durch den Kopf: geflüsterte Gespräche zwischen ihm und Nancy, der Trinkspruch von Sam James, Archies spätabendlicher Besuch in Nancys Zimmer. Ihm ist klar, dass es müßig wäre, die Aussage des Mädchens komplett zu verleugnen. Aber er wird verdammt noch mal auch nicht mehr einräumen als das, was bereits gesagt wurde. Nancy Neele ist die Frau, die er liebt, die er heiraten will, und er wird alles tun, um ihren Ruf zu schützen.

Goddard ergreift das Wort, nachdem er Kenward einen Blick zugeworfen hat, der wirkt, als hätten sie das alles einstudiert. »Es gibt da allerdings etwas, was wir einfach nicht verstehen, Colonel Christie. Wie können Sie mit Miss Neele verlobt sein, solange Sie noch mit Mrs Christie verheiratet sind?«

Und Kenward schiebt hinterher: »Wussten Sie womöglich bereits, dass Mrs Christie tot ist?«

Kapitel 33
Das Manuskript

18. April 1926
Styles, Sunningdale, England

Ich werde mir nie verzeihen, dass ich nicht rechtzeitig da war, um mich von Mummy zu verabschieden. Zwar hatte ich mich sofort nach Erhalt von Madges Brief mit kaum mehr als meiner großen Handtasche in den nächsten Zug gesetzt und Rosalind Charlottes tüchtiger Obhut überlassen, aber ich kam dennoch zu spät. Mummy starb, während ich im Zug nach Manchester saß. Bis ich ihr Totenbett erreichte, war sie schon nicht mehr meine Mummy – sie war nur noch ein blasser, lebloser Schatten ihrer selbst. Sie war weg. An die folgenden Tage kann ich mich kaum erinnern – an die Vorbereitungen für die Beerdigung, an die Fahrt von Abney nach Ashfield, an die anreisende Verwandtschaft, an den Gottesdienst. Vielleicht sind die Lücken in meiner Erinnerung ein Geschenk des Himmels, denn ich bin sicher, ich verwandelte mich in ein wie ein Tier heulendes, schluchzendes Häufchen Elend.

Ich weiß nur noch, dass ich mich nach Archie sehnte. Danach, von ihm in den Arm genommen und auf den Scheitel geküsst zu werden, von ihm zu hören, dass alles gut werden würde. Ich verzehrte mich nach seinem Trost, nach Trost, den ich zwar seit Jahren nicht von ihm erfahren hatte, an den ich aber immer noch glaubte. Doch Archie kam nicht. Da ich vor lauter Tränen kaum sehen konnte, las Madge mir Archies Telegramm vor, in dem er mitteilte, es sei ihm nicht möglich, rechtzeitig zur Beerdigung aus Spanien zurückzukehren. Ich brach zusammen und entsann mich erst da wieder, wie sehr er große Gefühle und Trauer verabscheute. Zum ersten Mal brachte mich seine Abwesenheit ins Grübeln.

Vom Tag der Beerdigung hat sich mir nur ein einziges klares Bild eingebrannt: Rosalind und ich, wie wir am offenen Grab unsere Hände umklammern, während der Pfarrer ein letztes Gebet spricht. Hand in Hand traten meine dunkel gekleidete Tochter und ich auf die frisch ausgehobene Grube zu. Ich sah Rosalind in die traurigen Augen, nickte, und gemeinsam warfen wir einen Strauß aus Glocken- und Schlüsselblumen auf den Sarg. Ich wollte, dass Mummy diese Welt umhüllt vom Duft ihrer Lieblingsblumen verließ.

Wie konnte meine geliebte Mutter auf einmal weg sein? Ich konnte mir mein Leben ohne sie und ihre Ratschläge nicht vorstellen. Ich hatte alle meine Entscheidungen mit ihr besprochen, alle Ereignisse, alle

Ideen – wie konnte ich ohne ihre beständige Unterstützung weitermachen? Mir ging auf, dass der Trost, den ich mir von Archie wünschte, in Wirklichkeit der Beistand war, den nur meine Mutter mir hätte leisten können.

Ich saß im Arbeitszimmer, doch ich hörte seine Schritte, bevor ich den Schlüssel im Schloss hörte. War er wirklich zu Hause? Es war gerade mal zwei Wochen her, seit er sich auf die Geschäftsreise nach Spanien begeben hatte, aber mir kam es vor wie eine Ewigkeit, seit ich zuletzt in seine lebhaften blauen Augen geblickt hatte. In der Zwischenzeit war meine Welt auf den Kopf gestellt worden.

Ich sprang auf, Notizblock und Stift fielen zu Boden. Nachdem ich Rosalind zu Bett gebracht hatte, hatte ich fruchtlose Versuche unternommen, mich abzulenken, indem ich mir Notizen für ein neues Buch für Collins machte, aber das war jetzt unwichtig. Archie war zurück. Ich lief zur Tür und fiel meinem Mann um den Hals, bevor er über die Schwelle getreten war.

Lachend sagte er: »Darf man wohl zumindest eben den Hut absetzen, bevor man von seiner eigenen Frau überfallen wird?«

Ich lachte über seinen seltenen Scherz, doch kaum entwich mir das schrille Gegacker, wusste ich auch schon, dass es ein Fehler war. Es klang ordinär und übertrieben, und Archie würde es nicht mögen. Es roch nach unsortierten Gefühlen.

Ich schluckte das Lachen herunter und sagte schlicht: »Ich bin so froh, dass du zu Hause bist.«

Er befreite sich aus meiner Umarmung, hängte seinen Mantel auf, legte den Hut ab und stellte seinen Koffer neben die Treppe. Dann spazierte er, als sei er von einem ganz normalen langen Tag im Büro nach Hause gekommen, in den Salon, schenkte sich einen Whisky ein und setzte sich auf das grüne Sofa. Ich nahm neben ihm Platz.

»War natürlich eine lange Reise«, sagte er und nippte an seinem Drink. »Aber ganz angenehm.«

»Das freut mich zu hören«, entgegnete ich und dachte, wir würden dieses Vorgeplänkel schnell abhaken, um zu den wichtigen Themen zu kommen.

»Der Zug war durchaus zuverlässiger als das Schiff«, berichtete er weiter von seiner Heimreise.

Ich wusste nicht recht, was ich erwidern sollte, und entschied mich für: »Nicht sonderlich überraschend, würde ich meinen.«

»Nein, da hast du wohl recht.« Er leerte sein Glas. »Aber mit den Geschäften lief es ganz gut. Ich glaube, ich habe den neuen Vertrag für Austral so gut wie in trockenen Tüchern.«

»Das sind wunderbare Nachrichten, Archie.« Ich bemühte mich, angemessen begeistert zu reagieren.

Wie sonderbar, dachte ich. Wollte er sich denn gar nicht nach der Beerdigung erkundigen? Nach Mummy? Nach meiner Trauer? Wir hatten uns seither ein paar kurze Briefe geschrieben, aber mir war nicht nach ausführlichen Erzählungen gewesen. Und ihm auch nicht, wie es mir angesichts der Kürze seiner Nachrichten schien. Wie lange würden wir noch hier sitzen und so tun, als hätte ich keinen schweren Verlust erlitten?

Ich wartete. Im Haus war es unnatürlich still. Rosalind lag im Bett und schlief, und die wenigen Geräusche, die Charlotte für gewöhnlich machte, erklangen nicht, weil die gute Seele noch in Edinburgh war, wo sie sich um ihren kranken Vater kümmerte. Würde Archie die Stille mit einem echten Gespräch füllen? Oder würden wir weiter Nettigkeiten austauschen wie zwei Fremde?

Müde seufzend erhob er sich von der Couch, ging zur Hausbar und schenkte sich einen doppelten Whisky ein, ohne mich auch nur zu fragen, ob ich auch gerne einen hätte. Statt sich wieder neben mich aufs Sofa zu setzen oder wenigstens auf den Lehnstuhl neben dem Sofa, nahm er auf einem Ohrensessel am anderen Ende des Raumes Platz. Mir lag ein kleiner Scherz auf den Lippen – ich sehnte mich so sehr nach einem normalen Umgang mit meinem Mann –, doch ich verkniff ihn mir. Ich wollte wissen, ob er sich irgendwann einmal nach meiner Mutter erkundigen würde.

Dann, endlich, sagte er etwas. »Ist alles in Ordnung?«

Sollte das eine Frage zum Tod meiner Mutter sein? Diese simple Frage, die sich genauso gut aufs Wetter beziehen konnte? Zum ersten Mal machte ich mir keine Gedanken darüber, wie Archie mich wohl wahrnehmen könnte. Zum ersten Mal war ich enttäuscht von Archie. Zutiefst enttäuscht. Und sogar wütend. »Ist *was* alles in Ordnung?« Ich musste es ihn selbst aussprechen hören, ich musste mit der Scharade aufhören.

»Die Beerdigung. Die ganze Sache mit deiner Mutter.«

Tränen stiegen mir in die Augen. Nicht Tränen der Gram und Trauer, wie ich sie seit Mummys Tod reichlich vergossen hatte, sondern Tränen des Zorns, weil er den Tod meiner Mutter wie eine kleine Unpässlichkeit abtat. Ich schluckte die Tränen herunter und sagte so würdevoll wie möglich: »Nein, Archie, das ist nicht alles in Ordnung. Ich bin unendlich traurig und hätte meinen Mann hier gebraucht. Ich brauche ihn jetzt.«

Er erstarrte. Zwar hatte er sich an derartige Gefühlsausbrüche von mir gewöhnt, aber er wusste nach wie vor nicht, wie er damit umgehen sollte, also verhielt er sich wie üblich passiv. Er sagte nichts. Kondolierte nicht. Entschuldigte sich nicht. Erklärte mir nicht seine Liebe. Umarmte mich nicht.

Mehrmals hob er an, etwas zu sagen, mehrmals überlegte er es sich anders. Ich schwieg, bis er endlich sprach. »Die Zeit heilt alle Wunden, Agatha. Wirst schon sehen.«

Die unterdrückten Tränen brachen hervor und liefen mir über die Wangen. »Die Zeit? Du meinst, ich soll einfach nur dasitzen und warten, bis die Zeit meine Wunden heilt? Meine Trauer? Und was ist mit meinem Mann? Kann der mich nicht einmal in den Arm nehmen?«

Unvermittelt stand Archie auf und verschüttete dabei etwas vom Whisky, der auf seiner Hose landete. Das hätte ihn normalerweise aufgebracht und veranlasst, sich sofort umzuziehen. Doch er bemerkte das Missgeschick kaum, so eifrig wollte er mir seinen Vorschlag unterbreiten. »Ich habe eine Idee, Agatha. Ich muss nächste Woche noch einmal nach Spanien, um den Vertrag unter Dach und Fach zu bringen. Wie wäre es, wenn du mitkommst? Das würde dich sicher ein wenig ablenken.«

Er war meiner Frage, ob er mich trösten könnte, ausgewichen. Er war nicht auf mich zugekommen, hatte mich nicht in den Arm genommen, wie ich es mir wünschte. Er hatte mir lediglich eine vorübergehende Ablenkung angeboten, ohne meinen Verlust anzuerkennen. Meiner Enttäuschung zum Trotz, meinem Gefühl zum Trotz, von meinem Mann in Zeiten größter Not im Stich gelassen worden zu sein, beschloss ich, Archie zu akzeptieren, wie er war, mit all seinen Schwächen – seinem Unbehagen mit allem, was Gefühl hieß –, und ihm zu verzeihen. Ich rief mir in Erinnerung, dass eine gute Ehefrau ihren Mann ungeachtet ihrer eigenen Bedürfnisse verwöhnte, und ich wollte unbedingt eine gute Ehefrau sein.

Kapitel 34
Tag sieben nach dem Verschwinden

Freitag, 10. Dezember 1926
Styles, Sunningdale, England

Archie könnte schwören, dass Charlotte seinem Blick ausweicht.

»Ich wünsche dir einen richtig schönen Tag in der Schule, mein Schatz, hörst du?«, ruft er seiner Tochter vom Flur aus zu. Sie und die Gouvernante machen sich bereit für Rosalinds Schultag mit Polizeischutz – nur so kann dem Mädchen die vor dem Anwesen und vor der Schule lungernde Presse einigermaßen vom Hals gehalten werden.

»Ja, Papa«, antwortet Rosalind und lächelt ihn scheu an. Derart scheu und schreckhaft gibt sie sich, seit er gestern Nachmittag so aus der Haut gefahren ist, und er wünschte, er könnte die Szene ungeschehen machen. Als wäre es nicht schon schwer genug für seine Tochter, in einem Polizeiwagen zur Schule gebracht zu werden, damit Reporter und Fotografen ihr nicht zu nah kommen, und in der Schule dann von einem Haufen ungezogener Gören schikaniert zu werden. Was für ein Vater war er denn, dass er seinem so drangsalierten Kind gegenüber derartig aufbrausend reagiert hatte? Er hat ihr bereits genug Schaden zugefügt, und er weiß, dass die Sache damit noch lange nicht erledigt ist.

»Passen Sie unterwegs gut auf sie auf, Charlotte«, sagt er. Eine überflüssige Anweisung, schließlich passt die Gouvernante stets mehr als jeder andere auf ihren Schützling auf. Aber Archie braucht einen Vorwand, um sie anzusprechen und ihre Reaktion darauf einzuschätzen. Weicht sie seinem Blick wirklich aus, oder bildet er sich das nur ein?

»Sehr wohl, Sir«, antwortet sie ungewohnt förmlich und macht einen leichten Knicks. Ohne ihn anzusehen. Warum? Hat es auch sie verschreckt, dass er Rosalind gegenüber gestern so laut wurde? Oder steckt etwas ganz anderes dahinter?

Er blickt seiner armen Tochter nach, wie sie sich einen Weg zwischen den seinen Garten belagernden Reportern hindurchbahnt, und sieht Kenward und Goddard auf das Haus zukommen. Alle möglichen Polizeiangehörigen bevölkern dieser Tage rund um die Uhr sein Haus – Kriminalbeamten in Zivil, uniformierte Polizisten aus zwei unterschiedlichen Bezirken, sogar Auszubildende –, und alle benutzen den Hintereingang. Warum nähern der Constable und der Superintendent sich dem Haus so förmlich, warum steuern sie den Haupteingang an?

Hat keinen Sinn, so zu tun, als würde er sie nicht sehen, denkt Archie. Er öffnet ihnen die Tür. »Morgen, die Herren.«

»Guten Morgen, Colonel Christie«, lautet die höfliche Antwort, natürlich von Goddard.

»Möchten Sie hereinkommen?«

»Nein, Sir«, entgegnet Kenward. »Wir müssen Sie bitten, uns zu begleiten.«

Wo wollen sie mit ihm hin? Was haben sie gefunden? »Tut mir leid, ich verstehe nicht ganz«, flüstert er.

»Zur Wache.«

Es verschlägt Archie die Sprache. Er hat jetzt schon zahllose Gespräche mit der Polizei geführt, und kein einziges davon erforderte, dass er sich ganz offiziell in der Polizeiwache einfand. Was war anders? Warum jetzt? Was haben sie herausgefunden? »Sie begleiten? A-aber warum? Warum können wir uns nicht in meinem Arbeitszimmer unterhalten … o-oder in der Küche? Wie sonst?«, stottert er leicht.

»Wir möchten Sie bitten, eine offizielle Aussage zu machen«, sagt Goddard leise.

»Habe ich das denn nicht die g-ganze letzte Woche gemacht, j-jeden Tag?«

»Nein, Colonel Christie«, sagt Kenward und tritt so nah an Archie heran, dass sie sich direkt gegenüberstehen. »Nein, das haben Sie nicht. Sie wurden bezüglich des Verschwindens Ihrer Frau befragt. Das ist etwas ganz anderes als eine formelle Aussage bei der Polizei. Bitte holen Sie Ihren Mantel und Hut und kommen Sie mit.«

Unter den scharfen Blicken von Kenward und Goddard zieht Archie sich den grauen Wollmantel an, setzt seinen Filzhut auf und tritt zur Haustür hinaus. Er geht dicht hinter den Polizisten, die Hutkrempe tief ins Gesicht gezogen, und doch blenden ihn die Blitzlichter der Fotografen. Die meisten Reporter sehen Archie jetzt zum ersten Mal aus so großer Nähe, sie bombardieren ihn brüllend mit Fragen. Aus Fragen werden Anschuldigungen, beides vermischt sich zu aggressiven Zurufen, als sei er auf dem Weg zum Galgen. Archie vermutet, dass genau das Kenwards und Goddards Absicht ist mit dieser Parade bis zum Polizeiwagen, auf dessen Rückbank er sich setzen muss.

Auf der Fahrt zur Wache in Bagshot herrscht Schweigen. Normalerweise fühlt Archie sich pudelwohl, wenn geschwiegen wird, aber in dieser Situation, in der dem sonst so redseligen Kenward kein Wort über die Lippen kommt, beunruhigt es ihn. Warum sagt niemand etwas zu dieser offiziellen Aussage und erklärt ihm, wieso auf einmal so ein Zirkus nötig ist? Reichen seine bisher abgegebenen Erklärungen nicht aus? Wäre es ratsam, seinen Anwalt anzurufen, oder würde das wirken wie ein

Schuldeingeständnis? Kenwards übliche Sticheleien – die ihm jetzt plötzlich seltsam willkommen wären – bleiben aus, und Archie schwant nichts Gutes.

Die beiden Männer steigen als Erste aus und eskortieren ihn in die Wache. Eine ganze Reihe junger Polizisten hat sich versammelt und sieht dabei zu, wie die Prozession in dem Raum verschwindet, den Kenward als Verhörzimmer bezeichnet. Durch die missbilligenden Blicke der Beamten empfindet Archie diesen Gang als noch viel unangenehmer als den von seiner Haustür zum Polizeiwagen. Die Gedanken in seinem Kopf überschlagen sich. Ist er heute zum letzten Mal auf Styles gewesen? Hätte er sich bewusster von Rosalind verabschieden sollen?

Archie wird weder ein Glas Wasser noch eine Tasse Tee angeboten, als er sich in dem winzigen, fensterlosen Raum den beiden Männern gegenüber an einen Tisch setzt. Keiner sagt etwas. Sie scheinen auf irgendetwas zu warten, aber worauf? Kenward und Goddard sind doch beide da.

Da wird die Tür so heftig aufgerissen, dass selbst Kenward zusammenzuckt. Ein schmächtiger Mann mit beginnender Glatze und in einem sehr akkuraten Anzug kommt herein. Er nimmt auf dem vierten, noch freien Stuhl Platz, legt Papier und Stifte auf den Tisch, nimmt eins der Schreibwerkzeuge zur Hand und setzt die Spitze auf den obersten Bogen. Dann nickt der Stenograf Kenward und Goddard zu.

»Gestern Abend haben wir uns eine ganze Weile mit Mr und Mrs Sam James unterhalten sowie mit Miss Nancy Neele«, verkündet Kenward. »Nicht zum ersten Mal.«

Oh Gott, warum haben Nancy oder Sam ihn denn nicht angerufen? Warum haben sie nicht über die Abmachung, jeden Kontakt zu vermeiden, hinweggesehen? Das wäre immerhin ein Notfall gewesen. Archie wird übel bei der Vorstellung, dass seine Freunde und seine Geliebte Kenwards Possen ausgesetzt wurden – und noch übler, wenn er überlegt, was sie wohl ausgeplaudert haben könnten –, aber er reißt sich zusammen. Er zwingt sich, angesichts von Kenwards Sticheleien keine Miene zu verziehen, und ruft sich die Anweisungen aus dem Brief in Erinnerung, an die er sich unbedingt halten will, ganz gleich, wie sehr er sich um Nancy und die James sorgt.

»Diesmal haben wir endlich die Wahrheit erfahren. Die drei bestätigten uns, dass das vergangene Wochenende kein normales Golfwochenende war, sondern eine Feier Ihrer Verlobung mit Miss Neele. Genau, wie das Dienstmädchen es uns und der Presse gesagt hatte.« Kenward fährt fort: »Offenbar pflegen Sie beide seit geraumer Zeit eine Affäre. Seit einem halben Jahr. Mindestens.«

»Das haben die James Ihnen gesagt? Das hat Miss Neele Ihnen gesagt?« Archie konnte sich nicht vorstellen, dass seine sittsame, ihn stets unterstützende

Geliebte die gemeinsame Verfehlung eingestanden hatte.

»Nein, Miss Neele nicht. Sie verweigert jede Aussage, solange wir keinen Gerichtsbeschluss vorlegen können. Aber die James räumten ein, von Ihrer Beziehung gewusst zu haben.« Kenward lächelte selbstzufrieden. »Und Sam James deutete an, dass ein Zusammenhang bestehen könnte zwischen Ihrer Affäre und dem Verschwinden Ihrer Frau.«

Archie kann nicht ganz glauben, dass Sam ihn derart verraten haben soll, und überlegt, ob Kenward ihn nur ködert, damit er selbst alles zugibt. Aber die bislang verschlossenen Tore sind jetzt geöffnet, und Archie kann nicht anders, als die Wahrheit zu sagen. Vielleicht zum ersten Mal, seit dieser Albtraum seinen Anfang nahm. »Selbst wenn es wahr wäre – dass ich eine Beziehung zu Miss Neele pflege, was ich jedoch nicht bestätige –, dann ist der einzige Zusammenhang zwischen dieser Beziehung und dem Verschwinden meiner Frau wohl, dass Mrs Christie sehr aufgewühlt war, als sie wegfuhr.«

Zum ersten Mal, seit sie den Verhörraum betreten haben, ergreift Goddard das Wort. »Und warum haben Sie dann den Brief verbrannt, den Ihre Frau Ihnen hinterließ?«

Die Frage plättet ihn. Wie haben sie von dem Brief erfahren? Ihm dämmert – leider zu spät –, dass der verdammte Brief der Grund dafür ist, dass sie ihn zur Wache gebracht haben. Dass alles, was er gestern zu seiner Beziehung zu Nancy ausgesagt hatte, ausreichen würde.

»Wie ich sehe, sind Sie überrascht, Colonel Christie. Nur zu verständlich. Schließlich wurde uns die Existenz dieses Briefes bisher verschwiegen, und auch, dass Sie ihn verbrannt haben. Aber wissen Sie noch, was ich Ihnen in Bezug auf das Interview mit der *Daily Mail* sagte? Es hat einigen Menschen die Zunge gelockert«, sagt Goddard.

Archie schweigt. Was soll er auch sagen? Er ist so oder so geliefert. Er weiß genau, wie das Verbrennen von Agathas letzter Nachricht an ihn aufgefasst werden muss. Die Sache lässt nur eine Deutung zu.

»Ich frage Sie noch einmal, Colonel Christie. Warum haben Sie den Brief Ihrer Frau verbrannt?«

Archie klammert sich an den letzten Strohhalm. »Wenn es einen solchen Brief überhaupt gab.«

»Ach so, Sie wollen Spielchen mit uns spielen.« Goddard wirft Kenward einen Blick zu. »Na, da spielen wir doch gerne mit. Der Umschlag, den Ihre Frau vor ihrem Verschwinden auf dem Tisch im Flur für Sie hinterlegte, wurde gesehen. Er lag neben einem weiteren Brief, der für Ihre Gouvernante gedacht war. Darum kann die sich auch so gut an den Brief für Sie erinnern.«

Ach, daher wissen sie es also. Charlotte hat geplappert. Das hätte er sich schon denken können, so nervös, wie sie heute Morgen wirkte. Hat er sie mit seinem *Daily-Mail*-Interview gegen sich aufgebracht? Oder damit, dass er Rosalind gestern so angegangen ist? Oder hat ihre Schwester Mary sie angestachelt?

Leugnen bringt gar nichts, denkt er. »Ich habe von dem Brief nichts gesagt, weil er vollkommen privaten Inhalts war, der nichts mit den weiteren Ereignissen zu tun hatte.«

»Es gab den Brief also?«, hakt Kenward natürlich nach.

»Ja«, antwortet Archie. Das Gegenteil kann er jetzt wohl nicht mehr behaupten.

Goddard übernimmt wieder die Führung. »Sie wollen uns also weismachen, dass Sie den Brief verbrannten, weil er rein privaten Inhalts war, der in keinem Zusammenhang stand zum Verschwinden Ihrer Frau?«

»Richtig.« Er klammert sich an diese Erklärung, obwohl er selbst weiß, dass sie bestenfalls wacklig ist.

»Könnte der private Inhalt sich vielleicht auf Ihre Affäre mit Miss Neele beziehen? Denn Ihnen ist ja sicher bewusst, dass derartiger privater Inhalt sehr großen Einfluss auf die Ermittlungen im Fall Ihrer verschwundenen Frau haben könnte.«

»Mir ist nichts Derartiges bewusst. Und ich habe nicht vor, mehr über den Inhalt des Briefes meiner Frau zu sagen.« Er hat keine Wahl. Wenn er diese Katastrophe unbeschadet überstehen will, muss er den im Brief vorgegebenen Kurs halten. Und sogar im Brief steht, dass er zu dessen Inhalt Stillschweigen bewahren soll.

Kenward steht auf, geht zu Archie und bückt sich, bis sie auf Augenhöhe sind. »Ich muss schon sagen. Einen Mann, der nur wenige Minuten, nachdem die Polizei den verlassenen Wagen seiner Frau gefunden hat, den letzten Brief seiner Frau verbrennt, kann ich nur schwer für unschuldig halten. Ein Mann, der nichts zu verbergen hat, ein Mann, der sich Sorgen macht um seine verschwundene Frau, würde das niemals tun. Hier wurden Beweismittel vernichtet. Von einem Mann, den sie belastet hätten.«

Kapitel 35
Das Manuskript

3.–5. August 1926
Villa Ashfield, Torquay, England

Aus Frühling wurde Sommer, und Archie und ich waren immer noch getrennt. Seine Geschäftsreise nach Spanien dauerte Wochen statt Tage, und ich konnte nicht mit, weil ich stattdessen in Ashfield gebraucht wurde. Mummys Tod bedeutete, dass wir Stellung beziehen mussten zur Zukunft des Hauses unserer Kindheit – wollten wir es verkaufen, vermieten oder behalten, weil wir die Erbschaftssteuer nicht würden aufbringen können? –, und das hieß auch, dass wir den Nachlass sortieren mussten. Madge konnte vor August nicht von Abney Hall weg, und so schuftete ich größtenteils allein vor mich hin, wobei mir Rosalind, unser neuer Hund Peter und hin und wieder ein stundenweise aushelfendes Mädchen aus dem Ort Gesellschaft leisteten. Charlotte befand sich weiterhin in Schottland bei ihrem kranken Vater. Archie kehrte im Juni aus Spanien zurück, und wir arrangierten es so, dass er unter der Woche in seinem

Klub in London wohnen und die Wochenenden mit uns in Ashfield verbringen konnte – allein, ich bekam ihn nicht zu Gesicht. Jedes Mal hatte er eine andere Ausrede, wieso er es doch nicht einrichten konnte.

Ich machte es mir in der alten Villa gemütlich, in der es früher so lebendig zugegangen war und die sich nun in einen Erinnerungsspeicher verwandelt hatte, in ein Museum all jener Leben, die einst hier gelebt worden waren. Alle fünf Schlafzimmer, die Bibliothek, das Arbeitszimmer, das Esszimmer und der Wintergarten standen voller Kisten mit Erinnerungsstücken darin. Einige von ihnen hatten seit Jahren kein Tageslicht mehr gesehen, seit Mummys Radius im Haus immer weiter geschrumpft war. Nur die beiden tristen Räume, in denen sie die letzten Monate verbracht hatte, waren frei von den Überresten vergangener Zeiten. In den Wochen nach ihrem Tod, während wir versuchten, zu einer Entscheidung bezüglich der Zukunft unseres Elternhauses zu gelangen, katalogisierte und verwaltete ich dessen Vergangenheit.

Ich wusste nie, was in der nächsten Kiste auf mich warten würde. Mal waren es Briefe, Liebesbriefe, die meine Eltern sich vor ihrer Heirat geschrieben hatten. Mal mottenzerfressene Abendkleider, die Mummy an lauen Abenden in Torquay getragen hatte. Mal kamen alte Brettspiele zum Vorschein und Notizbücher, in denen viele Jahre des

Zeitvertreibs im Familienkreis dokumentiert waren. Mal entdeckte ich Sachen von Auntie-Grannie, einschließlich unverarbeiteter Meterware aus Seide, die sie sich für einen ganz besonderen Ball aufgehoben hatte. Mit jeder Kiste, die ich öffnete, stürzte mehr Vergangenheit auf mich ein.

Dennoch machte ich weiter, wobei ich meine Tränen stets sorgfältig vor Rosalind verbarg. Ich pflügte mich durch die Stapel, Koffer und Kisten und wurde dabei von niemandem getröstet, nicht einmal von meinem Mann. Ich versuchte, mich selbst zu trösten und meine zunehmende Enttäuschung von Archie aufzufangen, indem ich mich auf die Worte meiner Mutter besann – *Wenn du unwürdige Gedanken über deinen Mann unterlässt und ihn mit deinem liebevollen Blick bedenkst, wirst du seine Liebe gewinnen* –, doch dann wurde mir bewusst, dass dieser weise Rat von meiner geliebten Mummy stammte, und ich brach sofort wieder in Tränen aus. Und doch machte ich weiter.

Im Haus roch es eigentlich ständig nach Schimmel, doch bei schlechtem Wetter verstärkte sich der ungute Geruch noch. Ich versuchte, das zu ignorieren, während ich mich durch die Koffer im Esszimmer und durch das Geschirr in den Anrichten und Schränken arbeitete, aber irgendwann wurde es so schlimm, dass ich um bestimmte Flure und Hinterzimmer einen Bogen machen musste: Der Regen lief dort an den Wänden herunter. Ich flüchtete in die Küche, weil hier der Geruch nach Essen den nach Verfall weitestgehend überlagerte.

Rosalind hockte in der Ecke am Küchentisch und malte. »Wann scheint denn mal wieder die Sonne?«, fragte sie.

Ich setzte mich ihr gegenüber und nahm ihre kleinen Hände. »Bald, mein Schatz«, versicherte ich ihr, ohne mir dessen sicher zu sein. Das Torquay meiner Kindheit war eine einzige Abfolge strahlend schöner Sommertage und glitzernder Wellen gewesen, doch jetzt schien der Regen gar kein Ende nehmen zu wollen. Rosalind war seit Tagen im Haus eingesperrt, und obwohl sie ein ernsthaftes Kind war, das sich gut selbst beschäftigen konnte, wurde auch ihr langsam langweilig. »Ich glaube, morgen kommt die Sonne raus. Und dann gehen wir an den Strand, spielen. Versprochen.«

Sie seufzte und wandte sich wieder Stiften und Papier zu. »Na gut, Mama.«

»Danke, dass du so artig bist, während ich mit anderen Dingen beschäftigt bin, Rosalind.«

»Gern geschehen«, sagte sie, ohne von ihrer Zeichnung aufzusehen. »Ich wünschte bloß, Papa wäre an den Wochenenden hier, um mit mir zu spielen.«

Ich dachte, sie hätte Archies lange Abwesenheit gar nicht bemerkt. *Wie viel dieses Mädchen doch auf-*

schnappt, dachte ich. »Ich auch, aber ich finde es auch sehr schön, den Sommer mit dir zu verbringen, Rosalind«, sagte ich. Zwar hatte die unerwartet gemeinsam mit meiner Tochter verbrachte Zeit uns nicht auf dieselbe Art zusammengeschweißt, wie Mummy und ich zusammengeschweißt gewesen waren, aber dadurch, dass weder Charlotte noch Archie in der Nähe waren, entstanden doch ein tieferes Verständnis füreinander und eine gewisse Kameradschaft.

Sie schenkte mir ein leises Lächeln, und ich triumphierte ein klein wenig. Vielleicht standen diese Monate für mich doch nicht nur im Zeichen von Trauer und düsteren Gedanken. Vielleicht würde daraus eine neue, starke Verbindung entstehen.

Peter unterbrach meine Gedanken mit seinem Gebell, und als es kein Ende nehmen wollte, fragte ich mich, welchen Nager er jetzt wohl wieder jagte. Rosalind und ich hatten ihn im Laufe des Sommers unzählige Male im Nahkampf mit Eichhörnchen und Dachsen beobachtet. Ich erhob mich und sah aus dem Küchenfenster, wobei ich mich sofort fragte, ob ich wohl besser einen Gärtner anheuern sollte, um mir beim Kampf gegen die Schädlinge und den überwucherten Rasen zu helfen.

Doch Peter jagte kein anderes Tier. Er kläffte meine Schwester an, die gerade in ihrem silbernen Rolls-Royce die Einfahrt herunterrollte. Bei aller Eifersucht und Rivalität, mit der wir uns in den vielen Jahren herumgeschlagen hatten – in diesem Moment empfand ich nichts als Liebe und Erleichterung.

Ich lief aus dem Haus. »Madge, da bist du ja!«, rief ich und schloss sie in die Arme, kaum dass sie ausgestiegen war.

»Was für eine Begrüßung, Agatha! Ich muss sagen, damit hatte ich nicht gerechnet, nachdem ich dich den ganzen Sommer damit alleingelassen habe, dieses Chaos hier aufzuräumen.«

Ich schloss die Autotür für sie und hakte mich bei ihr unter. In den freien Händen trugen wir je einen Koffer, und so gingen wir gemeinsam ins Haus. »Jetzt bist du ja hier. Nur das zählt.«

Trotz der langen Fahrt und der Augusthitze war Madge wie üblich tadellos gekleidet. Sie steckte in einem ärmellosen Seidenkleid mit tiefer Taille und hatte sich einen marineblauen Cardigan wie eine Stola über die Schultern gelegt.

»Natürlich bin ich hier. Schließlich habe ich dir versprochen, dass ich mich um Rosalind kümmere, solange du mit Archie in Italien bist. Schon vergessen?« Besorgt sah Madge mich an.

Nachdem Archie wiederholt Ausflüchte gefunden hatte, um nicht nach Ashfield kommen zu müssen – mal war es der Generalstreik, aufgrund dessen er auch am Wochenende arbeiten musste, mal betrachtete er die Fahrtkosten als eine Geldverschwendung, da wir uns ohnehin bald sehen würden –, hatte er mir auf einmal versprochen, eine Reise nach Italien zu organisieren, nur für uns zwei, und Madge und ich hatten verabredet, dass sie einen Tag vor Rosalinds siebtem Geburtstag herkommen sollte. Archie hatte gelobt, den Geburtstag mit uns dreien in Ashfield zu feiern und danach mit mir nach Italien zu fahren, während Madge auf Rosalind aufpasste und mit dem Aufräumen weitermachte.

Wie hatte ich nur vergessen können, dass heute bereits der große Tag war?, staunte ich. Je mehr ich in die Vergangenheit eingetaucht war, desto mehr war mir das Zeitgefühl abhandengekommen, und erst als Madge vor mir stand, begriff ich, dass morgen Rosalinds Geburtstag war. Nicht dass die Zeit so wahnsinnig schnell vergangen wäre. Viele Nachmittage waren mir schier endlos erschienen, und des Nachts lag ich häufig wach und weinte bis in die Morgenstunden. Aber die Zeit fühlte sich nicht mehr geradlinig an, als ich so tief in der Vergangenheit steckte, und ich hatte jedes Kalendergefühl verloren und sogar die Reise völlig vergessen.

Bis in die späte Nacht zeigte ich Madge die vielen Schätze, die ich gehoben hatte, und doch stand ich in aller Frühe wieder auf – ich hatte Schmetterlinge im Bauch vor lauter Vorfreude! Um die Zeit bis zu Archies Ankunft zu überbrücken, bereitete ich das Frühstück vor, putzte die Bereiche im Haus, die ich bereits von Kisten befreit hatte, und machte mich daran, die Geschenke für Rosalind einzupacken, solange sie mit Madge im Garten spielte. Ich hätte den Delage fast nicht über den Kies vor dem Haus rollen gehört, aber ich sprang dann doch noch rechtzeitig auf, um Archie an der Tür in Empfang zu nehmen.

Mir war noch gut in Erinnerung, wie er reagiert hatte, als er nach Mummys Beerdigung aus Spanien nach Styles zurückgekehrt war, und darum begrüßte ich ihn mit einem leichten Kuss auf die Wange, statt ihm um den Hals zu fallen. Doch selbst diese behutsame Begrüßung schien ihn zu überfordern. Er wich zurück.

»Hallo Agatha«, sagte er steif, fast so, als würde er einen neuen Geschäftskollegen begrüßen, und nicht seine Frau, die er seit Monaten nicht gesehen hat. Als wären wir Fremde.

Ich begriff, dass irgendetwas ganz und gar nicht in Ordnung war, doch bevor ich nachfragen konnte, hörte ich Schritte hinter mir im Flur, und Rosalind stürzte auf ihren Vater zu. »Papa, Papa!«, rief sie und stellte damit klar, dass sich an ihrer Loyalität über die letzten Monate nichts geändert hatte.

Archie wirbelte sie herum und war dabei plötzlich sehr herzlich und zugewandt. Diese Veränderung signalisierte mir etwas sehr Wichtiges, aber noch erschloss sich mir nicht, was. Ich nahm Madges Hand, und sie drückte sie, als könne sie meine Bestürzung spüren.

Vorsichtig setzte Archie Rosalind wieder ab und wandte sich an mich. »Können wir bitte unter vier Augen reden, Agatha?«, sagte er.

»Natürlich«, antwortete ich, wobei ich seine Bitte sonderbar und beunruhigend fand. Was wollte er denn besprechen, das Rosalind und Madge nicht hören durften? Und warum musste dieses Gespräch stattfinden, kaum dass er zur Tür hereingekommen war?

Er folgte mir in die Bibliothek, und ich schloss die Tür hinter uns. Ich hatte vergessen, dass es in diesem Zimmer, in dem ich einst viele lange Nachmittage damit verbracht hatte, mir völlig willkürlich Bücher aus den übervollen Regalen zu nehmen, kein Mobiliar mehr gab. Wir mussten im Stehen miteinander reden.

Er sah mich aus seinen strahlend blauen Augen an. »Ich habe keine Reise für uns nach Italien organisiert. Ich habe keine Lust zu verreisen.«

Welche Erleichterung! Vielleicht war das der Grund für sein sonderbares Verhalten: Er machte sich Sorgen, wie ich darauf reagieren würde, dass wir nicht nach Italien fuhren. Ich beeilte mich, ihn zu beruhigen. »Das macht gar nichts, Archie. Wir können genauso gut in England Urlaub machen. Oder sogar hierbleiben, zusammen mit Rosalind. Es ist schon so lange her, seit wir zuletzt als Familie beisammen waren.«

»Ich glaube, du verstehst nicht ganz.« Schweißperlen bildeten sich auf seiner Stirn, und mir schwante, dass sie nichts mit der Hitze zu tun hatten. Ich selbst begann am Rücken zu schwitzen, als meine Nerven in Aktion traten. Irgendetwas stimmte nicht. »Kannst du dich noch an die junge dunkelhaarige Frau erinnern, die Sekretärin der Belchers? Sie war mal mit Belcher bei uns auf Styles, vor einem Jahr etwa, und seither haben wir sie ein-, zweimal in London gesehen.«

Wieso erwähnte er diese belanglose Sekretärin? Eine Person, der wir nur wenige Male begegnet waren? Sie war durchaus ansehnlich – dunkle Haare und Augen, schätzungsweise Mitte zwanzig –, aber insgesamt doch eher farblos. Sie hatte Major Belcher auf der Empire-Tour als Sekretärin gedient, und sie war einmal Teil einer größeren Gruppe gewesen, die wir zu einer Party nach Styles eingeladen hatten. »Ja, ich kann mich erinnern. Allerdings weiß ich nicht mehr, wie sie hieß. Sie war mit einer ganzen Gesellschaft auf Styles.«

»Nancy Neele«, sagte er und errötete heftig. »Sie heißt Nancy Neele.«

»Ja, genau«, sagte ich, durchschaute aber nicht, was diese Frau mit den schlechten Nachrichten zu tun haben könnte, die er mir offenbar überbringen wollte. Ich wollte, dass er jetzt endlich zum Punkt kam – und gleichzeitig fürchtete ich nichts mehr.

»Nun, ich habe im Laufe des Sommers in London

ziemlich viel Zeit mit ihr verbracht.« Seine Stimme war kaum mehr als ein Flüstern, und den Blick richtete er auf den Fußboden aus schwarzen und weißen Marmorfliesen.

»Und das ist auch dein gutes Recht. Gegen ein bisschen Gesellschaft beim Essen hin und wieder ist doch gar nichts einzuwenden, wenn man wochenlang allein ist.« War es dieser Flirt, den er mir beichten wollte? So eine kleine Liebelei war in jedem Fall besser als der Krebs oder die Kündigung, die mir bereits im Kopf herumspukten. Ich war nicht gerade erfreut, dass mein Mann sich zu regelmäßigen Tête-à-Têtes mit einer Fünfundzwanzigjährigen traf, während seine Frau nach zwölf Jahren Ehe mit dem schwersten Verlust ihres Lebens allein zurechtkommen musste. In mir flammte Wut auf, aber ich hütete mich, sie zu zeigen. Er hätte mir weit schlechtere Nachrichten überbringen können.

»Ich glaube, du verstehst nicht ganz, Agatha. Es handelt sich dabei nicht um eine unschuldige Freundschaft. Ich habe mich in Nancy verliebt.« Endlich sah er mich direkt an. Und in seinen lebhaften blauen Augen erkannte ich seine Abscheu mir gegenüber. Seine Enttäuschung darüber, dass ich alterte, dass ich an Leibesfülle zunahm und damit so ganz anders aussah als die jüngere Nancy mit ihrem lieblichen, jugendlichen Gesicht und ihrer kurvenreichen, schlanken Figur. Ich erkannte, wie ihn meine unbändige Trauer um Mummy anwiderte – er zog Nancys Diskretion und ihr ruhiges Wesen vor. Ich sah es förmlich vor mir, wie die beiden sich bei heimlichen Abendessen bei Kerzenlicht in London und auf dem Golfplatz in Sunningdale ineinander verliebten. »Ich habe dir ja mal gesagt, dass ich es verabscheue, wenn die Menschen krank oder unglücklich sind. Das macht einfach alles kaputt. Und es hat uns kaputtgemacht, Agatha.«

War das seine Entschuldigung für diese Affäre?, fragte ich mich entsetzt. Wenn ja, dann war es eine ziemlich schlechte. Doch dann verrieten mir seine Miene und sein Ton, dass es sich nicht um eine Entschuldigung handelte, nicht einmal um eine Erklärung. Es war eine Mitteilung.

»Ich möchte so schnell wie möglich die Scheidung.« Sein Ton duldete keinerlei Verzögerung.

Ich brach auf dem Boden der Bibliothek zusammen, und mit mir meine gesamte Existenz.

Kapitel 36

Tag acht nach dem Verschwinden

Samstag, 11. Dezember 1926
Styles, Sunningdale, England

Archie hört Gelächter aus der Küche. Höchst ungewöhnlich, denn seit die Polizei ausgerechnet die Küche zu ihrer Kommandozentrale erklärt hat – sehr zum Missfallen der Köchin, die ja weiter dort die Mahlzeiten zubereiten muss –, ist dort selten Grund für fröhliche Ausgelassenheit. Worüber die zehn Polizisten sich wohl so köstlich amüsierten? Zumal sie doch gerade erst vom Innenminister Joynson-Hicks einen Rüffel bekommen hatten, weil sie mit den Ermittlungen nicht vorankamen.

Eigentlich ist Archie beschäftigt: Er soll den Inhalt von Agathas letztem Brief möglichst wortgetreu rekonstruieren – was er natürlich nicht tun wird. Aber jetzt nimmt die Neugier überhand. Er tappt vom Arbeitszimmer durch den Flur Richtung Küche. Hinter einer dicken Wand gleich neben der Speisekammer bleibt er stehen und lauscht.

»Nicht Ihr Ernst, Boss«, sagt eine junge Stimme mit starkem Akzent. »Sie wollen uns doch verkohlen!«

Kenward entgegnet laut: »Ich muss doch sehr bitten, Stevens! Nur weil wir nicht im Präsidium sind, heißt das noch lange nicht, dass hier keine Ränge und Benimmregeln gelten. Ganz zu schweigen davon, dass wir uns in einer Privatwohnung befinden, und da sollten Sie ganz besonders rücksichtsvoll sein. Kinder könnten Sie hören.«

»'tschuldigung, Sir. Ist mir so rausgerutscht nach dem, was Sie gesagt haben«, gibt der junge Polizist klein bei.

Kenward knüpft offenbar an das an, was er zuvor sagte: »Das ist mein vollkommener Ernst. Wir haben gestern eine offizielle Rüge vom Innenminister erhalten. Er erzählt überall herum, dass wir die Ermittlungen verzögern, was natürlich, wie wir alle wissen, nicht im Geringsten der Wahrheit entspricht. Sie alle arbeiten rund um die Uhr, manche von Ihnen haben seit Tagen ihre Familien nicht gesehen. Aber Joynson-Hicks hat angekündigt, die blöden Blauen von Scotland Yard hinzuzuziehen, wenn wir nicht bald Ergebnisse liefern. Das heißt, wir müssen jetzt alles daransetzen, diese Frau zu finden. Und wenn Joynson-Hicks meint, auch Conan Doyle hinzuziehen zu müssen, dann steht es uns nicht zu, das zu hinterfragen.«

Kenward kann doch auf gar keinen Fall von Sir

Arthur Conan Doyle sprechen, denkt Archie. Wie um alles in der Welt sollte der Innenminister auf die Idee kommen, dass der Erfinder von Sherlock Holmes dabei helfen könnte, Agatha zu finden? Das ist doch lächerlich! Bestimmt meinte er einen anderen Conan Doyle.

Die Geräuschkulisse in der Küche schwillt an, als die Polizisten untereinander plappern. Manche kichern, einer ruft laut »Sherlock Holmes«, bis Kenward sie zur Ordnung ruft: »Nicht so laut, Männer! Wir haben zu tun, wir stehen unter Druck. Heute planen wir eine Fahndungsaktion, wie England sie noch nie gesehen hat. Und morgen findet dann die Große Sonntagssuche statt, für die wir nicht nur die Polizei aller angrenzenden Grafschaften mobilisieren werden, sondern auch jeden Zivilisten, der sich beteiligen möchte. Zu Tausenden werden wir losziehen.«

Ein Polizist wagt eine Frage, er weiß, dass er riskiert, damit Kenwards Zorn auf sich zu ziehen: »Äh, Sir, bevor wir uns an die Planung dieser Fahndungsaktion machen: Wären Sie so freundlich, uns zu verraten, was Arthur Conan Doyle gesagt hat? Wenn er etwas Wichtiges beizutragen hatte, würden wir das sicher alle gerne wissen.«

Der Deputy Chief Constable stößt einen vernehmlichen Seufzer aus, dann sagt er: »Ich habe gehört, dass der Innenminister über einen gemeinsamen

Bekannten Kontakt zu dem berühmten Schriftsteller aufgenommen hat. Ich vermute, Joynson-Hicks dachte, der Autor würde über dieselben Fähigkeiten verfügen wie sein berühmter Detektiv. Doch als der Innenminister Conan Doyle um Hilfe bat, schlug der Schriftsteller – der offenbar einen Hang zum Okkultismus pflegt – vor, hinsichtlich des Verbleibs von Mrs Christie ein Medium zu konsultieren. Man gab diesem Medium, einem Herrn namens Horace Leaf, einen von Mrs Christies Handschuhen –«

Einer der Männer fällt ihm ins Wort: »Einen von denen, die wir im Morris Cowley gefunden haben?«

»Schon vergessen, was ich gerade über den guten Ton sagte, Sergeant? Wieso unterbrechen Sie mich?« Kenward klingt verärgert.

»'tschuldigung, Sir.«

»Ja, einen von den Handschuhen, die wir in ihrem Automobil fanden«, antwortet Kenward. »Wo war ich stehen geblieben? Ach ja. Ohne zu wissen, wem dieser Handschuh gehört, sagte dieser Mr Leaf, dass seine Eigentümerin nicht tot sei. Aber benommen. Dem Medium zufolge wird sie kommenden Mittwoch wieder auftauchen. Ob das uns jetzt weiterbringt?«

Ironie des Schicksals, denkt Archie, *dass ausgerechnet der hochgeschätzte und von seiner Frau zutiefst verehrte Sir Arthur Conan Doyle bei der Suche nach Agatha um Hilfe gebeten wird.*

Kenward räuspert sich. »So, und jetzt zurück an

die Arbeit. Wir planen die Fahndung. Cooper und Stevens, Sie sorgen für Flugblätter –«

Archie hört Schritte hinter sich und dreht sich um. Rosalind, Charlotte und deren Schwester Mary sind von einem Spaziergang zurückgekehrt. Die Wangen seiner Tochter sind gerötet von der Kälte, das Lächeln auf ihren Lippen erstirbt, als sie ihren Vater sieht. Er will nicht, dass sie durchschauen, dass er gelauscht hat und dass ihn diese ganzen Ermittlungen beunruhigen, darum denkt er sich etwas aus, das ihn angeblich in die Nähe der Küche verschlagen hat. »Haben Sie eine Ahnung, wo die Köchin sein könnte, Charlotte? Mir käme eine weitere Tasse Tee zupass, aber ich kann Lilly nirgendwo finden.«

»Ich glaube, die Köchin ist auf dem Markt, Colonel Christie. Sie hat ihren Tagesablauf geändert und erledigt ihre Besorgungen jetzt, während die Polizei in der Küche ihre morgendlichen Besprechungen abhält. Damit sie nicht gestört wird. Und nichts hört, was sie beunruhigen könnte«, sagt Charlotte und weicht seinem Blick aus.

Archie war noch gar nicht auf den Gedanken gekommen, dass Agathas Verschwinden das Personal beunruhigen könnte, er war viel zu sehr auf seine eigene Rolle inmitten der polizeilichen Untersuchung fixiert gewesen, als dass er über irgendjemand anderen außer Rosalind hätte nachdenken können. Machen sie sich tatsächlich Sorgen um Agatha? Sollte er mal ein paar Worte an das Personal richten? Es gibt diesbezüglich natürlich kein übliches Vorgehen, aber er will sich gerne so verhalten, wie es sich für einen Mann gehört, der sich um seine Frau sorgt. Das muss er.

Charlotte starrt ihn an, wie im Übrigen auch ihre Schwester und Rosalind. Er hat sie vor lauter Gedanken über das restliche Personal ganz vergessen. Sie warten auf eine Antwort, und er muss etwas sagen. »Das tut mir leid zu hören.«

Rosalind zieht an Charlottes Hand, und Charlotte sieht erleichtert zu ihr. Die Gouvernante kann es nicht abwarten, von ihm wegzukommen, das sieht er ihr an, und von der missmutigen Miene ihrer Schwester zu schließen, geht es dieser nicht anders. Er wünschte, er hätte Mary nie nach Styles eingeladen. Aber damit kann er sich jetzt nicht aufhalten, es gibt etwas, das er mit Charlotte besprechen muss.

»Auf ein Wort, Charlotte?«, fragt er.

Sofort legt sich ihre Stirn in Sorgenfalten. »Natürlich, Sir.« Sie weist ihre Schwester an, Rosalind nach oben ins Kinderzimmer zu bringen, und wendet sich ihm dann zu. »Wie kann ich Ihnen helfen?«

»Gehen wir in mein Arbeitszimmer«, sagt er und führt sie durch den Flur.

Sie schweigen, bis sie das Arbeitszimmer erreicht und die Tür hinter sich geschlossen haben. »Wie ich höre, haben Sie der Polizei von dem Brief erzählt, den Mrs Christie für mich hinterlassen hat.«

Charlotte ist aschfahl, und sie, die sonst die Ausgeglichenheit in Person ist, droht in Tränen auszubrechen. »Es tut mir leid, Sir. Ich weiß, dass Sie das nicht wollten, aber sie haben mich ganz konkret dazu befragt. Und die Polizei darf man nicht anlügen, das wäre gegen das Gesetz.«

»Das verstehe ich gut, Charlotte. Ich möchte nicht, dass Sie denken, ich wäre wütend auf Sie. Ich spreche das nur an, weil ich gerne wüsste, was genau die Polizei Sie gefragt hat.«

»Ich habe ihnen nichts erzählt, Sir. Nur, dass Mrs Christie auch für Sie einen Brief hinterlassen hat.«

»Ich weiß, aber was haben Sie sie dazu gefragt?«

Sie holt tief Luft. »Deputy Chief Constable Kenward fragte mich mehrfach, ob ich wüsste, was in dem Brief an Sie gestanden hat. Superintendent Goddard hielt sich eher zurück.«

»Hat Kenward denn irgendwelche Mutmaßungen dazu angestellt, was in dem Brief gestanden haben könnte?«

»Nein, Sir.«

»Hat er *Sie* gebeten, Mutmaßungen dazu anzustellen?«

Sie läuft dunkelrot an, damit ist ihre Antwort bereits klar, bevor sie sie ausspricht. »Ja.«

»Und was haben Sie gesagt?«

»Ich sagte, wenn ich raten müsste – und das täte

ich nur äußerst ungern –, dann würde ich vermuten, dass in Ihrem Brief Ähnliches gestanden hat wie in meinem. In meinem Brief ging es um die Änderung der Pläne für das Wochenende. Mrs Christie bat mich, die Hotelreservierung in Yorkshire zu stornieren, und schrieb, sie würde sich bei mir melden, sobald sie wüsste, wohin sie stattdessen wollte. Ich ging davon aus, dass in Ihrem Brief etwas ganz Ähnliches stand.«

Perfekt, denkt Archie. Das wird ihm bei der Rekonstruktion seines Briefes von Agatha helfen. *Andererseits,* überlegt er weiter, *habe ich der Polizei erzählt, dass der Brief nichts mit Agathas Verschwinden zu tun hätte, und darum ist Charlottes Aussage doch nicht besonders hilfreich.*

»Hat er Sie gefragt, wie es um Mrs Christies und meine Ehe bestellt ist?« Nun, da er wusste, dass Charlotte entgegen seiner Bitte der Polizei von der Existenz des Briefes berichtet hatte, ging er davon aus, dass sie den Schnüfflern noch mehr erzählt hatte. Um das herauszufinden, hatte er sie in sein Arbeitszimmer geführt.

Ihre Wangen röten sich noch stärker als bisher, und er fürchtet, sie könnte aus Angst verstummen. Er muss wissen, was sie Kenward und Goddard erzählt hat, um sich auf die Fragen vorzubereiten, die sie ihm sicher als Nächstes über Nancy stellen werden. Er geht auf sie zu und legt ihr wie zum Trost, hofft er, die Hand auf die Schulter. Sie zuckt zusammen, und sofort ist ihm klar, dass diese Geste den gegenteiligen Effekt hatte.

»Das m-möchte ich lieber nicht sagen, Sir.«

»Bitte. Nehmen Sie keine Rücksicht auf meine Gefühle.«

Sie holt tief und stockend Luft. »Ich habe ihnen gesagt, dass Sie und Mrs Christie sich in letzter Zeit immer mehr voneinander entfernt haben und dass Sie seit dem Herbst nur wenige Nächte auf Styles verbracht haben. Ich habe ihnen auch gesagt, dass Sie beide am Morgen von Mrs Christies Verschwinden den schlimmsten Streit überhaupt hatten. Aber als ich abends von London aus anrief – sie hatte mir freigegeben, damit ich meinen Ausflug nach London machen konnte –, klang sie ganz normal und betonte, ich solle in der Stadt bleiben und meinen freien Abend genießen.«

»Sonst noch was?« Er zwingt seine Stimme, ruhig zu klingen. Er muss wissen, was sie weiß – und was sie weitererzählt hat.

Sie zögert eine Ewigkeit, bevor sie antwortet. »Nur, dass ich vermute, dass irgendetwas – oder irgendjemand – Sie beide entzweit haben muss.«

Kapitel 37
Das Manuskript

5. August 1926
Villa Ashfield, Torquay, England

Die sieben Kerzen brannten hell. Sie erleuchteten das ansonsten dunkle Esszimmer und verwandelten Rosalinds traditionellen weißen Vanillecremekuchen in orangerotes Konfekt. Madge, Archie und ich versammelten uns in einem Halbkreis um das Geburtstagskind und bejubelten es, so gut es ging. Ich betete, meine nassen Wangen und roten Augen mögen Rosalind gar nicht auffallen.

Archie hatte vorgehabt, nach London – zu Nancy – zurückzukehren, sobald er mir die vernichtende Nachricht überbracht hatte. Gezielten Bombenabwurf nannte man derartige Angriffe im Krieg, und ich fand die Bezeichnung auch in diesem Zusammenhang sehr passend. Ich hatte ihn angefleht, wenigstens noch bis zum Abend zu bleiben – immerhin war es der Geburtstag unserer Tochter –, und letztlich hatte er sich breitschlagen lassen. Die Anziehungskraft, die Nancy auf ihn ausübte, war offenbar groß und überstieg sogar die Zuneigung zu seiner Tochter, aber immerhin hatte er noch nicht jeden Sinn für Anstand und sämtliches Pflichtgefühl über Bord geworfen.

Gemeinsam sangen wir Rosalind ein Ständchen. Madge nahm meine Hand und drückte sie, als meine Stimme wackelte und zu brechen drohte. Ich hatte ihr noch nicht erzählt, was Archie mir unter vier Augen in der Bibliothek eröffnet hatte, aber sie spürte, dass irgendetwas entsetzlich schiefgelaufen war.

»Und jetzt die Kerzen auspusten!«, rief Madge ihrer Nichte munter zu. Ich war ihr dankbar für ihre Versuche, die düstere Stimmung zu vertreiben und für etwas Fröhlichkeit zu sorgen.

Ich ertrug es nicht, Archie direkt anzusehen. Wie konnte er nur ernstlich vorhaben, mich zu verlassen? Ja, sicher, unsere Beziehung war seit geraumer Zeit nicht mehr das reine Idyll gewesen, aber wie konnte er es deswegen in Betracht ziehen, unsere Familie und unser Zuhause zu zerstören? Wir hatten uns doch gerade erst so richtig auf Styles eingelebt, hatten in einen Rhythmus gefunden. Seinetwegen waren wir nach Sunningdale gezogen. Damit er glücklich wurde.

Rosalind lächelte ihre Auntie Punkie, wie sie ihre Tante gerne nannte, an und pustete mit aller Kraft. Eine Kerze nach der anderen begann zu flackern und erlosch.

»Was hast du dir gewünscht?«, fragte Madge listig.

»Du weißt genau, dass ich das nicht sagen

darf, Auntie Punkie«, antwortete Rosalind breit grinsend. Sie und Madge gingen häufig so unbeschwert-neckend miteinander um – eine derartige Leichtigkeit würde ich mit meiner sonst so ernsthaften Tochter wohl nie erreichen. Ich musste an unsere Mutter-Tochter-Beziehung denken, die ganz und gar nicht so war, wie ich sie mir gewünscht hätte – und gab Archie die Schuld daran, der von Anfang an darauf bestanden hatte, weiter an erster Stelle zu stehen. Aufgrund dieser Forderung hatte ich mich jahrelang in Bezug auf meine Tochter zurückgehalten. Zu welchem Preis?

»Du kannst uns doch einfach nur grob sagen, worum sich deine Wünsche drehen. Du musst uns keine Einzelheiten verraten.« Madge zwinkerte verschwörerisch.

»Na gut.« Das Lächeln in Rosalinds Gesicht erstarb, als sie fortfuhr. »Alle sieben Wünsche drehen sich um Mama und Papa.«

»Wie lieb von dir, mit deinen Wünschen deine Eltern zu bedenken, Rosalind«, sagte Madge und drückte Rosalinds Hand.

Panik überkam mich. Rosalinds Worte riefen in mir eine ganz andere Reaktion hervor als in Madge. Hatte unsere Tochter womöglich das entsetzliche Gespräch in der Bibliothek mit angehört? Drehten sich darum *alle* ihre Wünsche um Archie und mich statt um beispielsweise ein absolut unerreichbares

Pony? Das fände ich ganz und gar unerträglich. Ein heftiges Schluchzen stieg in mir auf, und ich verließ schnell den Raum Richtung Küche. Kurz bevor das Schluchzen meiner Kehle entwich, rief ich noch über die Schulter: »Ich hol bloß schnell deine Geschenke, mein Schatz.«

Das Klackern von Madges Absätzen hallte hinter mir durch den Flur. Als meine Schwester die Küche erreichte, lehnte ich an der roh verputzten Wand und versuchte, meine Atmung zu beruhigen. »Was ist los, Agatha?«

»Nichts. Mir geht es gut.« Mir war klar, dass ich die Fassade nicht für den Rest der Geburtstagsfeier würde aufrechterhalten können, wenn ich Madge jetzt die Wahrheit sagte. Ganz sicher würde sie mich mitleidig ansehen, und das würde mir den Rest geben.

»Erzähl keinen Unsinn, Agatha. Du bist ganz offensichtlich in Aufruhr über irgendetwas, und auch Archie verhält sich mehr als eigenartig, als wäre er krank oder so. Irgendetwas hat sich doch vorhin in der Bibliothek zugetragen.«

Ich konnte es nicht aussprechen. Wenn ich wiederholte, was Archie vorhin gesagt hatte, würde ich seine Worte abermals in die Welt schicken und Wirklichkeit werden lassen. Wenn ich sie für mich behalten und geheim halten konnte, würden sie vielleicht einfach wieder verschwinden.

»Agatha.« Madge nahm mich bei den Schultern

und sah mir direkt in die Augen. »Hörst du mich? Was um alles in der Welt ist hier los?«

»Du musst nicht hierbleiben und auf Rosalind aufpassen«, sagte ich. Mehr brachte ich nicht hervor, näher wagte ich mich nicht an die Wahrheit heran.

»Wovon redest du? Wieso machst du so ein Geheimnis daraus?« Meine sonst stets sehr beherrschte Schwester wurde ungeduldig. »Was zum Teufel ist in der Bibliothek passiert? Wenn du es mir nicht sagst, frage ich Archie!«

Nein, bitte nicht, dachte ich. Madge durfte nicht von ihm selbst von meiner Zurückweisung erfahren, zumal ja vielleicht doch noch eine Chance bestand, dass er es sich anders überlegen würde. Je häufiger er dagegen die vernichtenden Worte aussprach, die er mir gegenüber in der Bibliothek geäußert hatte, desto mehr würde er sich an sie gewöhnen.

Mir blieb nichts anderes übrig, und so sprach ich das Undenkbare aus: »Archie will mich verlassen.«

Kapitel 38
Tag acht nach dem Verschwinden

Samstag, 11. Dezember 1926
Styles, Sunningdale, England

Archie durchwühlt die Kommode und den Kleiderschrank im Schlafzimmer. Socken purzeln aus den offenen Schubladen, Schachteln liegen umgekippt auf dem Boden. Er hat das gesamte Obergeschoss auf den Kopf gestellt und wird wohl erst einmal alles aufräumen müssen, bevor er sich wieder dem Erdgeschoss widmet, das er bereits durchsucht hat. Niemand darf mitbekommen, was er da tut.

Wo sind sie? Er dachte, er hätte jeden Brief und jede Notiz von Nancy vernichtet. Weil er stets darauf geachtet hatte, alles sofort nach dem Lesen verschwinden zu lassen. Aber jetzt ist er sich plötzlich nicht mehr sicher, ob er das wirklich immer getan hat. Es dürfen auf gar keinen Fall Beweise für seine Affäre gefunden werden. In jeder einzelnen Nachricht von Nancy steckt so viel Zuneigung und Zukunftsmusik, dass sie Kenward genau das Motiv liefern würde, nach dem er sucht.

Archie packt die Unterwäsche zurück in die Kommode, die Oberbekleidung in den Schrank und die Schuhschachteln zurück auf die Stapel. Kaum ist er damit fertig, hört er Charlotte nach ihm rufen. Was kann sie bloß wollen?

Er macht sich nicht die Mühe, ein Lächeln aufzusetzen, als er vom oberen Treppenabsatz zu ihr hinuntersieht. Ihr Gesicht ist panisch.

»Ja, Charlotte?«

»Entschuldigen Sie, Sir. Ich wusste nicht, dass Sie oben sind, sonst wäre ich natürlich hochgegangen und hätte Sie geholt, statt durchs ganze Haus zu brüllen.«

»Machen Sie sich keine Gedanken. Was gibt es denn?«

»Ein Anruf für Sie, Sir.«

»Ah. Danke«, sagt er, geht die Treppe hinunter und marschiert auf den kleinen Tisch zu, auf dem das Telefon steht. Vielleicht ist es seine Sekretärin bei Austral oder sogar sein Boss, Clive, denkt er und freut sich bereits über die Abwechslung. Doch dann fällt ihm ein, dass Samstag ist, und sofort graut es ihm. Wer um alles in der Welt ruft ihn an? Direkt nach Agathas Verschwinden ist eine wahre Flut von Anrufen bei ihm eingegangen, doch nach ein paar Tagen und nachdem er sein Bedürfnis nach Ruhe mehrfach unterstrichen hatte, ist das Telefon fast ganz verstummt. Nur seine Mutter meldet sich natürlich noch und Agathas Verwandtschaft.

»Hallo?«

»Archie? Hier ist Madge«, ertönt die autoritäre Stimme seiner Schwägerin aus dem Hörer, und Archie zuckt zusammen. Er hat die selbstsichere, wohlhabende Frau stets gescheut, hat ihren Blick auf sich stets als prüfend bis abschätzig empfunden. *Nicht genug Erfolg, nicht genug Vermögen, nicht genug gesellschaftliches Ansehen* – er konnte Madges Gedanken förmlich hören, wenn sie sich begegneten. Agatha hatte immer behauptet, er würde sich diese Negativeinschätzungen nur einbilden, aber Archie wusste es besser. Er kennt Frauen wie Madge.

»Hallo Madge«, sagt er zurückhaltend.

»Ich rufe an, um zu hören, ob es etwas Neues gibt. Wir hatten besprochen, dass du mich jeden Tag zweimal anrufen würdest, um zu berichten, aber seit gestern Morgen habe ich nichts mehr von dir gehört«, blafft sie ihn an.

»Ich habe nicht angerufen, weil es nichts zu berichten gab.«

»Wir hatten uns auf zwei Anrufe pro Tag verständigt, so oder so.«

Die Wut droht ihn zu übermannen. Wie kommt sie darauf, dass er ihr gegenüber Rechenschaft ablegen müsse? Aber er weiß, dass Wut ihm nicht weiterhelfen wird, darum entschuldigt er sich einfach.

Madge kommt zum eigentlichen Grund ihres Anrufs. »Ich überlege, heute nach Surrey zu fahren, um morgen die Suchaktion zu unterstützen. Nach allem, was ich höre, wird das eine große Sache, und ich würde gerne Agathas Familie repräsentieren.«

»Das halte ich für keine besonders gute Idee, Madge. Sobald die Presse herausgefunden hat, wer du bist – und das werden ihnen die Einheimischen sicher ganz schnell verraten –, wird sie dich belagern. Insbesondere, weil die Sache als die Große Sonntagssuche aufgebauscht wird und Tausende von Helfern erwartet werden.«

»Tausende, das klingt gut. Unter Tausenden kann ich mich wunderbar verstecken«, sagt sie, klingt dabei aber nicht ganz so überzeugt.

»Die Einheimischen werden dich erkennen, und dann wird sich die Presse auf dich stürzen. Ich glaube nicht, dass du gerne im Zentrum eines Artikels der *Daily Mail* stehen würdest«, sagt er. Mit dieser Annahme hat er recht, aber sie ist nicht der wahre Grund für Archies Zurückhaltung. Er hat einfach keine Lust, die herrische Madge auf Styles zu Gast zu haben, und würde alles tun, um sie davon abzubringen.

Es wird still in der Leitung, sie denkt über seine warnenden Worte nach. »Dann lass mich wenigstens Rosalind für eine Weile zu mir holen. Sie muss ja völlig außer sich sein vor Angst, und sie sollte diesem Zirkus nicht mehr als nötig ausgesetzt werden. Ich könnte kommen und sie mit zu uns nehmen. Dann kann sie auf Abney Hall bleiben, bis Agatha gefunden wird.«

Archie weiß, dass zwischen seiner Tochter und Madge eine starke Verbindung besteht, und in seinen Augen ist genau das der einzige Punkt, der für seine Schwägerin spricht. Aber er glaubt nicht, dass er Madge auch nur eine Stunde unter seinem Dach aushalten könnte, selbst wenn es stimmt, was Agatha ihm gesagt hat – dass sie ihrer Schwester nichts von ihren Eheproblemen erzählt hat. Aber was sollte er, wenn Rosalind weg war, mit Charlotte und ihrer Schwester Mary anstellen? Wenn seine Tochter nicht mehr da wäre, würden die Fisher-Schwestern den ganzen Tag untätig auf Styles herumlungern und ihm mit ihrer schieren Anwesenheit und ihrem Getue auf die Nerven gehen. Nein, Rosalind würde zu Hause bleiben.

»Ich glaube nicht, dass das gut wäre für Rosalind, Madge. Sie versteht überhaupt nicht, was los ist. Sie glaubt, dass Agatha sich zum Schreiben zurückgezogen hat und dass die Polizei überreagiert damit, sie so intensiv zu suchen«, sagt er.

Madge ist ungewöhnlich still, er kann hören, wie sie an einer ihren ewigen Zigaretten zieht. »Lass mich mal mit ihr reden. Dann werde ich ja sehen.«

»Das ist nicht nötig, Madge. Sie ist meine Tochter, und ich weiß, was das Beste für sie ist.«

»Ach ja?« Sie lacht. Ein ätzendes, schreckliches Glucksen, das ihn erschaudern lässt. »So, wie du auch wusstest, was das Beste war für meine Schwester? Dachtest du wirklich, es sei das Beste für Agatha, wenn du dich auf eine Affäre einlässt und ihr damit das Herz brichst?«

Kapitel 39
Das Manuskript

7. August 1926 und 14. Oktober 1926
Surrey, England, und Guéthary, Frankreich

Eine sonderbare Ruhe ergriff Besitz von mir, als Rosalind und ich nach Styles zurückkehrten. Solange wir noch auf Ashfield waren, und nachdem Archie nach London zurückgekehrt war, hatte ich mich ganz und gar meiner Verzweiflung ergeben. Immer, wenn sie sich nicht gerade um Rosalind kümmerte, saß Madge neben mir am Bett meiner Kindheit und Jugend, hielt meine Hand und ließ mich weinen. Während ich dalag und einen viel größeren Verlust empfand, als ich es je für möglich gehalten hätte, dachte ich zurück an die wenigen Male, die ich Nancy und Archie in den letzten zwei Jahren seit unserem Umzug nach Sunningdale zusammen gesehen hatte. Ich suchte nach Anzeichen für ihr Anbandeln und suhlte mich in der Schmach, von meinem Ehemann betrogen worden zu sein. Doch kaum hatte ich beschlossen, Ashfield zu verlassen und den Zug zurück nach Styles zu nehmen – an einen Ort, der für mich kein Zuhause mehr war, sondern lediglich eine Zwischenstation –, straffte ich die Schultern und war entschlossen, alles zu tun, um meine Familie zu retten.

Der Zug tuckerte durch die idyllische sonnenbeschienene Landschaft, und während ich mich von deren intensivem, hoffnungsvollem Grün fast ein wenig verspottet fühlte, ging mir auf, dass Archie schlicht nicht der Mann war, für den ich ihn gehalten hatte. Ich hatte mir ein Bild von ihm gemacht. Ich hatte ihn mir ausgemalt. Ausgedacht. Irgendwo hatte ich immer gewusst, dass er nicht genauso war wie seine Fiktionalisierung in *Der Mann im braunen Anzug,* Harry Rayburn, aber war er tatsächlich vollkommen anders als der mutige, moralisch aufrechte Mann, den ich auf Papier gebannt hatte? *Einerlei,* ermahnte ich mich. *Archie ist mein Ehemann, und ich werde ihn so akzeptieren, wie er ist, selbst wenn das nicht meinen Vorstellungen und Hoffnungen entspricht.* Außerdem lag es höchstwahrscheinlich in meiner Verantwortung, dass er begonnen hatte, sich für Nancy zu interessieren. Hatte Mummy mich nicht stets gewarnt, meinen Mann nicht zu lange allein zu lassen? Und hatte ich ihn aufgrund meiner Trauer in diesem Sommer nicht sowohl emotional als auch de facto allein gelassen? Zwar war er in Spanien gewesen, aber er wusste ja, dass ich mit dem Herzen nicht bei ihm war, sondern bei meiner Mutter.

In diesem Gemütszustand befand ich mich, als

ich Rosalind, kaum dass Charlotte von ihrem wieder genesenen Vater zurückgekehrt war, der Obhut des Kindermädchens überließ und in meinen Morris Cowley sprang. Ich wollte Archie zu Feierabend am Ausgang von Austral Limited abfangen. Ich wollte ihn zu einem luxuriösen Abendessen ausführen und ihn bitten, zu seiner Familie zurückzukehren.

Und Archie gab meinem Flehen tatsächlich nach. Allerdings nur sehr zögerlich und unter einer ganzen Reihe von Bedingungen. In einem eher abgelegenen Londoner Pub – Archie wollte nicht, dass irgendjemand aus dem Büro Zeuge unseres emotionalen Gesprächs würde – stimmte Archie nach unzähligen Tränen meinerseits sowie diversen gemeinsamen Drinks einer dreimonatigen Probezeit inklusive einer Urlaubsreise zu zweit zu, die uns dabei helfen könnte, wieder zueinanderzufinden. Ich dachte, die Pyrenäen wären eine perfekte Kulisse für unseren Neuanfang.

Die schneebedeckten Gipfel rund um das Dorf Guéthary sahen bei Mondlicht noch viel atemberaubender aus als am Tag. Ich hatte erst überlegt, eine Reise nach Cauterets zu planen, einem anderen Dorf am Fuße der Pyrenäen, in dem ich als Kind einmal mit meinen Eltern gewesen war. Meine Erinnerungen an jene Reise waren im Laufe der Jahre kaum verblasst: Wie wir durch Kiefernwälder wanderten, vorbei an wunderbaren Wildblumen, und wie das Lachen meiner Hand in Hand gehenden Eltern widerhallte. Allerdings dachte ich dann, dass meine Reise mit Archie – ganz gleich, wie schön sie werden würde – niemals an jenen perfekten Sommer würde heranreichen können. Und so, wie Archie sich jetzt aufführte, war ich nur froh, dass ich mir mein Kindheits-Cauterets nicht verdorben und mich stattdessen für Guéthary entschieden hatte.

Ich stellte mich neben unserem Hotelbett, in dem wir zwar geschlafen, uns aber nicht geliebt hatten, auf die Zehenspitzen, um einen besseren Blick aus dem Fenster auf das kleine Bergdorf zu haben, das für seine Bäder bekannt war und jetzt von Hunderten von Kerzen erleuchtet wurde. Ich holte Luft, wollte Archie zurufen, diesen spektakulären Anblick dürfe er sich nicht entgehen lassen, doch dann überlegte ich es mir anders. Er war im Laufe des Abendessens in der Lodge immer stiller geworden, und selbst eine zweite Flasche Cabernet und die wohlige Wärme des Feuers hatten nicht vermocht, seine Zunge zu lösen.

Was hatte ich jetzt wieder falsch gemacht?

Anfangs hatte ich Archies Bereitschaft, mit mir in die Pyrenäen zu fahren, als ein Zeichen dafür gewertet, dass er ernsthaft gewillt war, seine Schnapsidee, uns für Nancy zu verlassen, aufzugeben. Doch seit wir das malerische Gebirge auf der iberischen Halbinsel zwischen Biarritz und der Grenze zu Spanien erreicht hatten, war er Tag für Tag ungenießbarer geworden.

Erst hatte er noch nachmittäglichen Wanderungen zugestimmt und sich beim Essen mit mir unterhalten, wenn auch höchst unkonzentriert. Am fünften Tag hatte er angeblich keine Stimme mehr, sodass er abgesehen von ein paar Jas und Neins nichts mehr zu unseren Gesprächen beitrug, und abgesehen von den gemeinsamen Mahlzeiten unternahmen wir auch nichts mehr miteinander.

Ich sah mich in der Hotelsuite um. Wo war Archie? Im Laufe der Tage hatte er immer häufiger stillschweigend unsere Suite verlassen und sich mit einem Buch in einen der öffentlichen Bereiche des Hotels gesetzt. Alleine zu lesen war seine Zuflucht, sein Akt der Rebellion.

Ich öffnete die Tür und warf einen Blick hinaus und in Richtung Lobby, doch Archie war nicht da. Ich sah mich abermals in den beiden Räumen unserer Suite um und fragte mich, wohin er sich so kurz nach dem Abendessen zurückgezogen haben könnte. War ich so abstoßend, dass er das Hotel verlassen hatte und zu einer Gastwirtschaft im Ort geflüchtet war? Dann fiel mir auf, dass ich noch nicht auf dem Balkon nachgesehen hatte – in erster Linie, weil ich mir nicht vorstellen konnte, so unerträgliche Gesellschaft zu sein, dass Archie sich der kalten Nachtluft aussetzen würde, um sie zu meiden.

Ich öffnete die schwere Eichentür mit Glaseinsätzen und trat hinaus. Archie stand mit dem Rücken zu mir, und ich sagte in wie ich meinte munterem Ton: »Archie?«

Mein gut aussehender Mann, der sich zum Schutz vor der Kälte einen Hut tief in die Stirn gezogen sowie einen karierten Schal um Hals und Kinn gewickelt hatte, drehte sich um. Er ließ die Pfeife, die er gerade rauchte, sinken und herrschte mich an: »Kann man nicht mal fünf Minuten alleine sein? Ich möchte einfach nur eine kleine Pause von deinem endlosen Geschwätz. Ein kleines bisschen Ruhe.« Sein Gesicht verzerrte sich und wurde hässlich.

Seine Worte waren wie ein Schlag ins Gesicht. Ich trat seitwärts weg von ihm, bis ich das Holzgeländer des Balkons erreichte. »Es – es tut mir leid.«

Archie näherte sich mir mit schnellem Schritt und baute sich drohend vor mir auf. »Glaubst du, es macht mir Spaß, mit dir hier zu sein? Dir ständig dabei zuzuhören, wie du über Kultur salbaderst, über Musik, alberne Buchideen, deine Mutter und deine … deine Verzweiflung.«

War das wirklich Archie, der da so grausam mit mir redete? Ich hatte mich an seine Kälte gewöhnt, aber normalerweise verletzte er mich durch eisiges Schweigen, nicht mit Worten. Er bediente sich einer neuen Waffe, und sie war absolut tödlich.

Wieder veränderte sich seine Miene, dieses Mal in ein krankes, selbstgefälliges Lächeln. »Da bist du endlich mal sprachlos, was? Aber macht nichts, ich werde dir die Frage beantworten. Ich will nicht mit dir hier sein. Ich will nirgendwo mit dir sein.« Er stand so dicht vor mir, dass ich spürte, wie sein Speichel kühl auf meinen Wangen landete. Er hob die Hand, und ganz kurz glaubte ich, er würde mich schlagen oder schubsen. Doch dann ließ er den Arm ganz plötzlich wieder sinken.

Mir kam ein schrecklicher Gedanke, und plötzlich bekam ich große Angst. Was, wenn er der dreimonatigen Probezeit zugestimmt hatte, ohne unsere Versöhnung als mögliches Ergebnis auch nur in Betracht zu ziehen? Vor unserer Abreise hatte er sich nur selten auf Styles blicken lassen, nur hin und wieder mal zu einem Abendessen mit der Familie oder ein paar Veranstaltungen im Golfklub. Was, wenn er der möglichen Versöhnung nur zugestimmt hatte, um sich meiner in diesem isolierten Bergdorf ein für alle Mal zu entledigen und Nancy Neele heiraten zu können? Ich sah über die Brüstung. Mit einem einzigen Schubs könnte Archie mich vom Balkon stoßen, und ich würde gut zehn Meter in die Tiefe stürzen und auf vereistem Felsgrund landen.

Schließlich passierte so etwas nicht nur in meinen Büchern. Es konnte durchaus auch im echten Leben passieren.

Kapitel 40

Tag acht und neun nach dem Verschwinden

Samstag, 11. Dezember, bis Sonntag,
12. Dezember 1926
Styles, Sunningdale, England

Die Presse will mich allein aufgrund von Annahmen und Indizien lynchen. Ein verbrannter Brief, ein Wochenende ohne die Ehefrau, Klatsch eines Hausmädchens über eine Affäre. Die Reporter und Leser der Schmierblätter wie der Qualitätszeitungen stürzen sich auf derlei unbestätigte Fakten und basteln daraus das Bild von einem untreuen Ehemann und Mörder.

Aber es gibt keine Leiche, noch nicht jedenfalls, und sie haben keine Beweise für meine Untreue, sagt er sich. Wie ein aufgebrachter Mob fordern sie das Ende der Suchaktion, sie fordern die Gerechtigkeit, die dadurch ihrer Meinung nach herbeigeführt werden wird. Lautstark kritisieren sie die Polizei in Berkshire und Surrey und rufen nach einem Eingreifen durch Scotland Yard. *Rätsel um verschwundene Schriftstelle-*

rin weiter ungelöst – Ortspolizei braucht Unterstützung aus London, erklären die Schlagzeilen.

Als Scotland Yard sich aus denselben Gründen wie vor fast einer Woche Archie gegenüber weigert, in die Ermittlungen einzugreifen, treten die Zeitungen selbst in Aktion. Sie ziehen pensionierte Polizisten, Richter und Autoren zurate und lassen sie mit ihrer Einschätzung des Falls zu Wort kommen. Die *Daily Mail* übertrumpft dabei alle anderen Blätter, indem sie die von Agatha Christie bewunderte Krimiautorin Dorothy Sayers hinzuzieht. Sayers betont, es sei ein Ding der Unmöglichkeit, einzig anhand von Zeitungsberichten das Verschwinden ihrer Kollegin aufzuklären – ganz gleich, ob sie sich nun freiwillig zurückgezogen, Selbstmord begangen, einen Gedächtnisverlust erlitten oder auf üble Machenschaften reagiert habe. Jedoch formuliert sie ein paar Fragen, deren Antworten Hinweise darauf liefern könnten, wo Mrs Christie sich aufhält. Völlig hingerissen von der Vorstellung, dass die angesehene Autorin den Fall womöglich lösen könnte, wird sie ebenfalls zur Großen Sonntagssuche eingeladen.

Übelkeit überkommt Archie, als er all diese Spekulationen und Anschuldigungen liest, aber auch Angst vor weiteren Konsequenzen. Er wirft die Zeitungen auf den Boden, zündet sich eine Zigarette an, erhebt sich und geht in dem kleinen Zimmer auf und ab. Wie sehr er sich wünschte, frei sprechen zu können, aber der überaus clevere Brief und seine Autorin haben ihm Fesseln angelegt. Ihm bleibt nichts anderes übrig, als zu warten. Aber nicht auf die Große Sonntagssuche.

*

»Du hast da was übersehen, Papa.« Vergnügt rubbelt Rosalind mit dem feuchten Lappen einen winzigen Schmutzfleck weg. Archie steht enorm unter Strom und will sich dringend etwas ablenken, darum hat er seine Tochter gefragt, ob sie ihm dabei helfen wollte, den Delage zu waschen. Das ist sein sonntägliches Ritual, und am liebsten widmet er sich ihm allein, aber er muss den zwischen ihnen entstandenen Graben überwinden. Außerdem sind Charlotte und ihre Schwester in der Kirche, das heißt, er muss sich um Rosalind kümmern.

Auch Rosalind liebt Routinen und feste Strukturen, und obwohl diese Aktivität eine Abweichung von ihrem sonst ruhigen Sonntag darstellt, ist sie doch Teil *seiner* Routine, und darum gefällt sie ihr. Genau wie er hat auch Rosalind ein ausgeprägtes Bedürfnis nach Ordnung. Etwas, das Agatha nie verstanden, geschweige denn übernommen hat, nicht einmal für ihn.

Er lächelt das kleine Kind an, dankbar für diesen friedlichen Moment. Es war die richtige Entscheidung, Madge nicht zu gestatten, Rosalind nach

Abney Hall zu holen. Schon bald werden sich die Ereignisse überschlagen. So viel ist sicher. Der Zeithorizont war die ganze Zeit klar umrissen, seitdem er mit seinem silbernen Brieföffner den Umschlag aufgeschlitzt hat.

Über den knirschenden Kies nähern sich Schritte von hinter dem Haus, und Archie wirft einen Blick um die Ecke, um zu sehen, wer da kommt. Die Polizei bewacht die Zufahrt, darum erwartet er mit Sicherheit keinen Eindringling oder Reporter, aber er erwartet auch sonst niemanden, denn Charlotte und Mary werden erst in einer Stunde zurück sein.

Als er einen jungen rothaarigen Mann um die zwanzig auf sie zukommen sieht, atmet Archie erleichtert auf. Der Sohn des Gärtners. Er fasst manchmal mit an, um alles in Schuss zu halten. Archie winkt ihm kurz und wendet sich dann wieder Rosalind und der Autowäsche zu.

Robert nähert sich der Garage, in der auch die Gartengeräte untergebracht sind, und grüßt beide. »Colonel Christie, Miss Rosalind. Es überrascht mich, Sie hier zu sehen. Mein Vater und ich waren sicher, Sie würden sich an der Großen Sonntagssuche beteiligen, darum wollten wir die Zeit nutzen, letzte Hand an ein paar Vorbereitungsarbeiten für den Winter zu legen.«

Archie weiß nicht, was er denken soll. Weiß Robert womöglich nicht, unter welchem Verdacht Archie steht? Denn warum sonst sollte er annehmen, dass

Archie bei der Großen Sonntagssuche, wie sie das offenbar alle nannten, willkommen wäre? Der Junge wirkt viel zu ernst, als dass er Archie zu irgendeiner unbedachten Aussage verführen wollte.

Robert fasst Archies Zögern als eine Ablehnung seiner Dienste auf und tritt einen Schritt zurück. »Ich kann aber gerne ein andermal wiederkommen, Sir, wenn es Ihnen jetzt ungelegen ist.«

»Nein, nein, seien Sie doch nicht albern, Robert. Rosalind und ich sind so gut wie fertig mit dem Delage, stimmt's, mein Schatz?« Er lächelt seine Tochter an, die sich gerade auf eine kleine Delle auf der Fahrerseite des Wagens konzentriert. Sie rubbelt darüber, als könne sie die Tür so in ihren ursprünglichen, makellosen Zustand zurückversetzen.

»Gut, wenn Sie ganz sicher sind, Sir?«

Archie nickt, zückt erneut den Lappen, um dem Delage einen wunderbaren Glanz zu verpassen. *Wenn ich diesen Moment doch nur festhalten könnte,* denkt er. Doch dann unterbricht ihn das Scheppern von Metall in seinen sehnsuchtsvollen Gedanken. Robert packt die Gartengeräte in den Schubkarren.

Der Karren quietscht, als Robert damit auf sie zukommt. *Warum geht er nicht wieder nach hinten?*, denkt Archie. *Warum lässt er sie nicht in Ruhe, nur diesen einen, kostbaren Moment?* Schon bald, viel zu bald, wird all das verloren sein.

»Sie sollten mal sehen, was bei Newlands Corner

los ist, Sir. Angeblich sind da dreiundfünfzig Suchtrupps mit jeweils dreißig bis vierzig Leuten! Stellen Sie sich das mal vor, fast zweitausend Menschen suchen gleichzeitig nach Mrs Christie! Ich bin sicher, sie werden sie schnell finden, Sir.«

Archie würde diesen jungen Burschen liebend gerne zum Schweigen bringen, aber er weiß auch, dass jeglicher Kommentar von ihm Robert entweder weiter befeuern oder von ihm an andere weitergetragen wird oder beides. Natürlich will der Junge ihn nur ein wenig trösten. Und so nickt Archie Robert zu als Zeichen dafür, dass das Gespräch beendet ist, und widmet sich wieder seinem Sonntagsritual.

Doch der Sohn des Gärtners versteht diesen Hinweis nicht und schwafelt weiter. »Und es kommen immer noch mehr Leute dazu. Gut, manche sehen einfach nur zu oder essen etwas – Alfred Ludland hat eine kleine Imbissbude für die Helfer aufgestellt. Eine Frau, die preisgekrönte Bluthunde züchtet, hat ihre Tiere mitgebracht, die werden Mrs Christie schon erschnüffeln, wenn sie da irgendwo ist. Ach, und diese Schreiberin Mrs Sayers ist auch da. Hat einen Blick auf den Silent Pool geworfen und verkündet, da sei Ihre Frau nicht. Keine besonders große Hilfe, was?«

»Warum wissen die Leute nicht, dass Mama einfach nur zum Schreiben weggefahren ist, Papa?«, piepst Rosalind. Seit wann hat sie mitgehört? Archie ist gar nicht aufgefallen, dass sie näher gekommen ist.

Er hatte gedacht, sie sei immer noch mit der Delle beschäftigt. »Hast du ihnen das denn nicht gesagt?«

Robert starrt das Kind an, fassungslos begreift er, dass es keine Ahnung hat vom Verschwinden seiner Mutter. Dass Archie das Mädchen darüber im Ungewissen lässt. Er packt den Karren, schiebt ihn an und verschwindet damit in die hinterste Ecke des Anwesens.

»Papa, du hast mir nicht geantwortet«, sagt Rosalind. Dann, für den Fall, dass er ihre Frage vergessen hat, wiederholt sie sie. »Warum hast du nicht allen gesagt, dass Mama bloß irgendwohin gefahren ist, um ein Buch zu schreiben, und dass sie zurückkommt, wenn sie damit fertig ist?«

Archie wendet sich Rosalind zu, geht vor ihr in die Knie und sieht ihr direkt in ihre dunklen Augen. »Mach dir bitte keine Sorgen, mein Schatz. Diese ganze unerträgliche Situation hat bald ein Ende.«

Kapitel 41
Das Manuskript

2. Dezember 1926
Styles, Sunningdale, England

Drei Monate. Neunzig Tage. Zweitausendeinhundertsechzig Stunden. Das war die Zeit, die Archie mir einräumte, um unsere Ehe zu retten, und als ich nach dem Pyrenäen-Debakel nach Styles zurückkehrte, blieben mir nur noch fünfundvierzig Tage, um Archie zum Bleiben zu bewegen. Nur noch eintausendachtzig Stunden waren übrig, und der schiere Gedanke an die dahinrinnenden Minuten reichte, um mir Herzrasen zu verursachen. Aber wie sollte ich meinen Mann zurückgewinnen, wenn ich ihn so selten zu Gesicht bekam?

Während der ersten fünfundvierzig Tage hatte ich manchmal am liebsten aufgeben wollen. Es hatte ganze Tage gegeben, an denen ich Archie am liebsten komplett Nancy überlassen und mich selbst restlos in mein Schreiben, meine Familie und meine Tochter verloren hätte. *Wäre das denn wirklich so schlimm?*, fragte ich mich. Denn wenn ich ganz ehrlich war, dann war unsere Ehe doch schon seit geraumer Zeit eine leere Hülle. Golf schien in Archies Leben eine wichtigere Rolle zu spielen als ich. Aber wenn ich an Rosalind dachte, wusste ich, dass ich an meinem Kurs festhalten musste. Ich durfte nicht zulassen, dass eine Scheidung meiner Tochter wie ein Makel anhaftete und unser Verhältnis zueinander noch mehr belastete.

Ich beschloss, auf ihn zu warten. Allerdings handelte es sich um eine andere Form des Wartens als zuvor. Früher, während seiner militärischen Ausbildung, wartete ich jedes Mal auf ihn, wenn er ein paar Tage freihatte. Dann wartete ich auf seine Rückkehr aus dem Krieg. Und selbst nach Mummys Tod wartete ich darauf, dass er nach seiner Spanienreise wieder in London auftauchte. Aber all dieses Warten hatte nichts zu tun mit dem Warten, das mich jetzt quälte: das Warten darauf, dass er endlich meine Liebe erwidern würde.

Ständig spürte ich, wie die Uhr tickte. Immer häufiger unternahm ich Spaziergänge am Silent Pool, um meine Nerven zu beruhigen. Trotz der makabren Geschichten, die sich um ihn rankten – Legenden von toten Jungfrauen und Gerüchte von diversen Selbstmorden –, empfand ich das stille smaragdgrüne Gewässer und den schweigenden Wald als seltsam beruhigend. Und außerdem war der Teich der einzige Ort, an dem ich mich ohne Zeugen meinem Schluchzen hingeben konnte.

Der Dezember brach an, und die Tage für eine mögliche Versöhnung waren gezählt. Ich war wie im Wahn. Wenn Archie nicht da war – unter der Woche übernachtete er regelmäßig in seinem Londoner Klub –, grübelte ich, ob, seinem Versprechen zum Trotz, Nancy wohl bei ihm war, und Charlotte musste mehrfach auf mich einwirken, in Styles zu bleiben und nicht in die Stadt zu fahren, um ihn zu überraschen. Wenn er an den Wochenenden – und selten an einem Abend unter der Woche – unangekündigt in Styles auftauchte, um Rosalind zu sehen, belastete mich das nervlich nur noch mehr, weil der Druck, möglichst charmant und unbeschwert aufzutreten, um ihm Styles – und mich selbst – schmackhaft zu machen, ins Unermessliche stieg.

Ich arbeitete fieberhaft an meinem neuen Buch, *Der blaue Express.* Mein Verlag, Collins, wartete dringend auf einen weiteren Krimi mit Hercule Poirot und pochte auf Vertragserfüllung. Der kürzlich erschienene Roman *Alibi* hatte nicht nur gute Kritiken bekommen, sondern sich auch ordentlich verkauft, und man hoffte, mit einer zügigen weiteren Publikation auf dieser Erfolgswelle reiten zu können. Gleichzeitig erschien eine ganze Reihe Kurzgeschichten mit Hercule Poirot in diversen Zeitungen und Zeitschriften. Doch jedes Mal, wenn ich mich an die Schreibmaschine setzte, war ich wie benebelt von meinen Gefühlen, und selbst die finanzielle Notwendigkeit, weitere Geschichten zu produzieren, für den Fall, dass meine Ehe zerbrach, vermochte es nicht, mir zu einem klaren Kopf zu verhelfen. Was ich mir am allermeisten wünschte – mehr noch als die tröstliche Gegenwart meiner Mutter –, war mehr Zeit.

Archie und ich starrten uns über den Frühstückstisch hinweg an. *Wie gewöhnlich dieses Zimmer doch aussieht,* dachte ich plötzlich, *an einem so außergewöhnlichen Morgen.* Das Sonnenlicht fiel durch die Gardinen und warf ein ansprechendes Muster auf die Tischdecke. Auf dem Tisch glänzte Mummys hübsches Rosenporzellan, und auf dem Silbertablett lag ein perfekter Halbkreis aus getoasteten Brotscheiben. Von unseren Teetassen stiegen kleine Dampfwolken auf, und zwischen uns stand ein Glas mit rubinroter Marmelade. Es hätte ein ganz normaler Tag in einem ganz normalen Haus bei einer ganz normalen Familie sein können. War es aber nicht.

»Bitte«, flehte ich. »Bitte tu das nicht. Lass uns am Wochenende darüber reden. Heute, nach dem Abendessen. Ich habe in einem ganz wunderbaren Restaurant in Yorkshire einen Tisch für uns reserviert, da können wir ungestört über die Zukunft reden.«

»Hör auf zu betteln, Agatha. Das macht dich nur noch unattraktiver, als du ohnehin schon bist, und das ist der Sache nicht zuträglich. Ich werde dieses Wochenende nicht mit dir nach Yorkshire fahren. Ich werde das Wochenende bei den James verbringen.«

Archie sprach mit fester Stimme und saß so kerzengerade aufgerichtet, dass sein Anzug keine einzige Falte warf. Er schlug denselben herablassenden Ton an wie Rosalind gegenüber, wenn sie ihn tausendmal um ein Pony anbettelte.

»Und Nancy wird auch dort sein, vermute ich? Sie ist doch gut mit Madge James befreundet, oder?«, fragte ich, und obwohl ich mit dieser Vermutung ganz sicher richtiglag, bereute ich sofort, sie geäußert zu haben. Archies Miene verdüsterte sich vor Ärger, und ich wusste, dass ich ihn so ganz sicher nicht zurückgewinnen würde. »Bitte hör mir zu, Archie.« Ich nahm seine Hand, doch er entzog sie mir sofort wieder und trat einen Schritt zurück. Ich verfolgte meine Strategie weiter, obwohl ich förmlich hören konnte, wie Charlotte mich davor warnte, zu sehr zu betteln. Sie war einmal Zeugin eines unserer heftigen Wortgefechte gewesen und hatte mich danach ermahnt, nie wieder in die Rolle der Bittstellerin zu schlüpfen, da das nur noch grausameres Verhalten in Archie provozierte. »Du hast mir drei Monate versprochen. Drei Monate der Versöhnung, bevor du eine endgültige Entscheidung triffst. Aber wir haben dich kaum zu Gesicht bekommen. Du brauchst einfach noch ein bisschen mehr Zeit. Weihnachten auf Abney Hall, eine Silvesterreise nach Portugal mit unseren Nachbarn, erst dann sind die vereinbarten drei Monate herum.«

»Ich brauche nicht mehr Zeit, um zu einer Entscheidung zu gelangen, und ich möchte diese Farce nicht länger aufrechterhalten. Für mich ist die Sache abgeschlossen.« Seine Stimme war genauso fest wie sein Blick. *Hatte er das vor dem Spiegel geübt?*, fragte ich mich.

»Wie kannst du sagen, dass du mit unserer Familie abgeschlossen hast, wenn du noch gar keinen echten Rettungsversuch unternommen hast?« Meine Stimme wurde brüchig.

Er befand es nicht für nötig, meine Frage zu beantworten. Stattdessen wiederholte er die hässlichen Worte, die er zum ersten Mal in Ashfield geäußert hatte: »Ich will die Scheidung.«

»Ich aber nicht, Archie. Ich will unsere Familie und unsere Ehe zurück.« Ich fing an zu weinen. »Rosalind liebt dich. Ich liebe dich immer noch. Als du im Krieg warst, hast du immer geschrieben, du würdest alles tun, um mich nicht zu verlieren. Und jetzt? Was ist passiert?«

»Agatha. Ich habe einen Termin bei einem Rechtsanwalt, um die nötigen Schritte für die Scheidung einzuleiten. Und sobald die Scheidung rechtskräftig ist, werde ich Nancy heiraten.« Er klang vollkommen geschäftsmäßig und überhaupt nicht so, als würde er gerade seine Ehe beenden und seine Familie zerstören.

Zum ersten Mal stieg Wut statt Verzweiflung in mir auf. Wie konnte er es wagen? Wie konnte er im selben

Atemzug von seiner Heirat mit Nancy und unserer Scheidung sprechen? *Bei Gott,* dachte ich, *wenn er mir das wirklich antun will, dann werde ich dafür sorgen, dass auch ich bekomme, was ich will.* Ich werde dafür sorgen, dass er mir genau das gibt, was er unbedingt schützen möchte. Denn sonst wird es mein Ende sein.

Ich zog ein Taschentuch hervor und tupfte mir Augen und Nase ab im Versuch, die Fassung zu bewahren. »Ich werde einer Scheidung nur dann zustimmen, wenn du als Grund für die Auflösung unserer Ehe deinen Ehebruch mit Nancy Neele nennst.« Ich schlug einen ebenso ruhigen und geschäftsmäßigen Ton an wie er und unterdrückte die Wut, die in mir hochkochte.

Seine sorgfältig bewahrte, ruhige und entschlossene Haltung bröckelte. Ungläubig riss er die Augen auf, und in dem Moment wusste ich, dass ich ihn tief getroffen hatte – bis in das Herz, von dem ich gar nicht mehr glaubte, dass er es hatte. »Ich werde Nancys Namen aus der Scheidung heraushalten. Koste es, was es wolle.«

Wie konnte er es wagen? Für wen hielt er sich, dass er meinte, mir diese Bitte abschlagen zu können? Mein Zorn nahm zu, ebenso mein Unglaube und meine Lautstärke. »Du glaubst doch nicht etwa wirklich, dass ich einer Scheidung zustimme, in der der Grund nicht explizit genannt wird? Das lädt doch nur dazu ein, dass alle Welt *mich* für den Grund hält!

Man wird mich für eine Zumutung als Ehefrau halten. Oder unterstellen, *ich* hätte die Ehe gebrochen! Stell dir doch nur vor, was Rosalind eines Tages darüber denken würde.« Ich strich meinen Morgenmantel glatt, klemmte mir eine Locke hinters Ohr und sagte ganz langsam und deutlich: »Ich will, dass Nancy Neele als der Grund für unsere Scheidung genannt wird. Anderenfalls werde ich der Scheidung nicht zustimmen.«

Er kniff die Augen zusammen, und zum ersten Mal an diesem Morgen kam er auf mich zu. »Nancy ist die Frau, die ich liebe, und ich werde sie heiraten. Ich werde ihren Namen nicht besudeln.«

Ich lachte, und dabei kümmerte es mich zum ersten Mal seit Monaten nicht, wie laut oder undamenhaft ich wieherte. Denn in dem Augenblick war es mir gleich, was er von mir dachte. »Das ist köstlich, Archie. Du willst den Ruf deiner Mätresse nicht besudeln, findest es aber völlig in Ordnung, deine Ehefrau zu betrügen und ihren Namen in den Dreck zu ziehen?« Ich sah ihm direkt in die Augen. »Keine Nancy, keine Scheidung.«

Er setzte eine ebenso bedrohliche Miene auf wie neulich in Guéthary und packte mich bei den Schultern, als wollte er mich schütteln und zur Vernunft bringen. Ich riss mich los, meine Hand schwang über den Frühstückstisch, Mummys Rosenteekanne ging krachend zu Boden, dicht gefolgt von mir. Als ich mich erheben wollte, stieß Archie mich abermals zu Boden, und ich landete mit dem Bein in einer Porzellanscherbe. Das Nächste, woran ich mich erinnerte, war der Klang seiner Schritte, als er erst aus dem Esszimmer und dann aus dem Haus stürzte. Kurz darauf hörte ich Charlottes schnelle, entschlossene Schritte im Flur, gefolgt von Rosalinds Tapsen.

Rosalind kreischte, als sie mich inmitten des zerbrochenen Porzellans auf dem Boden sah. Charlotte stürzte auf mich zu. »Mrs Christie, geht es Ihnen gut?«

»Alles in Ordnung, Carlo.« Ich rang mir ein Lächeln ab. »Ich war wieder mal etwas ungeschickt.«

»Du bist nicht ungeschickt, Mama«, ließ sich Rosalinds hohes Stimmchen vernehmen. »Du und Papa, ihr habt euch gestritten. Das haben wir doch gehört.«

»Nichts, weshalb du dir Sorgen machen müsstest, Rosalind«, sagte ich, als Charlotte mir aufhalf. »Das hatte nichts mit dir zu tun. Sei ganz beruhigt.«

»Ja, ja, das weiß ich doch, Mama«, gab sie selbstbewusst zurück. »Papa hat mich wahnsinnig lieb, aber dich kann er nicht recht leiden.«

Kapitel 42
Tag zehn nach dem Verschwinden

Montag, 13. Dezember 1926
Styles, Sunningdale, England

Auf seinem Schreibtisch ausgebreitet liegt die Zeitung: *Größte Suchaktion der Geschichte verläuft erfolglos. Stecken böse Machenschaften hinter dem rätselhaften Verschwinden der Schriftstellerin?* Er muss nicht den ganzen Artikel lesen, um zu wissen, wen man in Verdacht hat, hinter diesen Machenschaften zu stecken. Es gibt und gab die ganze Zeit nur einen Verdächtigen.

Den einen oder anderen Polizisten hat er brummen hören, dass Agatha bestimmt ganz bewusst untergetaucht sei. Ausgelöst durch die Veröffentlichung der Fortsetzungsgeschichte *Alibi* in der *Liverpool Weekly Post* spekulieren einige Experten, ob Agatha ihr eigenes Verschwinden als PR-Gag für ihr jüngstes Buch inszeniert hat. Aber das sind lediglich Einzelmeinungen. Die breite öffentliche Meinung – inklusive der der zuständigen Ermittlungsleiter –

lautet immer noch, dass Archie ein Schwerenöter ist, der seine Frau umgebracht hat, um seine Geliebte heiraten zu können. Vor allem nach der aktuellen Beweislage.

Archie denkt, dass er sein Schicksal angenommen hat. Aber er weiß auch, dass seine Gemütsverfassung nicht von Belang ist. Das Ende steht kurz bevor, ganz gleich, wie es ihm damit geht. Ein kurzer Blick auf den Zeitungsartikel auf seinem Schreibtisch und auf den danebenliegenden Stapel Papier mit dem Titel *Das Manuskript,* der gerade auf Styles abgegeben wurde, ruft ihm in Erinnerung, dass er keinerlei Einfluss auf den Ausgang der Angelegenheit hat.

Die ganze Zeit gab es nur einen einzigen Weg durch dieses verworrene Gespinst. Ihm war nichts anderes übrig geblieben, als dem klebrigen Seidenfaden bis in die Mitte zu folgen, denn nur so hat er eine Chance, die Sache unbeschadet zu überstehen – fast wie Theseus, der sich auf dem Weg durch König Minos' tödliches Labyrinth an Ariadnes roten Faden klammert. Aber wer weiß schon, was ihn in der Mitte des Labyrinths erwartet? Schließlich ist Agatha nicht Ariadne, und er ist niemandes Theseus.

Wenn er ganz für sich ist und trüben Gedanken nachhängt, dann kann er einfach nicht glauben, welch dramatische Wende sein Leben genommen hat. Bis vor Kurzem führte er noch eine ganz normale, geordnete Existenz, als ganz gewöhnlicher Mann. Wie hatte es so weit kommen können? Ist er wirklich schuld an allem, wie er es gelesen hat?

Jemand klopft laut und entschlossen an die Tür des Arbeitszimmers – ganz anders als die Dienstboten, die stets zurückhaltend pochen. Er überlegt kurz, nicht zu reagieren. Die Tür ist von innen verriegelt. Er hat sie verschlossen gehalten, seit der Trubel noch mehr zugenommen hat. Doch bei den vielen Polizisten, die sich mittlerweile auf Styles herumtreiben, wäre ohnehin jeder Widerstand zwecklos. Er würde das Unausweichliche lediglich ein klein wenig aufschieben. Archie reibt sich die Handgelenke, als könne er bereits den Stahl der Handschellen spüren.

»Colonel Christie«, ruft eine tiefe Männerstimme. Eine, die er noch nicht kennt, und das überrascht ihn. Er hatte damit gerechnet, dass Kenward oder Goddard ihm den Todesstoß versetzen würden – und zwar nicht ohne Häme und Süffisanz.

»Machen Sie auf, Colonel Christie«, dröhnt die Stimme. »Wir wissen, dass Sie da drin sind. Miss Fisher hat uns informiert. Und wir haben vor Ihrem Fenster eine Wache postiert, ein Fluchtversuch wäre daher unklug.«

Charlottes Stimme dringt in seine einstige Festung. »Tut mir leid, Colonel Christie.« Sie klingt kleinlaut, aber nicht sonderlich reumütig. Mit jedem Tag, der seit Agathas Verschwinden verstrich, ist sie ihm gegenüber feindseliger geworden, und er macht sich inzwischen Sorgen, dass sie Rosalind diesbezüglich beeinflusst haben könnte. Ihre letzten Gespräche jedenfalls bestätigen diesen Verdacht.

Archie erstarrt. Er kann nicht sprechen. Sich nicht bewegen. Obwohl er genau gewusst hat, dass dieser nächste Schritt kommen würde, ist Archie jetzt, da er unmittelbar bevorsteht, nicht in der Lage, sich ihm zu stellen. Doch wenn er sich jetzt zurückzieht und sich weigert, die Rolle zu spielen, die der verdammte Brief ihm vorschreibt, dann wird jede noch so vage Hoffnung auf Freiheit, auf ein Leben mit Nancy für immer schwinden.

Die Tür erbebt unter einem hämmernden Klopfen. Eine ihm nur zu vertraute Stimme ertönt: »Colonel Christie, ich bin es, Deputy Chief Constable Kenward. Superintendent Goddard steht neben mir. Machen Sie die Tür auf – oder wir öffnen sie mit Gewalt.«

Das war's dann also, denkt er. Er steht in der Mitte des Gespinstes, er kann nur noch in eine Richtung weitergehen, und zwar in die, die ihm Schritt für Schritt angewiesen wurde in dem Päckchen, das er erhalten hat. Er geht zur Tür und entriegelt sie. Er reißt die quietschende Tür auf, davor stehen jede Menge Leute und warten auf ihn. Er ergibt sich ihnen – und seinem Schicksal.

Kapitel 43

Das Manuskript

3. Dezember 1926
Styles, Sunningdale, England

Ich hatte in meinem Leben schon sehr oft allein gegessen. Als Kind nicht mehr ganz junger Eltern und mit zwei älteren Geschwistern, die ihr eigenes Leben lebten, aß ich oft allein zu Abend. Als junge Krankenschwester, deren Mann im Großen Krieg kämpfte und die zur Frühschicht antrat, frühstückte ich allein. Und als ich später in Styles an meiner Schreibmaschine saß und Detektivgeschichten tippte, nahm ich das Mittagessen allein ein. Doch nie zuvor hatte ich mich bei einer Mahlzeit so einsam gefühlt wie bei dieser.

Vormittags hatte ich die Köchin instruiert, ein formelles Abendessen für zwei zuzubereiten, und das Hausmädchen Lilly gebeten, den Tisch entsprechend zu decken. Ich hatte seit unserem entsetzlichen morgendlichen Streit mit den fürchterlichen Ultimaten, die gestellt wurden, nicht mehr mit Archie gesprochen, aber ich hegte immer noch die Hoffnung, dass er zum Abendessen erscheinen würde, wie wir es vor unserer Auseinandersetzung verabredet hatten. Archie war ein Mann, der großen Wert auf Ordnung und feste Abläufe legte, und genau darauf zählte ich bezüglich seiner Teilnahme am Abendessen. Ich hielt mich den Tag über damit beschäftigt, ein perfektes Dinner zu planen und ein wenig durch die Gegend zu fahren, und als Rosalind aus der Schule kam, besuchten wir wie geplant Archies Mutter. Während wir bei ihr waren, ging ich im Geiste immer wieder unseren Streit durch und betete insgeheim, Archie möge nach Hause kommen, wenn es dunkel wurde. Wenn er käme, könnte das Wochenende in Yorkshire vielleicht gerettet werden, und darum packte ich meinen Koffer, als wir von unserem Besuch bei meiner Schwiegermutter nach Styles zurückkamen. Ich brachte Rosalind ins Bett, nachdem sie zu Abend gegessen hatte, sorgte dafür, dass ihr blauer Lieblingsteddy neben ihr auf dem Kissen lag, und gab ihr einen Gutenachtkuss.

Ich überlegte mir sehr genau, was ich zu diesem Abendessen anziehen wollte. Ich entschied mich für ein grünes Strickkostüm und drehte und wendete mich darin vor dem Spiegel. *Sehe ich darin etwas schlanker aus?*, fragte ich mich. Archie hatte sich im Laufe der Jahre immer wieder über meine Figur beklagt, aber einmal hatte er mir ein Kompliment gemacht, als ich genau dieses Kostüm trug. Ich hoffte, es würde ihm gefallen – oder ihm zumindest nicht missfallen.

Ich setzte mich an meinen Platz am Esstisch. Ich wartete darauf, dass Lilly den ersten Gang servierte, und lenkte den Blick immer wieder weg von dem leeren Stuhl mir gegenüber. Ich sah mich im Esszimmer um. Auf den Regalen und der Anrichte standen in Silber gerahmte Fotos von mir, Archie und Rosalind, aber auch das eine oder andere von meiner Familie, ein Porträt von Archie, ein Bild von seinem Bruder Campbell, von Peg und von seinem verstorbenen Vater. Zwischen den Rahmen standen Porzellanfiguren und eine Vase, ein Lieblingsstück meiner Mutter. Ich hatte diese Dinge von Ashfield nach Styles gebracht in der Hoffnung, dieses künstliche Haus in einer Straße vom Reißbrett in ein gemütliches, natürlich wirkendes Zuhause wie die Villa Ashfield zu verwandeln.

Die Uhr auf dem Kaminsims schien mir immer lauter zu ticken, während ich auf ihn wartete. Ich betrachtete den Dampf, der von der Terrine mit klarer Consommé aufstieg, der Vorspeise, die für Archies empfindlichen Magen stets bekömmlich gewesen war. Der Minutenzeiger zog an der Eins vorbei, an der Zwei, an der Drei. Als er zwischen der Drei und der Vier angekommen war, bemerkte ich, dass die Suppe nicht mehr dampfte. Ich war entschlossen, nicht zu essen, bevor Archie kam, aber von der Suppe nahm ich nun doch etwas, bevor sie ganz kalt wurde.

Kaum hörte Lilly das Klappern des Löffels auf dem Teller, tauchte sie wieder auf. Sie schaute etwas verunsichert, und mir ging auf, dass sie natürlich nicht wusste, wie sie sich in dieser ungewöhnlichen Situation verhalten sollte. *Sollte sie abräumen oder auf den Hausherrn warten?* Ich sah ihr die Frage fast ins Gesicht geschrieben.

»Sie dürfen beide Suppenteller abräumen, Lilly. Mr Christie verspätet sich offenbar etwas, aber Sie können der Köchin sagen, dass sie das Hauptgericht schicken darf.« Ich streichelte Peter zu meinen Füßen. Der Welpe schien zu spüren, in welche Verzweiflung mich Archies Betrug gestürzt hatte, er wich dieser Tage nur selten von meiner Seite.

Als ich wieder aufsah, stand Lilly immer noch da. Sie sah mich nicht mehr überrascht an, weil sie die Suppenteller abräumen sollte, sondern mitleidig, weil ich ihr etwas von Archies Zuspätkommen erzählt hatte. *Mein Gott,* schoss es mir durch den Kopf. *Nicht mal das Personal glaubt daran, dass mein Mann zu mir zurückkehren wird.* Ich fragte mich, ob ich ihn überhaupt zurückhaben wollte. Hatte ich es mir seit den Geschehnissen heute Morgen vielleicht in Wirklichkeit anders überlegt, war aber so daran gewöhnt, auf ihn zu warten, dass mir die Veränderung gar nicht weiter aufgefallen war? Hätten die Vorfälle meine Haltung ändern sollen?

Kurz darauf kehrte Lilly mit dem zweiten Gang zurück – es gab Wild. Nach einer angemessenen Pause erschien sie abermals und brachte den dritten Gang. Sie zögerte, bevor sie die Teller mit Seezunge abstellte, da der zweite Gang noch gar nicht angerührt worden war. Ich nickte ihr freundlich zu. Natürlich entsprach es nicht den Konventionen, den dritten Gang zu servieren, wenn der zweite noch nicht gegessen war, aber in diesem Fall war das in Ordnung.

Ich beschloss, weder den zweiten noch den dritten Gang anzurühren. Ich hatte keinen Hunger, doch je mehr Minuten verstrichen, desto mehr wurde der Verzicht zu einer abergläubischen Obsession: Wenn ich so lange nichts aß, bis ich den Wagen über den Kies rollen hörte, dann würde alles wieder gut. Wenn ich auch nur einen winzigen Happen vom Wild oder dem Fisch aß, dann würde Archie nie wieder nach Hause kommen. Hin und wieder senkte ich den Blick auf meine Hand, wie sie mit der Gabel unentschlossen über dem Essen schwebte, und mir ging auf, dass mein ganzes Ich unentschlossen war und nicht wusste, was es eigentlich wollte.

Auf der Straße wurde es immer ruhiger, je mehr Nachbarn nach Hause kamen, die Türen hinter sich schlossen und mit ihren Familien und Freunden zu Abend aßen. Und ich saß immer noch im Esszimmer wie eine von Mummys Porzellanfiguren, die darauf wartete, zu Leben zu erwachen. Doch als der Minutenzeiger die Zwölf erreichte, war es mir klar. Archie würde nicht nach Hause kommen. Vielleicht würde er nie wieder über die Schwelle von Styles treten.

Traurigkeit ergriff mich, und ich schluckte ein Schluchzen herunter, damit Lilly oder die Köchin es nicht hörten. Charlotte hatte ich den Abend freigegeben, sie wollte eine Freundin in London besuchen, um sie musste ich mir also keine Sorgen machen. Ich war mir sicher, den Gefühlen, die auf mich einstürzen würden, nicht standhalten zu können. Es tat einfach zu sehr weh, es zerriss mich innerlich, auch wenn ein klein wenig Erleichterung mit hineinspielte. Wenn ich doch bloß von der Bildfläche verschwinden könnte.

Dann klingelte das Telefon und riss mich aus meiner Einsamkeit. Ich nahm ab und hätte weinen können vor Erleichterung, eine vertraute Stimme zu hören. Doch dann sprach die Stimme weiter. Und da wusste ich, dass von nun an alles anders war.

Teil 2

Kapitel 44

Dienstag, 14. Dezember 1926
Harrogate Hydro, Harrogate, England

Ich betrachte die im Schrank hängenden Abendkleider. Wie ein pastellfarbener Regenbogen schimmern sie vor dem dunklen, polierten Holz, und ich kann nicht anders, als einmal quer über die seidigen Stoffe zu streichen. Jedes Kleid ist auf seine Weise bezaubernd, ich habe sie alle ganz frisch in den örtlichen Bekleidungsgeschäften in Harrogate und Leeds erworben. Aber welches soll ich tragen? Ich möchte heute besonders gut aussehen. *Nein, das stimmt nicht,* denke ich. Ich möchte heute perfekt aussehen, aber nur für mich.

Mein Blick bleibt an einem lachsfarbenen Georgettekleid hängen. Mit seiner tiefen Taille und seinen verschlungenen, perlenbesetzten Spitzenborten schmeichelt es mir ganz besonders – zumindest hat das die Verkäuferin in dem exklusiven Laden in Harrogate behauptet. Sie klang durchaus aufrichtig, aber vielleicht wollte sie mich auch einfach nur zum Kauf überreden. *Mal sehen,* denke ich, als ich es aus dem

Schrank nehme und ein wenig am Bügel schwingen lasse.

Ich lasse es über mein neues, elfenbeinfarbenes Satin-Unterkleid gleiten. Dann gehe ich zu dem großen Spiegel in der Ecke des Hotelzimmers, wobei ich es bis zum letzten Moment vermeide, einen Blick auf mich zu erhaschen. Es ist eine ganze Weile her, dass ich mich gerne im Spiegel betrachtet habe. Ich öffne die Augen und schnappe nach Luft. Bin das wirklich ich? Das Kleid umspielt meine in letzter Zeit schlanker gewordene Figur, und das Lachsrot lässt meinen Teint sehr gesund und, ja, ich würde sagen, jünger strahlen. Zum ersten Mal seit sehr langer Zeit fühle ich mich schön.

Ich bürste mein Haar, bis es glänzt, klemme mir eine störrische Locke hinters Ohr und drapiere eine andere so, dass sie die kleine Schnittwunde und den verblassenden blauen Fleck auf meiner Stirn verbirgt. Ich trage einen Hauch apricotfarbenen Lippenstift auf und tupfe mir Parfüm hinters Ohr. Ich schlüpfe in die hohen silberfarbenen Sandaletten und drehe mich vor dem Spiegel mal nach rechts, mal nach links. Und jetzt noch ein Schultertuch, das wird das i-Tüpfelchen, denke ich und lege mir eine fein bestickte Stola um. Ein letzter Blick in den Spiegel bestätigt mir, dass ich bereit bin. Für den heutigen Abend bin ich in der Tat perfekt gekleidet.

Der kristallene Türknauf liegt schwer in meiner

Hand, als ich ihn drehe und die Zimmertür öffne. Aus dem Erdgeschoss des Hotels ertönt ungewöhnlicher Lärm, er dringt über die Treppe gleich neben meinem Zimmer zu mir herauf. Das Getöse ist so ungewohnt, dass ich mich in mein sicheres Zimmer zurückflüchte und die Tür wieder hinter mir schließe. Im Laufe der letzten Woche habe ich mich an die an- und abschwellende Geräuschkulisse im Hotel gewöhnt, ich weiß, dass es immer zur Frühstückszeit, zum Nachmittagstee und dann wieder zur Cocktailstunde etwas lauter wird, aber dazwischen ist es in der Regel still. Ich habe mir angewöhnt, mich in der ruhigen Zeit zwischen Cocktailstunde und Dinner unauffällig in das abendliche Getümmel zu mischen und mit einem der aus der Harrogater Bibliothek entliehenen Bücher an einem der Tische Platz zu nehmen. Manchmal auch in Gesellschaft eines Kreuzworträtsels.

Einem Impuls folgend ziehe ich die schweren Brokatvorhänge vor dem größten Fenster in meinem Zimmer beiseite. Der Blick wird frei auf die akkurat gepflegten Gärten vor dem Eingang zum Hotel. Dank Schneeballsträuchern, Stechpalmen und Lorbeer, hier und da einem Nieswurz – besser bekannt als Christrose – sind sie selbst im Winter schön anzusehen. Mir fällt auf, dass jede Menge Automobile da draußen stehen und dass im Schein der Gaslaternen in den Gärten drei Grüppchen auszumachen sind. *Ah,* denke ich. *Das ist also die Erklärung für den unerwarteten Lärm: Im Ballsaal versammelt sich eine Gesellschaft – vielleicht zu einer leicht verfrühten Weihnachtsfeier.* Natürlich kann es sich auch um etwas ganz anderes handeln, einen Galaabend beispielsweise. So oder so habe ich das Gefühl, gut vorbereitet zu sein. Ich plane diesen Augenblick schon seit geraumer Zeit.

Ich öffne zum zweiten Mal die Zimmertür. Meine Absätze klacken angenehm unter mir, als ich mich zu der breiten, imposanten Treppe bewege, die hinunter in die Lobby führt. Der karminrot und gelbgolden gemusterte Perserteppich auf den Stufen dämpft das Klacken, aber nicht die Dramatik meines Auftritts. Ein ganzes Meer an Gesichtern ist auf mich gerichtet, als ich die Treppe hinabschreite.

Ich nicke Mrs Robson zu, mit der ich bei einer Tasse Tee ein lebhaftes Gespräch übers Gärtnern führte. Mr Wollesley, mit dem ich so einige Runden Billard gespielt und dabei die diversen Angebote des Kurortes besprochen habe, winkt mir zu. Ich lächele die bezaubernde Kellnerin Rose an, die stets beim Frühstück und beim Abendessen serviert, sich mittags aber um ihre betagte Großmutter kümmert. *Was für wunderbare Menschen ich doch hier im Harrogate Hydro kennengelernt habe,* denke ich. Hier, mit diesen Menschen, jenseits aller Normalität, fühle ich mich sicher. Ich habe mir einen Kokon geschaffen, in einer Schutzzone abseits der Realität, und ich wünschte, ich könnte länger verweilen. Manchmal würde ich am liebsten für immer hierbleiben.

Doch dann sehe ich ihn, ganz wie erwartet. Da, am Fuße der Treppe, neben der Säule, die die Lobby von der Teestube trennt, steht ein Mann. Er sieht so klein und unscheinbar aus, ganz anders, als ich ihn in Erinnerung habe, sodass ich ihn fast nicht erkenne. Doch dann tritt er hervor, ins Licht, und auf einmal ist er wieder ganz der Alte. Und ich weiß, es ist Zeit.

Kapitel 45

Dienstag, 14. Dezember 1926
Harrogate Hydro, Harrogate, England

Der Mann kommt einen Schritt auf mich zu. Ich verharre, unsicher, ob ich ihn ignorieren soll oder weitergehen, um meinen reservierten Tisch einzunehmen. Was ist an diesem Punkt der Geschichte das Richtige? Er öffnet den Mund, um etwas zu sagen, und mir fallen zwei weitere Herren auf, die sich aus dem Schatten der Treppe lösen und sich in meine Richtung bewegen: einer in einem zerknitterten Mantel und mit zerknautschtem Filzhut, der andere in einem perfekt gebügelten dunkelgrauen Anzug und schwarzem Überzieher. Die beiden haben etwas an sich, das ich unbehaglich finde, und ich will einen Bogen um alle drei machen.

Der erste Mann wendet sich den beiden Herren zu und hebt die Hand, wie um sie zurückzuhalten. Sie lassen sich davon nicht beeindrucken und bewegen sich weiter auf mich zu, allerdings kommen sie nicht weit. Ich sehe sie fragend an, aber sie weichen meinem Blick aus.

Ich ziehe mir die Stola eng um die Schultern – als könne der zarte, bestickte Stoff mir als Schutzschild dienen –, als der Mann direkt auf mich zutritt. »Können wir uns bei einem Drink unter vier Augen unterhalten?«, fragt er laut genug, dass die anderen Herren es hören können.

Seine Frage stört den Frieden, den ich seit einer Woche hier im Harrogate Hydro genieße, und ich möchte am liebsten ablehnen. Ich weiß, wenn ich einwillige, wird mein Kokon beschädigt. Aber ich weiß auch, wenn ich ablehne, kann ich mich nicht mehr lange an diese unwirkliche Welt klammern. Dies ist der Moment, auf den ich hingearbeitet habe.

»Nur ganz kurz?« Seine blauen Augen flehen.

Ich nicke und führe ihn zu ein paar Leder-Ohrensesseln vor dem Kamin in der Lobby. Auf dem Weg dorthin kann ich nicht nur das Klacken meiner Absätze und der des Mannes hören, sondern auch das der beiden anderen Herren. Sie folgen uns.

Abrupt bleibe ich stehen, worauf der eine fast mit mir kollidiert. Meine Rolle verlangt von mir, dass ich sie vorführe.

Ich drehe mich um und frage: »Kann ich Ihnen helfen?«

Sie sehen erst einander an und dann den Mann. Er nickt. Der etwas Korpulentere von ihnen sagt: »Erlauben Sie, dass ich mich Ihnen vorstelle, Madam. Ich bin Deputy Chief Constable Kenward aus Surrey.«

»Und Sie?«, frage ich in die unangenehme Pause hinein den anderen, etwas sorgfältiger gekleideten Herrn.

»Ich bin Superintendent Goddard aus Berkshire. Sehr erfreut, Sie kennenzulernen, Madam.«

»Auch ich bin erfreut, Ihre Bekanntschaft zu machen« – ich zögere und versuche mich an ihre Namen und Titel zu erinnern –, »Deputy Chief Constable Kenward und Superintendent Goddard. Aber ich muss schon sagen, Ihr Erscheinen verwundert mich. Sie sind beide sehr weit weg von Ihrem Heimatbezirk und gleichzeitig mir unangenehm nah.« Ich ringe mir ein Kichern ab, als sei die Frage, die ich jetzt stellen werde, albern: »Stecke ich womöglich in Schwierigkeiten?«

Kenward räuspert sich und antwortet für sie beide. »Überhaupt nicht, Madam. Ich vermute, wenn Sie beiden« – er zeigt auf den Mann mit den blauen Augen – »erst die Gelegenheit zu einem Gespräch hatten, dann wird sich Ihnen erschließen, warum wir hier sind. Ist es für Sie in Ordnung, mit diesem Mann allein zu sein, während wir da drüben auf Sie warten?« Der etwas bullige Polizist zeigt in eine Ecke der Lobby, die in der Nähe, aber nicht in Hörweite der Ohrensessel vor dem Kamin ist, auf die der Mann und ich vor der Kollision zugesteuert hatten.

Nach einer kurzen, zögerlichen Pause nicke ich.

Noch bevor die Herren sich entfernen, taucht ein

vertrautes Gesicht in unserem seltsamen Grüppchen auf. »Na, was haben wir denn hier?« Der ältere Gentleman betrachtet alle drei Herren nacheinander und wackelt mit dem Zeigefinger in meine Richtung. »Haben Sie etwa Verstärkung geholt?«

Verwirrt sehen die Männer mich an. Trotz der angespannten Situation muss ich lachen. Beim Frühstück hatte ich Mr Wollesley versprochen, nach dem Abendessen eine Runde Billard mit ihm zu spielen. Er ist es gewohnt, gegen mich zu gewinnen, und ich vermute, das unerwartete Erscheinen dieser drei kräftigen Männer lässt ihn um seinen Erfolg bangen.

»Keine Sorge, Mr Wollesley. Wir werden spielen wie immer. Nur Sie und ich«, versichere ich ihm mit einem breiten Lächeln. »Und vielleicht Mrs Robson.«

Er erwidert mein breites Lächeln. »Da bin ich aber erleichtert.«

»Wenn ich heute Abend gewinne, dann geht alles mit rechten Dingen zu. Was nicht heißen soll, dass ich annehme, zu gewinnen.«

»Wie gesagt, ich bin erleichtert.« Mr Wollesley sieht die Herren erwartungsvoll an. Der gute Ton verlangt, dass ich sie ihm vorstelle, aber ich habe nicht vor, mich an den guten Ton zu halten.

»Wenn Sie uns bitte entschuldigen würden, Mr Wollesley? Mein unerwarteter Besuch kommt von weiter her, und wir werden uns vor dem Essen einen Drink genehmigen.«

»Selbstverständlich.« Er verneigt sich leicht und sagt: »Ich wünsche guten Appetit, Mrs Neele.«

Kapitel 46

Dienstag, 14. Dezember 1926
Harrogate Hydro, Harrogate, England

Ich entscheide mich für den dem Kamin leicht abgewandten Sessel und versinke förmlich in ihm. Ich streiche den Rock meines Georgettekleides glatt, klemme mir eine Locke hinters Ohr und bemühe mich, freundlich und erwartungsvoll zu gucken. *Hoffentlich sehe ich gut aus,* denke ich, um mich sofort für diesen Gedanken zu tadeln, denn schließlich sollte es doch egal sein, was andere von meinem Aussehen halten. Dann warte ich darauf, dass er etwas sagt. Ich bin so gespannt, was er mir zu sagen hat.

Doch ihm scheint es die Sprache verschlagen zu haben. Er öffnet und schließt den Mund, als würde ihm alles Mögliche durch den Kopf gehen, er sich aber nicht entscheiden können, ob er irgendetwas davon aussprechen möchte. Ich halte mich sehr lange zurück, doch irgendwann komme ich zu dem Schluss, dass er wohl nicht von sich aus anfangen wird zu sprechen. Ich muss das Ruder in die Hand nehmen, und ich bin bereit.

»Freust du dich denn gar nicht, mich zu sehen, Archie?«, frage ich meinen mit offenem Mund dasitzenden Mann.

»Mrs N-Neele? Du nennst dich M-Mrs Neele?«, stammelt er. Dann erhebt er die Stimme. »Was zum Teufel führst du im Schilde, Agatha?«

»Meinst du, weil ich mich Mrs Neele nenne, oder ganz allgemein?«, frage ich lächelnd. Ich weiß, ich sollte ihn nicht aufziehen, aber ich kann nicht anders. Zu lange habe ich auf diesen Moment gewartet. Unbeschwert fahre ich fort: »Wie wäre es, wenn du die Zornesfalten glätten und ein Lächeln aufsetzen würdest, Archie, oder wenigstens einen sorgenvollen Blick? Wir stehen zwar nicht mehr direkt im Rampenlicht, aber immer noch unter Beobachtung.« Ich nicke in Richtung einer vorbeigehenden Kellnerin und der Polizei. »Ein Mann, dessen Frau verschwunden war, ein Mann, der elf Tage lang bangen musste, ob sie tot oder lebendig ist, wäre hocherfreut und erleichtert, seine Gefährtin wiederzusehen. Er würde womöglich ihre Hand halten oder sie umarmen. Wenn er denn nichts mit ihrem Verschwinden zu tun hatte.«

Archie ballt die Hände zu Fäusten und löst sie gleich darauf wieder. Außenstehende würden ihm dennoch ansehen, dass die Wut in ihm sich weiter aufbaut und nicht etwa verebbt. Während er versucht, sich zu beherrschen, fahre ich fort: »Ich bin sicher, dir ist bewusst, dass das Hotel von Fotografen und

Journalisten umzingelt ist. Das habe ich von meinem Zimmerfenster aus gesehen, bevor ich herunterkam. Und natürlich stehen Polizeiwagen vor der Tür, sowohl von der hiesigen Polizei als auch von Kenwards und Goddards Einheiten. Ich nehme an, auch das ist dir bewusst, obwohl sie keinerlei Alarm geschlagen haben. Wenn du jetzt deiner Wut Luft machst, dann wird das alle in ihrer vorgefassten Meinung von dir bestätigen.«

Er antwortet nicht – ganz, wie ich es erwartet hatte. Mein Ziel ist, ihn von dem Wutausbruch abzubringen, der sich ganz offenkundig in ihm zusammenbraut. Nicht, weil ich ihn schützen möchte, sondern weil ich möchte, dass er sich den Ärger für später aufhebt – das ist wichtig für den weiteren Verlauf meines Plans.

Dann sagt er: »Wie konntest du nur?« Jedes einzelne Wort klingt wie ein Vorwurf.

Fassungslos sieht er mich an, und ich labe mich regelrecht an seinem Unbehagen.

»Wie konnte *ich* nur? Wie konntest *du* nur? Wie konntest *du* eine Affäre mit Nancy Neele anfangen? Wie konntest *du* mich vollkommen gefühllos in meiner Trauer um meine Mutter so alleinlassen und dann diese Trauer aus Ausrede für deine Affäre missbrauchen? Wie konntest *du* deine Familie verlassen, nachdem du mir so unfassbar viel abverlangt hast?« All das frage ich ihn ganz ruhig und unterstreiche damit die Ironie seines Kommentars.

Er öffnet den Mund und schließt ihn wieder, während er über eine Erwiderung nachdenkt und jede neue Idee verwirft. Ich nutze seine Sprachlosigkeit, um weiterzumachen. Ich habe viel zu lange geschwiegen.

»Vielleicht habe ich dich missverstanden, Archie. Vielleicht hast du mich gar nicht gefragt, wie ich mich nur als Nancy Neele ausgeben konnte, sondern wie ich nur mein eigenes Verschwinden inszenieren konnte?« Ich tue so, als habe er genickt. »Ja, das ist in der Tat eine interessante Frage, nicht wahr? Aber ich möchte sie ein wenig umformulieren: *Warum* habe ich mein eigenes Verschwinden inszeniert?«

Ich halte inne und tue so, als würde ich ihm die Gelegenheit geben, etwas zu sagen. Aber ich spreche weiter, bevor es dazu kommen kann. »Wahrscheinlich glaubst du den Grund zu kennen, Archie. Wahrscheinlich glaubst du, dass ich verschwunden bin, um dich zu bestrafen. Aber das wäre wirklich sehr engstirnig und, wenig überraschend, sehr egozentrisch gewesen. Der wahre Grund aber nahm in dem Moment Form an, in dem du zum Mörder wurdest.«

»Ich zum Mörder?«, kreischt er förmlich, und ich werfe einen Blick zu Kenward und Goddard, um zu prüfen, ob sie das gehört haben. Aber sie sind in ein Flüstergespräch vertieft. »Ich soll einen Mord begangen haben? Wovon zum Teufel redest du, Agatha? Du hast die ganze Sache so aufgezogen, dass ich des Mordes verdächtigt wurde, aber deine Anwesenheit hier und heute beweist, dass ich dir kein Haar gekrümmt habe.«

Ich spreche ruhig und mit gelassener Miene weiter. »Du hast die unschuldige Frau getötet, die ich einst war – die Frau, die glaubte, eine glückliche Ehe zu führen und ein erfülltes Familienleben zu haben, die Frau, die ihr gesamtes Dasein ständig nur nach dir ausgerichtet hat und nach dem, was dich glücklich macht – und das kommt einem Mord gleich.«

»Das, das ist nicht fair, Ag–«

Während ich mit Archie spreche, behalte ich aus dem Augenwinkel Kenward und Goddard im Blick. Sie standen die ganze Zeit außer Hörweite am Rand des Teppichs im Teesalon herum, in respektvollem Abstand, und haben sich unterhalten. Jetzt unterbrechen sie ihr Gespräch und kommen auf uns zu.

Ich schneide Archie das Wort ab. »Deine Freunde, die Kommissare, sind gleich hier. Ich will ihnen sagen, dass wir noch mehr Zeit für uns brauchen, dass ich immer noch an Gedächtnisverlust leide. Genau, wie ich es in meinem Brief an dich beschrieben habe. Du musst jedem einzelnen Schritt folgen. Alles, was du wann tun und lassen solltest – all diese Anweisungen sind stets klar und eindeutig gewesen.«

»Wieso sollte ich weiter mitmachen? Jetzt, wo du wieder aufgetaucht bist, wird man mich nicht mehr verdächtigen, mit deinem Tod zu tun zu haben. Und außerdem sind diese Bastarde nicht meine Freunde.«

»Glaubst du, ich hätte die Grenze meiner Macht erreicht? Stellst du dir vor, dass mein Wiederauftauchen dich von aller Verantwortlichkeit entbindet? Dass ich keinen anderen Plan habe?«

Mit zusammengekniffenen Augen betrachtet Archie mich, als würde er mich – mit all meinen Fähigkeiten und meiner ganzen Entschlossenheit – zum ersten Mal sehen. Seine Reaktion überrascht mich nicht. Ich habe selbst erst vor Kurzem begriffen, welche Macht ich besitze. Ich kann wohl kaum von dem bornierten Archie erwarten, dass er früher als ich erkennt, wie weit meine Kompetenz reicht.

»Meinetwegen«, stimmt er zu. »Für den Moment werde ich tun, was du sagst.«

Kenwards schwerer Schritt donnert über den Flur, als er sich uns nähert. Ich sehe auf, als würde ich ihn erst jetzt bemerken. »Oh, Constable Kenward und Superintendent Goddard, da sind Sie ja wieder.«

»Deputy Chief Constable Kenward«, korrigiert Kenward mich sofort.

»Entschuldigen Sie bitte«, sage ich.

Äußerst dienstbeflissen springt Goddard bei. »Wie läuft es bei Ihnen beiden?«

»Ich denke, wir sollten allein zu Abend essen. Meine Frau und ich brauchen noch etwas mehr Zeit zum Reden«, antwortet Archie für sie beide.

Ich zwinge mich, bei den Worten »meine Frau« die Augen aufzureißen, was von Kenward und Goddard registriert wird.

Wie aufs Stichwort fährt Archie fort: »Wir brauchen noch etwas Zeit, um uns einander wieder anzunähern.«

Kapitel 47

Dienstag, 14. Dezember 1926
Harrogate Hydro, Harrogate, England

»Einen Tisch für zwei Personen, bitte«, höre ich Archie zum Oberkellner sagen, der mich verwundert ansieht. Der kleine Mann in seiner tadellosen Abendbekleidung, der mich in gewisser Hinsicht an meine Romanfigur Hercule Poirot erinnert, ist es gewohnt, dass ich allein und allenfalls in der Gesellschaft eines Buches oder eines Kreuzworträtsels zu Abend esse, und offenkundig verwirrt angesichts dieser Abweichung von meinen Gewohnheiten. Normalerweise mische ich mich erst nach dem Essen unter die anderen Gäste, um mit ihnen Klavier oder Billard zu spielen.

Ich nicke, um meine Zustimmung zu signalisieren.

»Bitte, hier entlang, Mrs Neele«, sagt er, und ich sehe, wie Archie sich versteift, als der Kellner mich mit diesem Namen anspricht.

Wir kommen nicht weit. Kaum betreten wir den Speisesaal – ganz in Creme und Salbeigrün gehalten und mit einem wunderschönen Glasdach –, spüre ich eine Hand an meinem Arm. »Mrs Neele, Sie haben Gesellschaft beim Essen. Das freut mich für Sie.«

Mrs Robson ist stets neugierig, was die anderen Hotelgäste so treiben. Bevor ich antworten oder ihr etwas erklären kann, fragt sie: »Heißt das, dass Sie heute Abend nicht mit uns Billard spielen werden?«

»Tut mir leid, aber heute Abend wird das wohl nichts«, sage ich und will dem Oberkellner weiter folgen. Aber sie lässt sich nicht abschütteln.

»Ist Ihr Gast auch aus Südafrika?«, will sie wissen.

Archie sieht mich an, als ich ihr antworte. »Nein, leider nicht. Ich wünsche Ihnen einen schönen Abend, Mrs Robson.« Dieses Signal, dass das Gespräch beendet ist, ist deutlich genug, und Mrs Robson wendet sich ab.

Der Oberkellner führt uns zu einem von Säulen flankierten Tisch in der hinteren Ecke. Ein äußerst diskretes Plätzchen, ich hätte es selbst nicht besser aussuchen können. Wie ich sehe, haben Kenward und Goddard auf ein paar Sesseln in der Lobby Position bezogen, von denen aus sie den Eingang zum Restaurant im Auge behalten können. *Beobachten sie uns, um Beweise zu sammeln, oder um sicherzustellen, dass keiner von uns entwischt?*, frage ich mich.

Der Oberkellner rückt den gepolsterten Stuhl für mich zurecht, und als ich darauf Platz nehme, fragt er: »Darf ich Ihnen und Ihrem Gast je ein Glas von Ihrem bevorzugten Rotwein bringen, Mrs Neele?«

»Sehr gerne«, entgegne ich und sehe, wie Archie wieder zusammenzuckt, sobald ich als Mrs Neele angesprochen werde.

Wir schweigen, während der Kellner den granatroten Wein in die bereits auf dem Tisch befindlichen Kristallgläser schenkt. Ich lasse den Blick über die anderen Gäste schweifen, gut betuchte Damen und Herren, die aufgrund der Heilwasserquellen und der Behandlungen hier sind und stets vollauf mit sich selbst beschäftigt. Ich muss aufpassen, dass das so bleibt und niemand auf einmal dem Gespräch lauscht, das Archie und ich jetzt führen werden.

Ich trinke einen großen Schluck, und als ich gerade zu meiner vorbereiteten Rede anheben will, packt mich unvermittelt eine gewisse Scheu, ja, eine Wehmut. In Archies vertrauter Gegenwart bricht sich eine tiefe Sehnsucht nach meiner Tochter Bahn. »Wie geht es Rosalind?«, frage ich.

»Sie weiß nicht, was vor sich geht, mal abgesehen von ein paar dämlichen Kommentaren ihrer Klassenkameraden, es geht ihr also gut«, antwortet er mit überraschender Wärme in der Stimme. Aber gut, er hat schon immer mehr für Rosalind übriggehabt als für mich – und gleichzeitig mir verboten, eine tiefere Zuneigung zu meinem Kind zu entwickeln.

»Gott sei Dank.«

»Ja, dir ganz sicher nicht.« Seine Stimme klingt wieder bitter und kalt.

Ich bin kurz davor, mich zu entschuldigen und mein Verhalten lang und breit zu erklären, halte mich aber doch zurück. Ich darf nicht zulassen, dass ich sentimental werde und Archie gegenüber in alte Verhaltensmuster verfalle. Stattdessen versuche ich, mich genauso kaltherzig zu geben wie er und meine Stimme genauso eisig klingen zu lassen. Ich lege los.

»Kommen wir zurück auf die Frage nach dem Grund für mein Verschwinden, bevor wir die Art und Weise beleuchten, ja? Obwohl beide Fragen und ihre Antworten untrennbar miteinander verbunden sind«, sage ich.

Als er mich nur schweigend anstarrt, fahre ich mit der Ansprache fort, die ich in meinem Hotelzimmer ganz für mich allein immer wieder geübt habe. Ich habe viel länger als die elf Tage meines Verschwindens auf diesen Augenblick hingearbeitet, aber jetzt, wo er da ist, muss ich mich gegen meine eigenen Gefühle wappnen – und gegen die vielen Jahre, in denen ich Archie gegenüber immer wieder nachgegeben habe.

»*Warum* also bin ich verschwunden, Archie? Wie ich bereits sagte, war mein Verschwinden die notwendige Konsequenz deines Mordes an mir. Sicher verwirrt dich das, denn schließlich sitze ich dir ja in Fleisch und Blut und quicklebendig gegenüber. Aber der Mord, von dem ich spreche, ist der Mord an meinem eigentlichen Ich – an jener lebhaften, kreativen Agatha, die du vor so vielen Jahren in

Ugbrooke House kennengelernt hast. Du hast sie Stück für Stück getötet, über Tage, Wochen, Monate und Jahre hinweg hast du ihr winzige Verletzungen zugefügt, bis sie so klein und schwach war, dass sie fast ganz verschwunden war. Und doch klammerte sich diese Agatha ganz tief in mir drin ans Leben – bis du an Rosalinds Geburtstag in Ashfield zum letzten vernichtenden Schlag ausgeholt hast.«

»Du redest wirres Zeug, Agatha. Ich glaube, du hast den Verstand verloren – er scheint mir genauso verschwunden zu sein, wie du es die letzten elf Tage warst«, sagt er mit einem kläglichen Lachen.

Ich ignoriere seine Stichelei. »Die Geschichte dieses Mordes wird in dem Manuskript erzählt, das ich dir geschickt habe. Hast du es gelesen?«

Widerwillig nickt er. »Ich hatte keine Wahl. In deinem Brief hast du mir ja mit scharfen Konsequenzen gedroht für den Fall, dass ich mich nicht mit dem Text vertraut machte. Und für den Fall, dass ich mich nicht an deine Anweisungen dazu hielte, wie ich mit deinem Verschwinden umzugehen hatte. Aber ich habe mich daran gehalten.«

»Gut. Ich werde dich nicht fragen, ob dir das Manuskript gefallen hat, ich weiß ja, wie unangenehm es ist, über sich selbst zu lesen – wenn du überhaupt so weitsichtig gewesen bist, dich in jenen Zeilen wiederzuerkennen. Manche würden den Text wohl eine Autobiografie nennen, aber du und ich, wir wissen beide, dass auch etwas Fiktion drinsteckt. Natürlich nicht in der Darstellung deiner Person. Nein, da nicht. Und doch vermute ich, dass sich beim Lesen deines Porträts etwas in dir gesträubt hat – niemandem behagt es, wenn unschmeichelhafte Wahrheiten über ihn selbst ans Licht kommen.«

Ich sehe ihm ziemlich genau an, wie sehr ihm das Manuskript missfallen hat, und staune ein wenig, dass er der Darstellung seiner Person nichts entgegenzusetzen versucht. Noch nicht jedenfalls. »Auf all den Seiten habe ich mich selbst herausgearbeitet – das Mädchen, das ich einst war, die Frau, zu der ich mich entwickelt habe, und die Ehefrau und Mutter, die ich geworden bin –, und ich habe deutlich gemacht, wie diese Frau dir zunehmend lästig geworden ist. Wie du vor meinen Gefühlen zurückgeschreckt bist, wie du jedes angeregte Gespräch mit mir gemieden hast, wie dich meine Bücher gelangweilt haben, wie du vor jeder körperlichen Berührung zurückgewichen bist. Und ich habe gezeigt, wie du alles, was dir an mir missfiel, nach und nach hast verschwinden lassen, bis fast nichts mehr von mir übrig war. Das Schlimmste ist, dass ich meine Beziehung zu Rosalind geopfert habe, weil du Angst hattest, sonst nicht meine volle Aufmerksamkeit zu bekommen. Nicht dass ich dir allein die Schuld geben würde, bewahre. Mummy hat mir immer wieder eingetrichtert, dass du und deine Bedürfnisse an allererster Stelle kämen – noch vor denen meines Kindes und vor meinen eigenen. Und ich habe ihr sehr lange geglaubt.

Und jetzt stell dir mal meine Überraschung vor, als ich feststellen musste, dass ich, als ich mich in das verwandelt hatte, was deiner Ansicht nach die ideale Ehefrau ist, leider nicht gut genug für dich war. Stell dir mein Erstaunen vor darüber, dass du mich noch immer nicht ertragen konntest, nachdem ich meine ursprüngliche Persönlichkeit fast vollständig aufgegeben und mich in deine perfekte Frau verwandelt hatte – abgesehen von meinem Gewicht, worüber du dich ja permanent beklagt hast. Und dann stell dir mein Entsetzen vor, als du mir mitteiltest, du hättest eine wunderbare Gefährtin gefunden, die aber leider nicht ich war, sondern eine jüngere, hübschere, sanftere und ›passendere‹ Frau namens Nancy Neele.

Verstehst du? Du hast die Agatha, die ich einst war, getötet – so, wie du nach Ansicht vieler Leute da draußen die jetzige Agatha aus Fleisch und Blut getötet hattest. Dein Mord an mir vollzog sich über viele Jahre, und deine Affäre war lediglich der allerletzte von unzähligen Hieben – sie war der Todesstoß.«

»Das ist doch verrückt, Agatha. Das hast du dir alles bloß ausgedacht. So, wie du dir deine albernen Bücher ausdenkst.« Er spricht ganz ruhig, aber seine Miene spiegelt Tobsucht.

»Ach ja? Du hast dich verändert, Archie, du wurdest im Laufe der Zeit selbstsicherer und erfolgreicher, und du wolltest jemanden, der besser zu deinem neuen Ich passte. Als dir klar wurde, dass ich für diese Rolle nicht infrage kam – dafür kannte ich dich und deine Geschichte zu gut, ich wusste von deinen Schwächen und Enttäuschungen –, fühltest du dich zu Nancy hingezogen. Du wolltest dein eigener unzuverlässiger Erzähler werden, du wolltest deine Vergangenheit und deine Gegenwart neu schreiben, und zwar so, dass sie zu dem Archie passte, den du dir selbst und Nancy präsentiertest. Aber das konnte ich nicht zulassen.«

Archie rührt sich nicht, widerspricht nicht, zuckt mit keiner Wimper. Erreichen meine Worte ihn auf eine Weise, wie es meinem Manuskript nicht gelungen ist? »Warum?«, platzt es aus ihm hervor. »Warum musstest du das tun? Warum konntest du nicht einfach still in unsere Scheidung einwilligen?«

Bisher war ich ganz ruhig, doch nun regt sich auch in mir langsam etwas Wut. »Hast du mir denn gar nicht zugehört, Archie? Hast du an jenem Freitagmorgen nicht zugehört, als du mir eröffnet hast, dass du mich verlassen würdest? Hast du mein Manuskript nicht gelesen? Wenn ich zugelassen hätte, was du wolltest – nämlich, mich aus deiner Geschichte zu tilgen, nachdem du mich und meine Beziehungen so dramatisch verändert hattest, ohne auch nur ein Fünkchen Verantwortung zu übernehmen für dein wahres Handeln und deine Affäre mit Nancy –, hätte ich mich nie wieder von meinem Totenbett erheben und der neue, stärkere Mensch werden können, zu dem ich mich in den letzten Monaten entwickelt habe. Dann hättest du mir nicht nur meine ursprüngliche Persönlichkeit genommen, sondern auch meinen Leumund und, was das Wichtigste ist, meine Tochter.«

»Wovon zum Teufel redest du, Agatha? Ich habe nie damit gedroht, dir Rosalind im Falle einer Scheidung wegzunehmen, das würde schon von Gesetzes wegen schwierig, Kinder unter sechzehn werden immer der Mutter zugesprochen. Selbst wenn ich versuchen würde, das Sorgerecht zu bekommen, ich würde es ganz sicher nicht kriegen.« Er klingt verzweifelt und verwirrt.

Jetzt ist es an mir zu lachen. Tut er nur so, um mich zu ärgern, oder ist er wirklich so schwer von Begriff? Wie hatte ich nur so große Stücke auf diesen selbstsüchtigen, einfältigen Mann halten können? Sobald er mich nicht mehr wie ein Anker nach unten ziehen kann, wird mein Geist sich aufschwingen und mein Stift nur so übers Papier fliegen. Aber zunächst muss ich die Ankerkette durchtrennen, und das geht nur auf diese eine Weise.

»Du verstehst überhaupt nichts, Archie, ganz gleich, wie sehr ich mich bemühe, dir alles zu erklären. Ich spreche nicht vom juristischen Verlust meiner Tochter. Ich spreche vom emotionalen Verlust, der noch über die Entfremdung hinausgeht, die du durch dein Insistieren herbeigeführt hast, sie solle in meinem Leben an zweiter Stelle kommen – und dadurch, dass ich dir gehorcht habe. Wenn ich dir gestattet hätte, dich von mir scheiden zu lassen, ohne Nancy als deine Geliebte zu benennen – und wir wissen beide, das Scheidungsrecht verlangt, dass ein Ehebruch vorliegen muss –, dann hätte nicht nur Rosalind, sondern die ganze Welt angenommen, ich sei die Ehebrecherin. Und so, wie Rosalind derzeit in dich verliebt ist, würde ich sie damit für immer verlieren. Ich habe schon so viel an dich verloren, aber Rosalind – das lasse ich nicht zu. Und um das zu vermeiden, muss die Welt wissen, dass du die Ursache unserer ehelichen Probleme bist, während ich alles getan habe, um unsere Ehe und unsere Familie zu retten.«

»Darum hast du dieses ganze Theater hier inszeniert?«

»Wenn du mir zugehört hättest, wüsstest du, dass das nur ein Teil des Grundes ist. Aber ja, ich musste mein Verschwinden sehr sorgfältig vorbereiten, damit niemand erraten konnte, wo ich war und weshalb ich verschwunden sein könnte – aber eben auch so, dass irgendwann ein Verdacht auf dich fallen würde und die Ermittlungen deine Affäre ans Licht bringen. Gerade *weil* du nicht selbst bereit warst, das alles offenzulegen. In den Monaten vor meinem Verschwinden habe ich dafür gesorgt, dass unser Auseinanderleben kein Geheimnis blieb – Freunde, Familie, Personal, sie alle wussten, dass du dich mehr in London aufhieltst als auf Styles, weil es zwischen uns nicht zum Besten stand. Die paar Male, die wir uns in Styles begegneten, waren gelinde gesagt angespannt. Ich bin am Abend nach unserem heftigsten Streit verschwunden – ein Streit, in dessen Verlauf du dich weigertest, mit mir übers Wochenende wegzufahren, weil du lieber zu einer Privatparty bei den James wolltest, und zwar *mit Nancy* – und ein Streit, den mehrere Personen bezeugen können. Mein Wagen wurde einen Tag später in den frühen Morgenstunden gefunden, nachdem ein paar Leuten auf dem Weg zur Arbeit die noch immer brennenden Scheinwerfer in der ansonsten eher menschenleeren Gegend aufgefallen waren. Als die Polizei meinen Morris Cowley fand, stand er an der Kante eines Steilhangs, wo er zufällig von ein paar Sträuchern davor bewahrt worden war, in den Abgrund zu stürzen. Mein Wagen, vollgepackt mit meinen Sachen für das Wochenende, das ich mit dir in Yorkshire verbringen wollte, stand verlassen in der Nähe des Silent Pools, einem für Selbstmörder berüchtigten Ort, herum. Nur war ich nirgendwo aufzufinden, und die Hinweise, die ich dir und der Polizei hinterließ – meinen dicken Mantel auf der Rückbank des Morris Cowley, obwohl es doch nachts so kalt gewesen war, meine Reisetasche, obwohl die Wochenendpläne doch abgesagt waren, das

Auto, das an einem Abhang stand, aber keine Leiche, der seltsame Brief an deinen Bruder, der Anlass zu Spekulationen zu einer nebulösen Erkrankung gab, der spätabendliche Anruf, der scheinbar der Auslöser meines Verschwindens war, in Wirklichkeit aber nur ein verabredeter Anruf von Charlotte –, ließen viele Deutungen zu. Die meisten waren eher düster und wiesen auf dich. Was dachtest du, wie lange die Polizei brauchen würde, um die zu dir führenden Punkte miteinander zu verbinden? Und die von dir zu Nancy führenden Punkte? Und was dachtest du, wie lange es von da an dauern würde, bis die Behörden die weißen Flecken im Gesamtbild ausfüllen würden mit dem Verdacht, ich sei ermordet worden oder hätte mir das Leben genommen – und du seist dafür verantwortlich?«

Archie verschränkt die Arme und lehnt sich zurück, ein selbstzufriedenes Lächeln macht sich auf seinem Gesicht breit. »Du hältst dich für so wahnsinnig clever, Agatha, aber du hast etwas Wichtiges vergessen. Du hast deinen einzigen Hebel gegen mich verloren. Du bist wieder aufgetaucht.«

Ganz kurz blitzt Reggie Lucy vor meinem inneren Auge auf. Wie anders mein Leben doch verlaufen wäre, wenn ich diesen gütigen Mann geheiratet hätte anstelle von Archie. Mein Leben hätte einen vollkommen anderen Verlauf genommen. Aber ich wäre vielleicht nicht zu der starken, talentierten Frau geworden, in die ich mich an Archies Seite habe verwandeln müssen.

Ich kann mir keine Schwäche leisten, darum schlage ich mir den Gedanken an Reggie aus dem Kopf, wappne mich erneut und erwidere Archies Lächeln. »Du hast vergessen, dass eine meiner sehr großen Stärken darin liegt, mir komplexe Kriminalgeschichten auszudenken. Dachtest du wirklich, das kleine Manuskript, das ich dir geschickt habe, sei allein zu deiner Erbauung gedacht? Um dir etwas Mitgefühl mit mir zu entlocken? Nein, Archie, das ist nicht sein primärer Zweck. Dein Manuskript ist lediglich die Kopie des Dokumentes, das Kenward und Goddard zugehen wird, wenn du meinen Anweisungen nicht auf das Genaueste folgst. Denn dann wird es zum Beweisstück in einem ganz anderen Verbrechen.«

»Du bluffst, Agatha. Das einzige Verbrechen, um das es hier die ganze Zeit ging, war der mutmaßliche Mord an dir, und diese Mutmaßung hat sich dank deines sehr lebendigen Auftauchens hier im Harrogate Hydro in Luft aufgelöst. Wenn du mich also entschuldigen würdest –« Er macht Anstalten, sich zu erheben.

»Denk mal nach, Archie. Denk über die Geschichte nach, die in dem Manuskript erzählt wird. Denk drüber nach, wie du dargestellt wirst.«

Widerwillig sinkt er zurück auf den Stuhl. Er weiß,

dass er gehorchen muss, aber in seinen Augen steht immer noch ein Funke Trotz. Ich hoffe, dass ich diesen Funken bald für immer löschen kann.

Ich fahre fort: »Deine Kälte, als meine Mutter starb. Die Affäre und die geschäftsmäßige Mitteilung, dass du mich verlassen würdest. Die schwächende Wirkung, die das auf mich hatte. Dein bedrohliches Verhalten auf der Terrasse in den Pyrenäen. Dein Gewaltausbruch beim Frühstück an jenem letzten Tag vor meinem Verschwinden.«

»Nichts davon ist wahr, Agatha«, zischt er.

»Ach ja? Ich räume gerne ein, dass das Manuskript nicht frei ist von Fiktion, aber die findet sich vor allem in der vielleicht etwas übertriebenen Beschreibung deines bedrohlichen Verhaltens in den Pyrenäen und beim Frühstück – und in der Betonung meines nicht nachlassenden Wunsches, deine Frau zu bleiben, sowie der Schilderung meines emotionalen Zustands während des letzten Abendessens am Freitag. Ansonsten besteht die Fiktion in erster Linie aus Auslassungen. Denn selbstverständlich habe ich jegliche Hinweise auf die Planung meines Verschwindens in den vergangenen Monaten ausgelassen. Es erforderte einiges an Geduld und Zeit, das Fundament zu legen – und zugegebenermaßen ein gewisses schauspielerisches Talent, wenn ich mit dir zusammen war –, aber das konnte ich ja schlecht schreiben, oder?« Ich gluckse.

»Ich habe auch einige sehr ambivalente Gefühle bezüglich meiner Rolle als Mutter ausgelassen. Einerseits hast du eine große Distanz zwischen mir und Rosalind eingefordert, andererseits war ich selbst manchmal wütend auf sie, wenn ihre Bedürfnisse meiner Arbeit in die Quere kamen. Da ich mich so vorteilhaft wie möglich darstellen musste, habe ich das natürlich weggelassen. Dasselbe gilt für meinen schriftstellerischen Ehrgeiz. Ich schildere mein Schreiben so, als würde ich es in erster Linie zum Wohl unserer Familie ausüben, aber das ist nur ein Teil der Wahrheit. Ich schreibe vor allem deshalb, weil ich nichts mehr liebe, als Welten zu erschaffen und mir rätselhafte Geschichten auszudenken, und ich will unbedingt Erfolg haben damit. Aber Ehrgeiz ist ein Schimpfwort, wenn es um Frauen geht – Ehrgeiz ist ganz entschieden undamenhaft. Also musste ich auch diese Information über Bord werfen.«

Aus seinem Blick weicht der letzte Rest von Widerstand, Erkenntnis blitzt darin auf. Begreift er es jetzt endlich? Ich halte inne, damit er etwas sagen kann, doch er schweigt. Ich muss sicherstellen, dass er wirklich versteht, was ich sage, darum bleibt mir nichts anderes übrig, als mich noch deutlicher auszudrücken – deutlicher, als mir lieb ist.

»Im Grunde ist das Manuskript meine Lebensgeschichte, und wenn nötig, werde ich es der Polizei zukommen lassen. Und in deren Händen wird es sich verwandeln – in einen Beweis für deinen versuchten Mord an mir in jener Nacht in der Nähe des Silent Pools. Ein Mordversuch, dem ich nur knapp entging, nachdem du mich angerufen und dorthin gelockt hattest. Ein Mordversuch, der mich zwang, mich im Harrogate Hydro zu verstecken.«

»Wie bitte? Mordversuch? Verstecken? Da mache ich nicht mit, Agatha. Du wirst jetzt in die Scheidung einwilligen, und vor Gericht werde ich der Welt dein wahres Gesicht zeigen«, verkündet Archie und erhebt sich. So plötzlich und heftig, dass sein Stuhl mit Getöse umkippt. Die anderen Gäste blicken erschrocken auf, und ich sehe, wie Kenward und Goddard sich von ihren Beobachtungssesseln erheben und sich dem Eingang des Restaurants nähern. Wollen sie mich vor Archie schützen – oder ihn vor mir?

Kapitel 48

Dienstag, 14. Dezember 1926
Harrogate Hydro, Harrogate, England

»Setz dich, Archie«, zische ich leise. Gleichzeitig lasse ich erst die Stola von der Schulter rutschen, um ihm die blauen Flecken auf meinem Arm zu zeigen, und dann streiche ich die Ponyfransen beiseite, um die tiefe Schnittwunde und das Hämatom auf meiner Stirn bloßzulegen. »Ich glaube nicht, dass du möchtest, dass ich das der Polizei zeige.«

Er setzt sich wieder, ich gebe Kenward und Goddard ein Handzeichen, dass alles in Ordnung ist, und fordere Archie auf, es mir nachzutun. Erst dann drapiere ich mir die Stola wieder um die Schultern und fahre fort: »Zusammen mit meinen Verletzungen, die die Zimmermädchen und insbesondere die drei Masseurinnen bezeugen können, in deren Behandlung ich mich bereits am Abend meiner Ankunft und seither mehrfach begeben habe, wird das Manuskript das Bild eines zur Gewalttätigkeit neigenden Ehemannes zeichnen, der sich in der Nacht meines Verschwindens nicht mehr unter Kontrolle hatte. Morgens verweigerte ich dir die gewünschte diskrete Scheidung, und abends hast du mich zum Silent Pool gelockt, um dich frei zu machen für eine Heirat mit Nancy – indem du mein Leben beendest. Aber ich bin dir entkommen. Aus Angst um mein Leben bin ich geflohen und habe mich versteckt, bis die Bedrohung vorbei war und deine Untaten ruchbar geworden waren.«

»Du bist wahnsinnig, Agatha.« Er bleibt sitzen, bemüht sich aber keineswegs, seine Stimme zu dämpfen. »Dein Manuskript erzählt ein Märchen, und die Verletzungen hast du dir selbst zugefügt. Es steht Aussage gegen Aussage. Niemand wird dir glauben.«

Ich lehne mich über den Tisch und schiebe Archie einen adressierten Briefumschlag zu. Als er die Schrift darauf erkennt, schnappt er ihn sich und sieht hinein. »Da ist ja gar nichts drin. Was zum Teufel glaubst du, mit einem von Nancy an mich adressierten Umschlag ausrichten zu können? Du hast noch immer keinen Beleg für meine Beziehung zu ihr, und das heißt, es liegen keine stichhaltigen Beweise vor für deine völlig an den Haaren herbeigezogene Geschichte«, höhnt er.

»Den Brief, der in dem Umschlag lag, habe ich selbstverständlich sicher verwahrt. Eine Liebeserklärung von Nancy an dich.« Ich muss daran denken, wie verzweifelt ich war, als ich den Liebesbrief fand. Die Einzelheiten über die Stelldicheins der beiden in London sowie ihre Zukunftspläne brachen mir das Herz, aber jetzt bin ich sehr froh, dass mir dieser und noch zwei weitere Briefe dieser Art in die Hände gefallen sind. Durch sie fand ich die Stärke, diesen Schritt zu gehen, statt weiter für eine Ehe zu kämpfen, die ich nie haben würde, und für einen Mann, den es nie gegeben hatte. »Und ich bin mir ziemlich sicher, dass in dem Brief die Rede davon ist, wie wichtig die Scheidung ist, damit du Nancy heiraten kannst.«

Archie wird blass, keine Spur mehr von seiner überheblichen Miene. »Woher hast du den? Ich habe alle Briefe verbrannt.«

»Nicht alle. Ich habe ganze drei Stück davon, und alle drei belegen eindeutig die Existenz der Affäre und liefern somit das Motiv für deinen Mordversuch beim Silent Pool.«

Archie schweigt und rührt sich nicht. »Du hast gewonnen, Agatha. Du bekommst, was du willst. Was immer das ist.«

Ich werde wütend. Glaubt er wirklich, dass ich all das gewollt habe? Alles, was passiert ist, alles, was daraus resultieren wird? »Da irrst du dich gewaltig. Was ich will, ist mein altes Leben und mein altes Ich zurück. Ich will wieder der vertrauensvolle, optimistische Mensch sein, der ich einst war, der an seine glückliche Ehe und Familie glaubte. Aber genau das hast du mir genommen.«

»Und was willst du dann? Was sollte das alles hier?«

»Ich habe fast alles erreicht, was ich *brauchte*. Nämlich, dass du dein wahres Gesicht zeigst, denn sonst wäre nicht nur meine Beziehung zu Rosalind zerstört gewesen, sondern auch mein Ruf.«

»Dein Ruf?« Er schnaubt. »Ich bitte dich, du bist jetzt berühmter und beliebter als je zuvor, als Krimischriftstellerin wirst du enorm von der ganzen Sache profitieren.«

»Das war nicht Teil meines ursprünglichen Plans, Archie. Ich hatte nicht vorausgesehen, dass die Öffentlichkeit derart Anteil nehmen würde an dieser Geschichte. Ich hatte auch nicht geplant, dass die Sache so lange dauern würde. Und wer weiß, wie viel länger sie sich noch hingezogen hätte, wenn ich nicht irgendwann angefangen hätte, die Zeitung hier im Hotel so mit mir herumzutragen, dass die Titelseite mit dem Foto von mir für alle gut sichtbar war, und irgendjemandem so endlich die Ähnlichkeit zwischen mir und der Frau auf der Titelseite aufgefallen wäre. Ich war regelrecht erleichtert, als ich endlich erkannt und die Polizei verständigt wurde. Ich wollte nicht weniger als du, dass diese Farce ein Ende nimmt.«

Zum ersten Mal lächelt Archie, offenbar findet er es erheiternd, dass ich selbst dazu beitrug, erkannt zu werden. Die Fältchen um seine blauen Augen und das Blitzen seiner weißen Zähne erinnern mich an glücklichere Zeiten, aber ich lasse das nicht an mich heran, lasse *ihn* nicht an mich heran. Ich darf nicht zulassen, dass mir die Überreste einstiger Gefühle dazwischenfunken. Ohnehin könnte ich mich ohrfeigen dafür, dass ich nach allem, was wir durchgemacht haben, überhaupt noch irgendetwas Positives für diesen Mann empfinde.

»Aber wenn mein Name jetzt so bekannt ist, dass es den Verkauf meiner Bücher befeuert, dann soll es mir natürlich recht sein. Schließlich werde ich ab sofort mit der Schriftstellerei meinen Lebensunterhalt bestreiten müssen«, sage ich.

Archies Miene hellt sich auf, als er »meinen Lebensunterhalt bestreiten« hört. Denn natürlich impliziert meine Formulierung, dass es eine Scheidung geben wird.

»Ich hoffe, du verstehst, dass ich nach allem, was vorgefallen ist, nicht länger deine Frau sein möchte. Es ist gar nicht so lange her, da hätte ich mir nichts auf der Welt mehr gewünscht, aber die Zeiten sind vorbei. Allerdings müsstest du doch noch eine Weile mein Mann bleiben, natürlich nur pro forma. Wenn man mir die Geschichte abkaufen soll, dass ich das Gedächtnis verloren habe und nicht mehr weiß, wer ich bin, dann brauche ich dazu deine volle öffentliche Unterstützung. Die einzige andere mögliche Geschichte wäre die, dass du versucht hast, mich umzubringen, und dass ich mich aus Angst versteckt habe … Du wirst einen Arzt rufen müssen, der meine Amnesie attestiert, und der Presse Informationen über meinen Gesundheitszustand zukommen lassen, während ich mich erhole. Und wenn du danach auch noch Rosalind erklärt hast, was alle anderen inzwischen begriffen haben – nämlich, dass du verantwortlich bist für unsere Trennung und mein Verschwinden –, dann werde ich der Scheidung zustimmen. Unsere Tochter muss zweifelsfrei verstehen, dass ich alles in meiner Macht Stehende getan habe, um unsere Ehe zu retten.«

»Warum hätten wir uns darauf nicht von Anfang an einigen können? Als ich dir die Scheidung zum ersten Mal antrug?«

Ich lache angesichts seines so bequem-selektiven Gedächtnisses. »Ich dachte, das sei dir inzwischen mehr als klar geworden, Archie. Sieht ganz so aus, als würdest du selbst unter Gedächtnisverlust leiden. Denn offenbar hast du bereits vergessen, dass du darauf bestanden hattest, Nancy Neeles Namen komplett herauszuhalten aus den Scheidungsverhandlungen – was nicht hinnehmbare Folgen für mich gehabt hätte. Nein, Archie, es gab die ganze Zeit nur einen Weg hinaus aus den Trümmern unseres von dir zerstörten gemeinsamen Lebens, nur eine Möglichkeit, meinen völlig verzerrten Blick auf dich zu korrigieren, und das war genau der Weg, den ich dir beschrieb in dem Brief, den ich dir vor meinem Verschwinden hinterließ. Der Weg, dem du gefolgt bist.«

Das Ende
Oder ein neuer Anfang

Mittwoch, 15. Dezember 1926
Harrogate Hydro, Harrogate, England

Ich stelle den Kragen meines Mantels auf, als könne der Wollstoff mich vor den Kameras, Journalisten und Schaulustigen schützen, die jenseits der schweren Eichentüren warten, wie bereit zu einem militärischen Angriff. Ich fasse hinter mich nach Madges Hand. Ich glaube nicht, dass ich diesen Schritt aus meinem Kokon im Harrogate Hydro hinaus in die reale Welt ohne meine Schwester gehen könnte. Sie, die einerseits meine Rivalin ist – die mich absichtlich oder unabsichtlich immer wieder dazu angespornt hat, in allem noch besser werden zu wollen – und andererseits meine beste Freundin. Madge weiß ohne jede Erklärung, ohne jede Diskussion, was in den letzten elf Tagen passiert ist, und sie wird mir im weiteren Verlauf mit Rat und Tat zur Seite stehen, wenn ich endlich zu der Frau werde, die ich eigentlich sein soll. Die zu sein ich bestimmt bin.

Als Archies Ehefrau wäre ich nie dazu geworden.

Den Mann, für den ich ihn hielt, den Mann, der meine Stärken und Talente fördern und zum Erblühen hätte bringen können, hat es nie gegeben. Ich habe ihn mir an jenem Abend, an dem wir uns auf der Tanzfläche in Chudleigh Hall kennenlernten, ausgedacht, wie ich mir sämtliche Figuren in meinen Romanen ausgedacht habe. Aber er wollte mir nie so recht gelingen, weil ich die unzuverlässige Erzählerin meines eigenen Lebens war und mich selbst noch nicht gut genug kannte. Und selbst wenn er der Mann gewesen wäre, den ich mir erhofft hatte, so hätte er nie *mein Schicksal* sein können in dem Sinne, wie ich das als junge Frau verstand. Denn jeder von uns, Mann wie Frau, hat sein ganz *eigenes Schicksal* und das ist weniger zufallsbestimmt, sondern besteht – zu dieser Überzeugung bin ich inzwischen gelangt – in erster Linie aus harter Arbeit und gegebenen Umständen.

Ich wünschte wirklich, das alles hätte einen anderen Verlauf genommen. Als mir klar wurde, dass gesellschaftliche Gepflogenheiten und der Rat meiner Mutter – an den ich mich mein ganzes Erwachsenenleben hindurch geklammert hatte wie an ein Evangelium – verhängnisvoll und falsch waren, hätte ich meine Geschichte am liebsten sofort umgeschrieben. Aber ich war noch nicht bereit, ich wartete immer noch darauf, dass jemand anders meine Geschichte erzählen würde und dass mich ein anderes Ende erwarten könnte. Erst als Archie jene immer noch unschuldige Frau tötete, fand ich mich schließlich damit ab: Wenn ich mich selbst retten wollte, blieb mir nichts anderes übrig, als zum Stift zu greifen.

Madge drückt meine Hand, und ich weiß, jetzt bin ich bereit. Ein Blick von Kenward und Goddard, ich nicke. Sie führen uns an: mich, Madge, Madges Ehemann und Archie. Wir bewegen uns durch die Lobby des Harrogate Hydro, und die beiden Polizisten öffnen die doppelflügelige Tür des Portals. Hunderte von Kameras sind auf mich gerichtet, ein Blitzlichtgewitter geht auf mich nieder und blendet mich. Als ich wieder sehen kann, stehe ich unzähligen erwartungsvollen Blicken gegenüber.

Ich erwidere sie und wünschte, ich hätte mir kein unlösbares Rätsel ausdenken müssen, um das Rätsel meiner selbst zu lösen. Aber ich verspreche mir – und all diesen Menschen –: Jetzt, da ich eine authentische Persönlichkeit erschaffen habe, schreibe ich ein perfektes Ende.

Anmerkung der Autorin

Ich bin eine Schriftstellerin mit einer Mission. Ich liebe nichts mehr, als die Geschichten wichtiger, komplexer Frauen der Weltgeschichte auszugraben und ans Tageslicht zu bringen, damit wir heute ihren Beitrag zu unserem Leben und ihre bis heute nachwirkenden Erkenntnisse würdigen können. Aus dem Wunsch heraus, historische weibliche Persönlichkeiten wiederzuentdecken und ihr Vermächtnis zu retten, entstand auch dieses Buch. Und doch ist die Frau, um die es in diesem Roman geht, ganz anders als alle anderen, über die ich bisher geschrieben habe, und darum ist auch dieses Buch ganz anders.

Im Gegensatz zu den vielen anderen Frauen, die ich bewundere, ist die Heldin dieses Buches durchaus allgemein bekannt. Mehr als das: Sie ist berühmt. Ich habe ihre Geschichten gelesen, seit ich Teenager war. Sie ist die erfolgreichste Schriftstellerin aller Zeiten – über zwei Milliarden Exemplare ihrer Bücher sind weltweit verkauft worden. Sie gilt als die Begründerin des modernen britischen Kriminalromans, hat völlig neue Regeln aufgestellt, gegen die sie dann selbst verstoßen hat, und einige der packendsten, unkonventionellsten Krimis aller Zeiten erschaffen. Jahrzehnte nach ihrem Tod verkaufen sich ihre Bücher immer noch, sie werden immer noch zu Kinofilmen umgesetzt, die allesamt garantierte Kassenschlager sind, und die Rätsel, die sie den Lesern aufgibt, sind bis heute meist unlösbar.

Agathas Christies Ruhm hätte mich fast davon abgehalten, über sie zu schreiben. Immer wieder fragte ich mich, ob ich mich nicht lieber auf eine uns vollkommen unbekannte Frau konzentrieren sollte, von deren Vermächtnis wir heute noch profitieren. Doch dann erfuhr ich, dass sich um das echte Leben der Agatha Christie ebenfalls ein ungelöstes Rätsel rankt, und ich hatte das Gefühl, dass die Lösung dieses Rätsels vielleicht erklären würde, wie sie zur erfolgreichsten Schriftstellerin der Welt hatte werden können. Und da wusste ich, dass ich als Nächstes ihre Geschichte schreiben musste.

Als ich von Agatha Christies Verschwinden im Jahr 1926 hörte und feststellte, dass sie diese Seiten aus dem Buch ihres Lebens herausgerissen hatte, wuchs meine Faszination für die Bestsellerautorin. Unwillkürlich fragte ich mich: Was ist während der elf Tage ihres Verschwindens mit ihr passiert? Ist sie aus freien Stücken verschwunden oder hatte jemand anders seine Hände im Spiel? Ist sie weggelaufen vor dem Leben, das sie führte, oder hat sie sich mit voller Absicht ein ganz neues erschaffen? Die Frage, welche

Rolle Agatha Christie selbst bei ihrem Verschwinden gespielt haben könnte und warum, ließ mich nicht mehr los.

Sie war damals zwar noch nicht so berühmt wie heute, aber sie war eine vielversprechende Krimiautorin, die gerade ihren bahnbrechenden Roman *Alibi* veröffentlicht hatte. Als ich das Buch wieder las, war ich beeindruckt von seiner meisterhaften Komposition und vor allem von dem überaus geschickten Einsatz eines unzuverlässigen Erzählers. Eine Schriftstellerin, die sich auf so begnadete Weise komplizierte Geschichten ausdenken konnte, konnte auf keinen Fall passives Opfer ihres eigenen Verschwindens geworden sein. Und wieso sollte sie einen Gedächtnisverlust erlitten haben und von zu Hause geflüchtet sein, wie von manchen spekuliert wurde? Sie *musste* ihr Verschwinden genauso kunstvoll komponiert haben wie ihre Kriminalgeschichten, und zwar als Mittel zu ihrem eigenen Zweck.

All diese Überlegungen zu Agatha Christie, der Schriftstellerin und der Frau, waren der Ursprung für *Mrs Agatha Christie.* Meiner Ansicht nach war Agatha Christie ein seltenes Beispiel einer Frau, die ihre Fähigkeiten, ihr Talent und ihren Schneid nutzte, um sich frei zu machen von den Einschränkungen, denen Frauen damals unterworfen waren, und die Kontrolle über ihr eigenes Leben zu erlangen. Und so habe ich mit diesem Buch nicht wie mit meinen anderen Büchern einer vergessenen Frau ihren Platz in der Weltgeschichte zurückgegeben, sondern die von Erfolg gekrönte Anstrengung einer starken Frau beschrieben, ihre Geschichte in die eigene Hand zu nehmen und sich diesen ihr gebührenden Platz selbst zu erkämpfen.

Danksagung

Ohne die Unterstützung und Ermutigung so vieler Menschen wäre *Mrs Agatha Christie* nie aus dem Schatten hervorgetreten. Wie immer muss ich anfangen bei meiner unglaublichen Agentin Laura Dail, ohne deren weisen Rat und nimmermüde Unterstützung ich meine Idee niemals zu Papier gebracht hätte. Ich danke den tollen Leuten bei Sourcebooks, die sich unermüdlich für dieses Buch eingesetzt haben, insbesondere meiner großartigen, unschlagbaren Lektorin Shana Drehs, ihrer inspirierenden Geschäftsführerin Dominique Raccah und natürlich dem wunderbaren Team: Todd Stocke, Valerie Pierce, Heidi Weiland, Molly Waxman, Cristina Arreola, Lizzie Lewandowski, Heather Hall, Michael Leali, Margaret Coffee, Bethn Oleniczak, Tiffany Schultz, Ashlyn Keil, Heather VenHuizen, Heather Moore, Will Riley, Danielle McNaughton und Travis Hasenour. Auch den vielen Buchhändlerinnen, Bibliothekaren und Leserinnen von *Mrs Agatha Christie* und meiner anderen Bücher bin ich zutiefst dankbar.

Ich habe ein Riesenglück mit meiner Familie und meinen Freunden, insbesondere meinen SISTAS, der

Sewickley-Crew: Illana Raia, Kelly Close, Laura Hudak, Daniel McKenna und Ponny Conomos Jahn. Am dankbarsten bin ich aber Jim, Jack und Ben für ihre Liebe, ihr Vertrauen und die Opfer, die sie bringen.

Wer über die fiktionale Version dieses Buches hinaus noch mehr über das Leben der unnachahmlichen Agatha Christie erfahren und mehr lesen möchte, dem bietet sich eine Vielzahl ganz wunderbarer Bücher. Ich würde folgende Titel besonders empfehlen: 1. *Die Autobiographie* von Agatha Christie (deutsch von Hans Erik Hausner), 2. *Erinnerungen an glückliche Tage. Abenteuer und Ausgrabungen in Syrien mit meinem Mann* von Agatha Christie Mallowan (deutsch von Claudia Mertz-Rychner), 3. *The Grand Tour: Around the World with the Queen of Mystery* von Agatha Christie, herausgegeben von Mathew Prichard, 4. *Agatha Christie: Das faszinierende Leben der großen Kriminalschriftstellerin* von Laura Thompson (deutsch von Tatjana Kruse), 5. *Agatha Christie: The Disappearing Novelist* von Andrew Norman, und 6. *Agatha Christie and the Eleven Missing Days* von Jared Cade.

Alle jene, die einfach nur an ihrem Vermächtnis interessiert sind, sollten unbedingt die Kriminalgeschichten aus der Feder von Agatha Christie lesen, denn sie sind zeitlos und einzigartig.

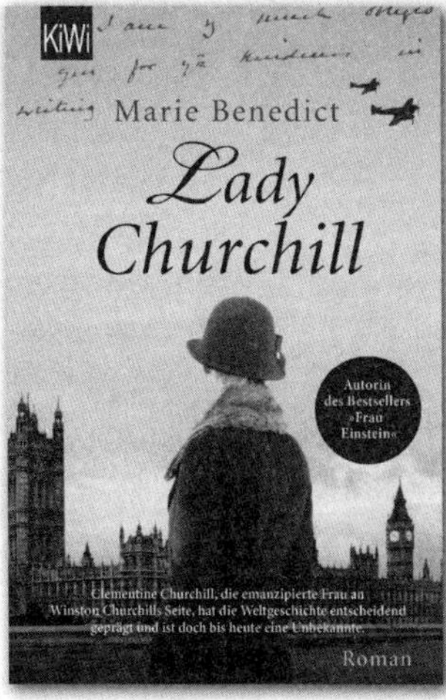

Marie Benedict ist eine Meisterin darin, den vergessenen Frauen der Weltgeschichte endlich Leben einzuhauchen. Wie ist es nur möglich, dass wir nichts über die emanzipierte Frau an Winston Churchills Seite wissen? Vorhang auf für die bewundernswerte Clementine Churchill.

Leseproben und mehr unter www.kiwi-verlag.de

Kiepenheuer & Witsch